랄라 출판사의 랄랄라

일러두기

- 소설 속 인물, 사건과 상황 등은 허구입니다.
- 이 책에 등장하는 도서 제목 가운데 실존 도서는 겹낫표(『 』)로 표시했으며, 그 외의 도서는 서사를 위한 장치로 모두 허구입니다.

랄라 출판사의 랄랄라

하랑 장편소설

차례

이 책을 쓰는데 많은 영감을 주고 떠난,

내 인생에서 가장 아름다웠던 사람을 추억하며…….

1부. 꿈을 찾아서

1. 예언

"여기야? 여기 맞아?"

"그래, 맞다니까. 저기 줄 서 있는 거 보이지?"

새벽 4시, 랄라와 친구 진영은 칠흑 같은 어둠을 뚫고 일산 탄현동에 있는 어떤 허름한 건물 앞에 도착했다. 진영이 무려 6개월 전에 예약해 둔 SNS에서 유명한 점집이다. 점집이 있는 2층으로 올라가는 가파른 계단은 이른 새벽임에도 줄이 길게 늘어서 있었다.

"근데, 저 사람들은 대체 몇 시부터 여기서 기다린 거야…."

진영은 계단 꼭대기를 올려다보며 말했다.

"그러게. 네 말대로 여기 진짜 잘 맞추나 보네. 예약하고 온 게 다행이다."

"그렇지? 예약하고 와야 한다니까. 안 그러면 저렇게 무작정 기다릴 뻔했잖아."

진영은 랄라를 향해 우쭐한 표정을 지어 보였다.

랄라는 문 앞에 서 있는 직원으로 보이는 남자에게 예약 사실을 알렸다. 남자는 설문지 같은 종이 한 장을 내밀며, 안으로 들어가 적고 기다리라고 했다.

이름과 가장 알고 싶은 것, 두 가지 간단한 질문지를 작성하고 말없이 앉아 있었다.

그때, 어두한 복도 끝에서 점을 보고 나온 커플의 대화 소리가 두 사람이 앉은 자리까지 선명하게 들려왔다.

"정말 대박이지 않아? 오빠, 나 소름 돋은 거 봐."

"나도. 오래 기다린 보람이 있었어. 와보길 진짜 잘한 것 같아."

그들이 나누는 대화를 들으며 랄라와 진영은 동시에 회심의 미소를 지었다. 차례가 가까워질수록 랄라의 기대는 한껏 커져만 갔다.

잠시 후, 두 사람은 어둑어둑한 복도를 지나 직원이 안내하는 방으로 들어섰다.

진한 화장에 알록달록한 한복을 곱게 차려입은 여자가 두 사람을 맞이했다. 사진에서 봤던 강렬한 인상과 달리 다소 순해 보이는 얼굴이었지만, 랄라와 진영을 쳐다보는 날카로운 눈매만큼은 꽤 매서웠다.

랄라는 방안을 가득 채운 매캐한 향냄새와 서늘한 기운에 압도되어서인지 별안간 몸이 경직되었다. 여자 앞에 다가갈수록 자세가 절로 공손해졌다.

"어디 보자. 랄라… 사업 운이라…."

여자는 랄라에게서 건네받은 종이에 적힌 내용을 중얼거리더니, 랄라의 얼굴을 뚫어지게 바라보았다. 랄라도 상대의 눈을 피하지 않았다.

"랄라?… 뭐 이런 이름이 다 있어?"

점쟁이는 어딘가 못마땅한 표정으로 랄라의 이름을 되뇌며 고개를 갸웃했다.

"사업은 어떤 거 하려고?"

여자가 퉁명스럽게 물었다.

랄라는 일부러 말을 아꼈다.

"아직 딱히 정한 건 없는데요. 제가 어떤 사업을 하면 잘 맞을까요?"

여자는 랄라의 말이 끝나기가 무섭게 펜을 들더니, 흰 종이에 그림인지 글씨인지 정체를 알 수 없는 무언가를 한참 써 내려갔다.

종이의 절반을 온갖 낙서 같은 것으로 채워갈 즈음, 여자는 계시를 받은 듯한 표정으로 손을 탁 멈췄다.

"귀인이 보이네… 귀인이 보여."

"귀신이요?"

잠이 덜 깼는지, 긴장 탓인지, 랄라는 '귀인'이라는 말을 '귀신'으로 잘못 알아듣고는 두 눈이 커졌다.

옆에 있던 진영이 어이없다는 표정으로 랄라를 쳐다보며 '귀인'이라는 단어를 되뇌었다.

"아하, 귀인!"

그제야 랄라는 여자가 한 말을 제대로 알아듣고, 뒤늦게 귀인이라는 단어에 반색했다.

여자는 미간을 찌푸린 채 랄라를 한 번 흘겨보더니, 음, 음 소리를 내며 목소리를 가다듬었다.

여자가 다시 눈을 감고 또 무언가를 정신없이 그리기 시작했다. 잠시 후, 그녀는 들고 있던 펜을 놓으며 확신에 찬 어조로 예언했다.

"종이 만지는 일을 해. 귀인이 도와줄 거야. 흰 종이가 돈으로 바뀌어 차곡차곡 쌓이는 게 보여."

순간 랄라와 진영은 서로의 얼굴을 바라보며 의미심장한 미소를 주고받았다.

"대박! 종이 얘기하는 순간 온몸에 소름 돋았잖아."

점집에서 나오자마자, 랄라가 흥분한 목소리로 진영에게 말했다.

“내가 뭐랬어? 여기 용하다고 했지? 너 잘되면 모른 체 하기 없기다.”

“그럼, 그럼. 내가 잘되면 다 네 덕분이야. 친구야, 내가 알아서 잘할게.”

두 사람은 당첨된 복권이라도 손에 쥔 것처럼 킥킥대며 좋아했다.

랄라는 한동안 자신을 괴롭히던 돌덩이 같은 고민의 무게가 점쟁이의 말 한마디에 솜털처럼 가벼워진 기분이었다.

두 사람은 서둘러 회사로 향했다.

* * *

랄라와 진영은 구내식당에서 아침을 먹은 뒤 사무실로 들어가 각자 자리에 앉았다.

자리에 앉아 컴퓨터 전원을 켜기가 무섭게 사내 메신저 쪽지 알림이 깜빡거렸다.

열어보지 않아도 이 부장이 보낸 쪽지라는 건 이젠 눈 감고도 알 수 있었다. 오늘은 또 무슨 일을 자기 대신 해달라고 할지….

“랄라 씨, 어제 상무님이 얘기한 주제로 기획서 초안 좀 작성해 줘.
오늘 안으로!”

"휴…."

랄라의 깊은 한숨 소리가 파티션 너머 건너편에 있는 진영의 자리까지 들렸는지, 바로 그녀에게서 카톡이 날아왔다.

"왜? 무슨 일이야?"

"이 부장이 또 자기 일을 맡기네…."

"못한다고 해. 이제 아쉬운 것도 없잖아."

"… 그렇지?"

랄라는 잠시 망설이다가, 이내 비장한 얼굴로 이 부장에게 쪽지를 썼다.

"부장님, 이제 부장님 일은 남에게 맡기지 마시고
직접 해주셨으면 합니다!"

전송 버튼을 누르고 나니 해방감이 밀려왔다. 속이 시원한 건 물론이고 짜릿한 기분마저 들었다.

새어 나오는 웃음소리를 꾹 참으며 가방에서 조심스레 무언가를 꺼냈다.

사직서였다. 이번에는 참 오래도 들고 다녔다. 이깟 종이 한 장이 뭐라고 그동안 그렇게 고민했던 건지…. 곧 메신저를 통해 이 부장이 호출할 게 분명했다. 지금이야말로 완벽한 타이밍이다.

랄라는 사직서를 받은 이 부장의 표정을 빨리 눈으로 확인하고 싶어졌다. 이 부장과의 대면이 이렇게 기다려질 줄이야….

띠링.

예상대로, 그에게서 쪽지가 왔다.

"회의실로!"

랄라는 숨을 한 번 크게 내쉬고 자리에서 일어났다. 평소보다 허리를 꼿꼿이 세운 채 회의실로 걸어갔다.

"랄라 씨, 여태 아무 말 없다가 갑자기 왜 이래? 당황스럽게…."

이 부장은 말과 달리, 전혀 당황스러운 기색 하나 없는 능글능글한 표정으로 랄라를 쳐다봤다.

랄라는 대답 대신, 사직서를 쓱 내밀었다.

"이건 또 뭐야?"

이 부장은 봉투를 열어 슬쩍 보더니 그녀가 공들여 작성한 사직서를 책상 위에 그대로 내팽개쳤다.

"랄라 씨, 오늘 왜 이리 예민해? 기분 나쁜 게 있으면 얘기를 해. 뜬금없이 사직서는 뭐야?"

"부장님, 제가 예민한 게 아니라 부장님이 너무한 거예요. 본인 일은 스스로 하셔야죠. 저도 할 일이 많은데, 부장님 일까지 맡아서 하는 건 아니지 않습니까? 아무튼, 제가 지금까지 정말 많이 참았다는 것만 알아주세요."

말하고도 믿기지 않았다. 그녀는 자기 입에서 이런 다부진 얘기가 나올 줄은 몰랐다. 어디서 이런 용기가 나왔을까. 역시나 세상에서 가장 무서운 건 아쉬울 게 없는 사람이라는 생각이 들었다.

랄라의 날 선 한마디에 이 부장의 안색이 금방 어두워졌다. 자신이 회사를 그만두면 가장 타격을 입을 사람이니, 당황스러울 수밖에 없을 것이다.

이 부장에게 있어 랄라는 우렁각시나 다름없었다. 지금까지 임원들에게 칭찬받은 모든 일들을 뒤에서 군소리 한번 없이 대신해 줬던 사람이었으니까. 그런 존재의 갑작스러운 퇴사 선언은 이 부장에게 적잖은 충격이었을 것이다.

아니나 다를까, 연신 침을 삼키는 이 부장의 모습에서 초조한 기색이 역력해 보였다. 능력은 없지만, 눈치와 아부를 무기로 이 자리까지 올라온 이 부장 아니던가. 랄라는 자신의 퇴사 의사가 단순한 치기 어린 감정에서 비롯된 게 아니라는 것쯤은 그가 모를 리 없다고 생각했다.

이 부장은 애써 덤덤한 얼굴을 하고 있었지만, 테이블 밑에서 연신 떨리는 그의 다리는 불안한 마음을 고스란히 드러내고 있었다.

근심 가득한 얼굴로 생각에 잠긴 이 부장을 빤히 바라보며, 랄라는 처음으로 작은 희열을 느꼈다. 여태 그 수많은 부당함과 갈굼을 참아가며 이 부장의 하인처럼 살았던 세월을 생각하면 속이 뒤집혔다. 그렇게 자존심과 맞바꾼 월급으로 출세라도 했으면 억울하지도 않았을 것이다. 서른 중반에 얻은 거라곤 야근의 훈장처럼 남은 다크서클과 칙칙한 피부, 웬만한 일에는 눈물조차 나지 않는 메마른 감정이 전부였다.

얼마나 부귀영화를 누리겠다고 그렇게 회사에 충성했을까. 왜 좀 더 일찍 용기를 내지 못했을까. 이제야 모든 후회가 한꺼번에 밀려왔다.

따지고 보면 이게 다 부질없는 욕심 때문이었다. 사실 온갖 무시와 부당함을 겪으면서도 꾸역꾸역 참아냈던 건, 대기업 로고가 박힌 명함이 싫지 않아서였다. 지금까지 쌓아 놓은 커리어로 얻게 될 이득들을 따져보면 자신은 아직 잃을 게 많은 사람이었다.

잃을 게 많고, 가진 것에 대한 미련이 많은 자는 무얼 하든 소심해질 수밖에 없었다. 그 미련들은 언제나 랄라를 약한 존재로 만들었다.

어쩔 수 없이 붙잡고 살았던 온갖 미련을 한 번에 내려놓고 나니, 존재의 위상은 빈약해졌을지언정, 이제야 숨을 제대로 쉴 수 있게 되었다.

마음을 비우니, 상대를 대하는 자세도 달라졌다. 이 부장의 상사라는 지위도 더는 위협적으로 다가오지 않았다. 비로소 마음에 진정한 평화가 찾아온 것 같았다.

이제 사표까지 제출한 마당에, 랄라는 지금부터 이 부장이 어떤 얘기를 하든 순순히 받아들이지 않겠다는 결의를 속으로 수없이 되뇌었다.

이 부장은 시종일관 씁쓸한 표정으로 뭔가를 골똘히 생각하는 듯하더니, 며칠 후 다시 얘기를 해보자고 제안했다.

랄라가 사직서를 제출했다는 소식은 금세 속보처럼 사내에 퍼졌고, 심지어 외부에까지 그 사실이 알려졌다.

그날 오후, 랄라는 예전부터 알고 지냈던 서치펌의 헤드헌터에게서 오랜만에 연락을 받았다. 지금 다니고 있는 회사를 소개해 준 사람이기도 했다.

"랄라 씨, 회사 그만둔다는 소식 들었어요. 타이밍 좋게 경쟁업체에 과장급 오더가 나왔는데, 한번 진행해 볼 의향 있어요? 희망 연봉도 맞춰줄 수 있다네요."

한 분야에서 꾸준히 경력을 쌓다 보니 이렇게 헤드헌터에게서 종종 이직 제안이 왔다. 하지만 이번처럼 사직서를 낸 당일에 연락이 온 건 처음이어서 랄라는 조금 당황스러웠다. 그래도 이런 제안을 받는 게 아직은 쓸모 있는 사람으로 평가받고 있다는 뜻이라고 좋게 받아들이기로 했다.

"저… 실은… 제가 창업을 준비하고 있어서요."

"이직이 아니라 창업이요? 어떤 창업이요?"

"음… 그게… 출판사요."

"출판사요? 누가 요즘 책을 읽는다고…."

수화기 너머로 헤드헌터의 깔깔거리는 웃음소리가 들려왔다. 순간 상대의 무례함에 기분이 상했지만, 랄라는 아무런 반응도 보이지 않았다.

상대방의 싸늘한 침묵에 그제야 정신을 차렸는지, 헤드헌터는 목소리를 가다듬으며 진지한 말투로 얘기를 이어 나갔다.

"랄라 씨, 내가 인생 선배로서 한 마디만 해줄게요. 내가 수년간 이 일을 하면서 정말 많은 사람을 봐 왔는데, 창업했다가 나중에 다시 취업에 성공한 사람을 거의 본 적이 없어요. 게다가 랄라 씨도 이젠 적은 나이가 아니잖아요. 현실을 냉정하게 바라봐야죠. 랄라 씨에게는 어쩌면 이번이 마지막 기회가 될 수도 있어요."

"네, 잘 알겠습니다. 아무튼 신경 써줘서 감사드려요."

"그래요. 랄라 씨 다시 한번 잘 생각해 봐요. 나중에 후회하지 말고요."

"네, 알겠습니다."

랄라는 사무적으로 대답하고 후다닥 통화 종료 버튼을 눌렀다.

따지고 보자면 헤드헌터의 말은 사실 틀린 게 없었다. 하지만 언짢은 기분은 어쩔 수 없었다. 새벽에 점집을 나서며 가슴속에 차올랐던 희망에 갑자기 먹구름이 드리워진 기분이 들었다.

하루빨리 마음먹은 일들을 시작해야만 할 것 같았다. 안 그러면 또다시 현실과 타협하게 될지도 모른다는 생각에 불안해졌다.

그 순간 갑자기 잊고 있었던 무언가가 생각나 가방을 뒤지기 시작했다.

"아, 여기 있었네."

그녀는 가방 속에서 구겨진 쪽지 한 장을 찾아내고는 안도의 한숨을 내쉬었다.

얼마 전 진영이 알려준 대학 선배인 경준의 연락처였다.

랄라와 진영은 회사 동기이기 이전에 대학 동기였다. 진영은 학교 다닐 때부터 경준 선배를 비롯한 모든 사람과 친하게 지내는 것 같더니, 졸업하고 나서도 꾸준히 인맥 관리를 잘하고 있었던 모양이었다.

랄라는 진영처럼 꾸준히 연락하는 사람은 없었지만, 인터넷 덕분에 경준의 소식은 어느 정도 파악하고 있었다.

선배는 언론사에서 근황을 알려주는 인물이 되어 있었다. 안부를 주고받는 사이가 아니어도 기사를 통해 그의 소식을 접하는 건 어렵지 않았다.

경준 선배는 대학을 졸업하자마자 신문사에서 근무하다가 출판사로 이직해 편집자로서 승승장구했다. 이후 시리즈물로 초대박을 터트리면서 스타 편집자로 자리매김한 지 오래되었다. 지금은 다니던 회사를 나와 직접 출판사를 차렸다는 소식도 랄라는 익히 알고 있었다.

진영은 출판사를 차리는 데 있어 경준 선배만큼 좋은 멘토가 없다며, 창업 전에 꼭 만나서 조언을 들어보라고 랄라에게 신신당부했다. 일리 있는 얘기였다.

랄라가 기억하는 경준 선배는 범접할 수 없는 능력과 카리스마를 지닌 사람이었다.

글 하나로 공모전 수상을 싹쓸이했던 선배의 화려한 전적을 비추어보면, 출판사 편집자라는 직업은 꼭 맞는 옷처럼 잘 어울렸다.

그는 학교 다닐 때부터 뛰어난 리더십과 배려심 때문인지 늘 주변에 사람이 많았다. 사실, 랄라도 학교에 다니면서 가장 친해지고 싶은 사람이 경준 선배였다. 하지만 그때는 소심하기도 했고, 아르바이트를 세 개나 하느라 경준뿐만 아니라 다른 친구들과도 제대로 대화할 기회가 없었다. 무엇보다 경준 선배는 자신과는 레벨이 다른 사람이라 여겨 일찌감치 친해지기가 어렵다고 생각했었다.

딱 한 번, 같은 수업에서 한 조가 되어 과제를 함께 했던 게 그와 얘기를 해본 유일한 시간이었다. 하지만 선배가 그걸 기억할 리 없었다.

랄라는 메모지에 적혀 있는 그의 연락처를 보고도 선뜻 전화를 하지 못하고 종이만 만지작거렸다. 평소 연락 한번 없다가 경조

사 때만 연락하는, 자신이 가장 싫어하는 부류의 사람들과 다를 바 없다고 느껴졌기 때문이었다.

왠지 초라한 기분이 들었지만, 지금은 알량한 자존심을 부릴 처지가 아니었다. 손가락은 어느새 스마트폰 통화 버튼을 누르고 있었다.

"안녕하세요? 선배. 혹시 저 기억하세요? 선배랑 같은 과였던 랄라라고…."

"랄라? 어떻게 널 잊을 수 있겠니? 너처럼 특이한 이름을 가진 사람이 많진 않잖아. 하하"

수화기 너머로 들려온 선배의 목소리가 유독 경쾌하게 들렸다. 랄라는 자신을 기억하고 있다는 그의 얘기에 일단 안심이 되었다. 호탕하고 배려심이 느껴지는 말투는 여전했다.

"선배, 이렇게 불쑥 연락드려 죄송해요."

"아냐, 다들 사는 게 바쁘니 좀처럼 연락하며 살긴 힘들지. 그래, 어쩐 일로 랄라가 나한테 전화를 다 했는지 얘기나 한번 들어보자."

"그게… 전화로 하기엔 좀 긴 얘기라…. 선배, 혹시 시간 되시면 제가 한 번 찾아가도 될까요?"

"물론이지. 오늘도 좋아. 오래간만에 외근이 없는 날이라 사무실에 늦게까지 있을 거야. 아무 때나 와도 괜찮아."

"그럼, 오늘 퇴근하고 찾아뵐게요."

전화를 끊고, 랄라는 안도의 한숨을 길게 내쉬었다.

'아, 이럴 줄 알았으면 진작 전화할걸.'

랄라는 퇴근 시간이 되자마자 출판사 창업에 관해 궁금한 것들을 적어놓은 수첩을 챙겨 바로 선배의 사무실로 달려갔다.

2. 이야기가 좋아서

공덕역 앞, 선배가 말한 빌딩이 바로 눈앞에 보였다. 새로 지은 건물인 듯 건물에서 반짝반짝 윤이 났다. 1층에는 랄라가 좋아하는 스타벅스가 있었다.

“와, 이런 건물에서 일하면 일할 맛 나겠네. 이 건물 7층이라고 했지?”

랄라는 선배의 사무실이 있는 건물을 올려다보며 중얼거렸다.

오랜만에 선배를 본다는 생각에 떨리는 마음을 안고 엘리베이터를 탔다. 엘리베이터 안 층별 안내판을 보니 7층에는 선배 출판사 이름만 보였다. 한 층 전체를 쓰는 듯했다.

엘리베이터에서 내리자, 어디선가 잔잔한 클래식 음악이 흘러나왔다. 마치 고급 레스토랑에 들어선 기분이었다. 음악 소리에 이끌려 출판사 입구로 들어서자, 정면의 통창과 벽면의 책장이 눈에 들어왔다.

"이게 성공한 자의 사무실이구나. 와, 엄청나다!"

그녀의 입에서 연신 감탄이 흘러나왔다.

사무실 곳곳에 빼곡히 쌓여 있는 책들은 출판사의 연륜과 위엄을 말해주는 듯 보였다.

두리번거리며 안으로 쑥 들어가니 왼쪽으로 카페테리아처럼 꾸며져 있는 고즈넉한 공간이 그녀의 시야에 들어왔다. 그 옆으로 여덟 개의 책상이 넉넉한 간격으로 배치되어 있었다. 한눈에 봐도 쾌적해 보였다. 직원들은 벌써 다 퇴근했는지 아무도 보이지 않았다.

"선배, 저 왔어요."

랄라는 긴장한 목소리로 선배를 나지막이 불렀다.

투명 칸막이로 둘러싸인 방에서 선배가 웃으면서 나왔다.

"어서 와. 랄라야."

선배는 학교 다닐 때 느꼈던 날카로운 인상과 달리, 세월의 흔적이 느껴지는 가구처럼 편한 모습이었다.

선배는 카페테리아 쪽으로 랄라를 안내하더니 따뜻한 커피를 내리기 시작했다.

"커피 좋아하지?"

"그럼요."

랄라는 부러운 눈길로 실내를 천천히 둘러보았다.

"내부가 북카페 같아서 참 편안해 보여요."

"하하. 그렇게 보여? 우리 직원들이 다들 커피를 좋아하거든. 저기 벽면을 봐봐. 맛있는 것도 많으니 먹고 싶은 거 있으면 마음대로 먹어."

카페테리아 옆 벽면에는 편의점에나 있을 법한 음료 냉장고가 있었고, 그 안에는 캔 음료가 종류별로 가득 채워져 있었다. 냉장고 옆 진열장에는 각종 컵라면과 간식들이 투명 바구니 속에 가지런히 담겨 있었다. 마치 외국 영화 속에서나 봤던 사무실 모습 같았다. 랄라는 모든 게 그저 부럽기만 했다.

향긋한 커피 향이 에어컨에서 뿜어나오는 냉기처럼 구석구석 퍼지면서 공간의 냄새를 바꾸고 있었다. 커피 향이 번질수록 분위기도 한결 따스해졌다. 커피와 책은 이래서 훌륭한 조합이라고 랄라는 생각했다.

"그래서… 랄라가 나를 찾아온 이유가 뭘까?"

선배는 커피를 한 모금 마신 뒤, 살며시 머그잔을 내려놓으며 물었다.

"하하."

랄라는 멋쩍은 웃음을 지으며 잠시 머뭇거리다가 입을 뗐다.

"선배, 실은… 저… 출판사 창업을 하려고 하는데 궁금한 게 좀 있어서요."

"출판사를?"

그는 의외라는 표정을 지으며 화통하게 웃었다.

"… 저도 알아요. 책 읽는 사람도 점점 줄어드는데, 왜 하필 출판사를 차리려고 하는지 궁금하신 거죠?"

풀이 죽은 얼굴로 랄라가 말했다.

"아니, 내가 놀란 건 그 때문이 아니야. 네가 제법 괜찮은 회사에 다니고 있고, 거기서 인정받고 있다는 건 이미 알고 있었거든. 그런데 갑작스럽게 창업을… 그것도 출판사를 차린다고 해서 조금 놀랐을 뿐이야."

"저도 제가 출판사를 차릴 줄은…."

"어떤 이유로 출판사 창업을 결심한 건지 물어봐도 될까?"

랄라는 잠시 머뭇거리다가 입을 뗐다.

"어릴 적 잠들기 전에 엄마가 늘 책을 읽어주셨어요. 저는 그 이야기를 들으며 다양한 세상을 만났던 것 같아요. 이야기를 좋아하다 보니 자연스레 책 만드는 일도 하고 싶어졌고요. 사람들에게 웃음도 주고 감동도 줄 수 있는 일이니까요."

선배는 흐뭇한 미소를 지으며 의자를 바짝 끌어당겼다.

"그럼, 같이 할 사람은 있는 거야?"

"아, 처음엔 저 혼자 해보려고요."

"1인 출판사라…. 쉽지는 않지만 불가능한 건 아니지. 내가 못하는 일은 외주줘서 해결하면 되거든. 책 파는 게 힘들어서 그렇지 책 만드는 건 그에 비해 어려운 일은 아니야."

선배의 얘기에 작은 희망이 느껴졌다.

“사실 출판사를 한다고 하니 누구 하나 호의적으로 얘기하는 사람이 없었어요. 하나같이 점점 책을 안 읽는 시대에 책이 팔리겠냐고…. 사업을 할 거면 책 말고 다른 걸 알아보라고 해서 마음이 답답했거든요.”

“전에 비해 책이 안 팔리는 건 사실이야. 너도 잘 알겠지만, 요새는 책보다 재밌는 게 너무 많잖아. 그러다 보니 출판 시장이 많이 어려워지긴 했어. 우리 학교 다닐 때 흔히 봤던 대형 서점도 지금은 대부분 사라지고 없잖아. 그걸 보면 대강의 분위기는 알 수 있을 거야.”

랄라의 표정이 다시 굳어갔다. 불안한 마음에 아랫입술을 지그시 깨물었다.

“아, 이런…. 시작하는 사람한테 너무 안 좋은 얘기만 했네. 하하.”

선배는 랄라의 표정을 살피더니 다시 말을 이어갔다.

“그렇다고 너무 비관적으로 생각할 필요는 없어. 책을 안 읽는다고 해도 계속 신간은 나오고, 거기서도 잘 팔리는 책은 있잖아. 좋아한다면 해보는 건 나쁘지 않아. 아니, 하고 싶은 건 해봐야지. 게다가 너처럼 이야기를 좋아하는 사람이라면 이 일이 잘 맞을 거야. 단지 허들이 낮다고 쉽게 생각하면 안 돼. 혼자서 모든 걸 다 하려면 정신 바짝 차려야 하고. 아무튼 준비 잘해서 제대로 해봐. 도움이 필요하면 언제든 연락하고. 너라면 잘 해낼 수 있을 거야!”

랄라는 창업을 결심하고 처음으로 내 편이 생긴 기분이 들었다. 그의 얘기를 들으며 처음으로 의욕이 솟아났다. 선배를 찾아온 건 정말 잘한 일이었다.

가보지 않은 길에 대한 두려움과 불안함이 몇 시간 만에 설렘으로 바뀌었다. 가고자 하는 분야에서 이미 성공한 사람을 알고 있다는 것만으로도 랄라는 어쩐지 든든해졌다.

선배는 출판사를 차릴 때까지 언제든 찾아와서 출판 실무에 대해 배워가라며 힘을 실어 주었다.

그날 이후, 랄라는 퇴근하면 곧장 선배의 사무실로 달려갔다. 덕분에 출판의 모든 과정을 차근차근 익힐 수 있었다. 남은 연차 대부분도 출판 일을 배우는 데 사용했다.

연차를 내는 날은 인턴처럼 일을 도우며 궁금한 것들을 해결했다. 다들 경험과 노하우를 기꺼이 나누어 주었다.

선배의 지인이라는 이유로 친절히 대해준 것도 있겠지만, 여태 여러 회사를 거치면서 겪었던 사람들 사이의 어떤 날카로움이 이곳에서는 느껴지지 않았다. 그래서인지 시간이 갈수록 출판이라는 낯선 세계에 대한 기대가 점점 커졌다.

책 인쇄를 할 때는 인쇄소까지 따라가 전 과정을 지켜봤다. 책으로만 공부했던 내용을 현장에서 직접 익히니 확실히 와닿는 게 많았다. 아는 게 많아질수록 막연하기만 했던 출판사 창업도 이제 해볼 만하다는 자신감이 생겼다.

랄라는 자신의 출판사에서 책을 만들 날을 손꼽아 기다리며, 사표가 빨리 수리되기만을 바랐다.

3. 끝과 시작

랄라는 평소보다 한 시간 일찍 회사에 출근했다.

오늘은 드디어 그녀의 마지막 출근 날이다.

이 부장이 사표 수리를 미루는 바람에 계획보다 퇴사일이 많이 늦춰져 짜증이 났었는데, 그래도 마무리가 되어 다행이었다.

그동안 여러 번 회의실로 불려 가 이 부장의 끈질긴 회유와 설득을 들어야 했다. 이 부장은 이번에도 어김없이 연봉과 승진이라는 뻔한 카드를 내세웠지만, 그녀는 끝내 마음을 돌리지 않았다.

인수인계는 다 끝낸 상태라 오늘은 사실상 인사를 하러 나온 셈이었다.

자리에 앉아 그동안 업무를 하며 도움을 받았던 직원들과 외주 업체 사람들에게 퇴사 소식과 함께 감사의 인사를 메일로 전했다.

그러고는 곧장 짐을 정리했다.

몇 년간 몸담은 회사였지만, 짐은 쇼핑백 하나가 전부였다. 이전 회사에서는 식물을 키우고, 인터넷에서 유행하는 책상 인테리어를 따라 하며 책상을 꾸미는 데 공을 들이기도 했었다. 하지만 잦은 이직을 겪으면서 그런 것들이 다 귀찮고 쓸데없이 느껴졌다. 그래서 이곳으로 이직한 후부터는 언제든 떠날 수 있는 사람처럼 단출하게 지냈다. 지금 생각하면 잘한 일이었다.

이 회사에서 힘든 일이 유독 많았기 때문인지, 예전과 달리 미련이나 후회 같은 감정도 남아 있지 않았다. 그저 후련한 마음이 전부였다.

이곳에서 얻은 가장 큰 소득을 말하자면, 학교 동기이자 경력직 입사 동기인 진영과 두터운 우정을 쌓으며 절친이 된 일이었다.

진영과는 정작 학교 다닐 때는 별로 친할 기회가 없었던 터라 눈인사 정도만 하며 지낸 사이였다. 이곳에서 우연처럼 다시 만나 전우애를 불태우며 친해진 건, 어쩌면 운명 같은 일인지 모른다. 진영마저 없었다면 이 회사에서 이렇게 오래 버티지도 못했을 것이다.

생각해 보면, 애초에 직장인이라는 건 랄라에게는 어울리지 않는 옷과 같았다. 남들이 말하는 좋은 회사에 다니고 있었지만, 그건 어디까지나 남들 눈에만 좋은 회사였다.

한창 일할 나이에 정리해고를 당한 선배들이 하나둘 자리를 떠나고부터 애사심도 사그라든 지 오래되었다. 퇴직 시점과 그 이후의 삶에 대해 조심스레 고민하기 시작한 것도 아마 그 무렵부터였을 것이다.

선배들은 한결같이 얘기했다. 직장 생활의 승패는 능력순이 아니라 손바닥의 지문이 누가 빨리 닳아 없어지는가에 달린 거라고. 그들의 조언대로라면 애초에 회사에서 밝은 미래를 기대한다는 건, 그녀에게는 승산이 없는 게임이나 마찬가지였다. 가능성 없는 미래에 기대느니, 손바닥 지문은 보존한 인간으로 남고 싶었다.

창업을 결심한 건 이 부장이 결정적인 계기가 되었지만, 외줄타기처럼 아슬아슬한 삶을 스스로 끝내고 싶었던 이유가 가장 컸다.

이제는 남의 손이 아닌 내가 삶의 방향키를 쥐고 있다고 생각하니, 퇴직이란 게 남들의 우려와는 달리 기분 좋은 선택처럼 다가왔다.

오전 9시가 지나고, 사람들로 꽉 찬 사무실 안은 공기의 무게가 달라졌다. 어느새 사무실은 사람들의 손가락 끝에서 전해지는 키보드 소리와 여기저기서 들리는 웅성거림이 뒤섞여 백색소음을 만들어 내고 있었다. 평소 같으면 랄라도 무표정한 얼굴로 문서 작업을 하느라 분주했을 시간이었다.

여느 때와 달리 딱히 할 게 없다 보니 그녀는 갑자기 손님이 된 것처럼 뻘쭘해져 빨리 자리를 뜨고 싶은 마음뿐이었다.

엄마와 카톡을 주고받으며 지루한 시간을 보내고 있는 사이,

아침마다 그녀의 건강을 챙겨주었던 녹즙 배달 아주머니가 다녀갔다. 아주머니는 서운하다는 말과 함께 가장 비싼 석류즙을 선물로 주고 후다닥 사라졌다.

잠시 후, 랄라가 근무하는 10층 화장실 담당자 김씨 아주머니와 사무실을 청소해 주시던 박씨 아주머니가 찾아왔다. 다들 어떻게 랄라의 퇴사 소식을 알았는지, 몹시 서운해하며 눈시울을 붉혔다.

진영은 절친의 마지막 출근을 눈물로 배웅하고 싶지 않다며, 아예 휴가를 내고 회사에 나오지도 않았다. 괘씸하다고 해야 할지, 눈물겨운 우정에 고마워해야 할지….

조금 있으니 이 부장이 회의실로 랄라를 불렀다.

"랄라 씨, 오늘이 마지막 날인데 기분이 어때?"

이 부장은 여느 때와 다름없이 능글거리는 웃음을 지으며 물었다. 그의 얼굴엔 여전히 못마땅한 표정이 역력했다.

랄라는 대답 대신 여유 있는 미소를 지어 보였다. 속이 다 시원하다고 말하고 싶었지만, 마지막까지 이 부장과 괜한 트러블을 만들고 싶지는 않았다.

"회사 나가서 뭐 할거나 있어? 전문직도 아니고…."

'그러면 그렇지.'

랄라의 입에서 작은 한숨이 새어 나왔다.

이 부장은 특유의 음침한 눈웃음을 지으며 마지막까지 그녀의

심기를 건드리려 애쓰는 듯 보였다.

랄라는 태연함을 잃지 않으려고 미소를 지어 보였다. 이 부장 앞에서는 그래야 했다. 능력도 없으면서 손바닥 하나로 이 자리까지 올라온 인간. 할 말은 많지만, 대응할 가치조차 느껴지지 않았다. 다행스러운 건, 이제는 하도 단련되어 그 어떤 얘기에도 타격감 하나 없었다. 단지 이 자리를 어떻게 빨리 벗어날지 고민하느라 머릿속이 분주했다.

그래도 한때 모셨던 상사이니 예의를 갖춰 인사를 하라던 오늘 아침 엄마의 당부가 생각나 랄라는 정중하게 이 부장에게 마지막 인사를 건넸다.

"부장님, 지금까지 여러모로 감사했습니다. 건강하세요."

딸꾹, 딸꾹.

마음에도 없는 얘기를 하고 나니 갑자기 딸꾹질이 났다. 딸꾹질을 핑계로 자리에서 일어나려 하자, 이 부장은 왜 이렇게 성급하냐고 나무라며 본격적으로 자기 할 말을 시작했다.

"내가 랄라 씨 많이 아꼈던 거 잘 알지? 랄라 씨가 그래도 나이가 있어 그런지, 말도 잘 듣고 책임감도 강하다는 걸 내가 잘 알아. 혹시라도 지금까지 나한테 섭섭한 게 있었으면 빨리 잊어버리고…. 누구 미워하고 마음에 담아두는 건 본인한테도 안 좋은 거니까. 그리고 내가 진심으로 랄라 씨 생활이 걱정되어 우리 팀 외주 일을 맡겨 주려고 하는데…."

"아… 아뇨. 괜찮습니다."

상대의 얘기가 끝나기도 전에 그녀의 입에서 거절의 말이 먼저 튀어나왔다. 그 속이 훤히 보여서였다. 아쉬운 건 내 쪽이 아니라 그쪽일 텐데, 부탁하면서도 생색이라니. 고작 머리를 쓴다는 게 외주라는 미명으로 선심 쓰듯 계속 일을 맡기려는 요량인데, 그 뻔한 속을 이제 그녀가 모를 리 없었다.

이 부장으로 말할 것 같으면 기획서 하나 제 손으로 작성을 못해 매번 남에게 일을 맡기고, 자기는 고객관리를 한다는 구실로 골프나 치러 다니던 사람 아니던가. 그러면서 윗분들에게는 뻔뻔하게 자기가 모든 걸 다했다고 말하고 다니던 인간! 매번 자기 때문에 야근을 밥 먹듯이 했음에도, 밥은커녕 회사 로비에서 파는 천오백 원짜리 아메리카노 한 잔도 사준 적 없는 좀팽이 같은 놈!

참았던 욕설이 마음속에서 치밀어 올랐지만, 랄라는 애써 태연한 척했다. 잠시 후 이 건물을 나간 후부터는 평생 이 부장을 볼 일이 없을 테니 괜한 감정을 낭비하며 힘을 빼고 싶지는 않았다.

그녀의 입에서 거절의 답이 나올 거라 예상을 못 했는지, 이 부장의 얼굴에서 당황한 기색이 역력했다. 이 부장 얼굴의 미세한 근육들이 쪼글쪼글한 주름과 함께 부들부들 떨리는 게 눈에 보였다. 그의 진한 겹 쌍꺼풀도 당황을 해서인지 더 도드라져 보였다. 안 그래도 느끼한 얼굴이 오늘따라 더 비호감으로 느껴졌다.

그래도 마음은 가벼웠다. 선심이든 무엇이든 간에 냉정한 이 부장이 아쉬워할 만큼 자신이 쓸모 있는 존재였다는 것을 확인한 것만으로 만족스러웠다.

사실 그녀의 퇴직은 한동안 회사 내에서도 얘기가 많았다. 인사 팀장은 마지막 면담 자리에서 다들 랄라의 퇴사를 아쉬워한다며 퇴직을 직접 만류하기도 했다. 다른 부서 팀장들과 임원들까지 나서서 랄라에게 재고를 권유했던 것만 봐도, 이곳에서 그녀의 존재가치는 충분히 증명한 셈이었다.

각자도생이 기본인 회사라는 살벌한 전쟁터에서, 떠나는 사람을 붙잡는 일은 매우 이례적인 일이라는 걸 그녀도 잘 알고 있었다. 그래서 일말의 부채감 없이 떠날 수 있다는 것만으로도 어떤 소명을 다한 기분이 들었다.

이 부장은 사람의 앞날은 알 수가 없다며, 그렇게 무 자르듯 상대의 호의를 거절하면 안 된다며 타이르듯 말했다. 그러면서 카톡 차단은 하지 말라고 신신당부했다. 랄라는 아무런 대꾸도 하지 않고 가볍게 눈인사만 하고 회의실을 빠져나왔다.

그제야 딸꾹질이 멈췄다.

자리로 돌아오자, 팀원들과 그녀를 아는 타 부서 사람들이 하나둘 찾아와 마지막 인사를 건넸다. 원수 같았던 사람들이 마지막 날은 왜 이리 다들 따뜻하고 살갑게 다가오는지…. 있을 때 잘했으면 얼마나 좋았을까.

다들 그녀의 퇴사 이유에 대해 궁금해했지만, 랄라는 출판사 창업에 대해서는 끝내 밝히지 않았다. 회사를 떠나고 나서도 불필요한 관심을 받고 싶지 않아서였다. 그래서 '그냥 쉬고 싶어서'

라는 가장 무난한 번명으로 사람들의 궁금함을 잠재웠다. 다들 이해한다는 눈빛으로 고개를 끄덕였다.

랄라는 어제저녁 팀원들과 마지막 회식을 했기에 굳이 오늘 점심까지 같이하고 싶지는 않았다. 헤어짐은 짧고 담백하게 하고 싶어서 일부러 미리 반차를 신청해 둔 건 정말 잘한 선택이었다.

점심시간이 되기 전, 팀원들과 마지막 인사를 나누고 그녀는 사무실을 나왔다. 남겨진 사람들의 얼굴에서 떠나는 이에 대한 부러운 시선이 느껴졌다. 왠지 이 순간만큼은 세상에서 가장 행복한 사람이 된 것 같았다.

건물을 빠져나오자 눈부실 만큼 환한 햇살이 비췄다. 마치 앞으로 좋은 일이 생길 것 같은 징조 같았다.

랄라는 마지막으로 회사 빌딩을 올려다보며 비장한 다짐을 했다. 다시는 회사로 돌아가지 않겠다고.

그녀는 아무도 보지 않는 곳을 향해 손을 흔들며, 작은 소리로 외쳤다.

"안녕, 직장인 랄라야! 그동안 고생 많았어."

2부. 처음은 누구나 서툴다.

4. 그래도 서교동이잖아.

서교동은 랄라에게 추억이 많은 동네다. 유년 시절을 보낸 곳이고, 대학도 이 근처에서 나왔다. 비록 이루어지진 않았지만, 첫사랑과 시작과 끝을 함께한 곳이기도 했다. 그래서 예전부터 창업이라는 걸 하게 되면 꼭 이곳에서 시작하고 싶은 바람이 있었다.

오랜만에 찾은 서교동은 예전과는 많이 달라져 있었다. 다양한 국적의 사람들이 거리를 오가고, 빽빽하게 들어선 가게 사이로 새로 들어선 쇼핑센터와 호텔이 눈에 띄었다. 랄라의 오랜 기억 속 소박한 동네의 모습과는 완전히 딴판이었다.

한때 서교동은 출판 비즈니스의 중심지라고 할 만큼 출판사가 많았던 동네였다. 이제는 이 동네 골목 어디에서도 그 흔적을 찾아볼 수 없을 만큼 그새 다른 곳이 되어 있었다.

출판사들이 떠난 동네는 여전히 '문화'라는 코드를 내세우며 한류 문화 중심지로 자리를 잡았지만, 랄라의 눈에는 이런 모습이 조금은 번잡하고 낯설게 다가왔다.

랄라가 사무실을 구하느라 서교동에서 실속도 없이 돌아다닌 지도 벌써 며칠째다. 오늘도 이른 아침부터 나와 돌아다녔더니 금세 피로가 몰려왔다.

요 며칠 동안, 이 지역 매물들은 대부분 훑어봤다. 하지만 가진 돈으로는 어림도 없었다. 예산이 적다 보니 부동산에서도 보여줄 수 있는 게 한계가 있다고 했다. 누가 창업하라고 떠민 것도 아닌데, 한껏 구겨진 자존심 때문인지 괜히 마음이 서글펐다.

사회라는 현실의 매운맛에 뒤늦게 혼쭐이 나는 기분이었다. 전쟁같이 느껴졌던 직장 생활의 고단함도 이에 비하면 아무것도 아니었다. 회사라는 울타리가 그동안 얼마나 든든한 배경이었는지 새삼 깨닫게 되었다.

퇴사를 한 게 정말 잘한 일인가? 뒤늦게 현타가 왔다. 아무리 대기업을 다녔다고 한들 현실 앞에서는 돈이 없어 환영받지 못하는 초라한 손님에 불과하다는 걸 받아들여야만 했다.

텅 빈 주머니만큼 마음도 점점 의기소침해졌다. 우쭐해 한 적은 없지만 여태 기죽으며 살아오진 않았는데…. 불과 며칠 사이에 달라진 위상은 저절로 사람을 겸손하게 만들었다.

몸과 맘이 지칠 대로 지쳐, 이제는 적당한 곳이 있으면 아무 곳이나 계약하고 싶은 심정이었다.

춥고 배가 고프니 기분까지 가라앉았다. 일단 뭘 먹어야 할 것 같았다.

마침, 붕어빵을 파는 가게가 눈에 들어왔다. 단팥 붕어빵 3개에 2천 원. 마지막으로 먹었던 붕어빵이 5개에 천 원이었던 걸로 기억하는데, 그새 참 많이도 올랐다.

물도 없이 따뜻한 붕어빵 세 개로 속을 좀 채우고 나니 기분이 한결 나아졌다. 다시 걸을 힘도 생겼다.

홍대입구역 부근의 작은 골목을 따라 걷다 보니 허름한 부동산 하나가 눈에 들어왔다. 반지하처럼 생긴 구조 때문인지 눈에 잘 띄지 않아 하마터면 그냥 지나칠 뻔했다. 지난 며칠간 돌아다녔던 부동산과는 확연히 다른 모습이었다.

'한류 부동산'

외국인들이 많이 찾는 동네이다 보니 가게 이름을 그렇게 지은 것 같았다.

상호와 달리 외관은 한눈에 봐도 힙한 동네 이미지와는 다소 거리가 있었다. 이곳은 지금까지 다녀본 부동산과는 뭔가 다를 것 같은 예감이 들었다. 오래된 외관에서 풍기는 세월의 흔적에 어쩐지 믿음이 갔다. 이곳이라면 자신에게 소개해 줄 만한 물건을 찾아 줄 수 있을 것 같은 막연한 기대감이 들었다. 만약 이곳에서도 보여줄 만한 마땅한 매물이 없다고 하면, 이 동네는 이제 단념하고 좀 더 저렴한 동네를 알아봐야겠다고 마음먹었다.

낡은 미닫이 철제문을 힘껏 밀고 들어갔다. 빡빡한 문에서 삐거덕 소리가 요란하게 났다.

부동산 내부는 아이돌 포스터와 연예인 사인으로 빽빽하게 채워져 있었다.

사장으로 보이는 중년의 남자가 이제 막 늦은 점심을 먹었는지 도시락 뚜껑을 덮고 분주히 먹은 자리를 정리하고 있었다.

안팎의 온도 차이 때문에 콧속으로 훅 들어온 음식 냄새가 조금 역겨웠다.

남자는 랄라를 보자마자 재빠른 손놀림으로 책상과 입 주변을 휴지로 닦아내고는 수첩과 볼펜을 들고 그녀 앞에 섰다. 깔끔하게 정장을 차려입은 중년 남자의 모습이 부동산 내부에서 풍기는 이미지와는 대조적으로 보였다. 그의 얼굴에서 오랜 관록이 느껴졌다.

남자는 '한류 부동산 대표 방대성'이라고 적힌 명함을 정중하게 손님에게 건넸다.

"어서 와요. 집 알아보려고요?"

"아… 그게… 작은 사무실을 얻고 싶어서요."

"어떤 거 팔려고요?"

"사무실에서 직접 뭘 파는 건 아니고… 출판사 사무실로 쓰려고요."

랄라는 혼자 사용할 거라 공간이 클 필요가 없다는 걸 재차 강조했다. 형편도 안 되는데, 의미도 없는 곳들을 보러 다니느라 더 이상 시간과 체력을 낭비하고 싶지 않았다.

부동산 사장은 손님의 요구를 듣더니 환한 얼굴로 손바닥을 딱 쳤다.

"마침, 좋은 물건이 나와 있어요. 이 물건은 다른 부동산에는 없는 귀한 물건인데, 손님이 운이 참 좋네. 위치도 역에서 5분밖에 안 걸리고, 주변도 조용해서 출판사 하기에 이만한 게 없어요. 어때요? 한번 보러 갈래요?"

"네, 좋아요."

왠지 느낌이 괜찮았다. 사장님의 말대로라면 매물도 나쁘지 않을 것 같았다. 갑자기 어떤 희망이 보이기 시작했다. 그녀는 한껏 기대에 부푼 마음으로 사장님을 따라나섰다.

* * *

"사장님, 아직 멀었나요?"

역에서 5분밖에 안 걸린다더니, 체감상 벌써 20분은 걸어온 듯했다. 건물은 아직 눈앞에 나타나지 않았고, 사장님 발걸음은 여전히 멈출 기미가 없었다.

걸음 수가 늘어날수록 평지와는 멀어지고, 지대는 점점 높아졌다. 갈수록 인적도 드물었다.

'아, 언덕만은 피하고 싶었는데… 지금 내 수준이 딱 이 정도인가 보네. 그래도 대출이나 부모님 도움 없이 들어갈 수 있는 사무실이 있다는 게 얼마나 다행이야?'

랄라는 마음속으로 끊임없이 자신을 다독였다. 하지만 걸음이 길어지면서 몸은 무거워지고 사무실을 얻겠다는 의지마저 점점 사그라들었다.

차가운 바람이 얇은 코트 소매 사이로 계속 스며들었다. 몸속의 냉기 때문인지 콧물이 나서 계속 코를 훌쩍거렸다. 알 수 없는 서러움이 한겨울의 추위도 밀어내고 마음 깊은 곳 어딘가에서 부유하는 것 같았다.

가도 가도 목적지는 보이지 않았다. 아무래도 뭔가 속은 기분이 들어 랄라는 점점 마음이 언짢아졌다. 다행히 그때, 드디어 사장님의 발길이 어떤 허름한 가게 앞에서 멈췄다.

"아, 다 왔네. 여기예요."

그는 바지 주머니에서 손수건을 꺼내 이마에 흐르는 땀을 닦았다. 그러면서 날씨가 추워서 더 멀게 느껴지는 거라며 어색한 웃음을 지어 보였다.

아무리 그렇더라도 역에서 5분으로는 절대 올 수 없는 거리였다.

"이곳이 원래는 장사가 잘되던 곳이었어요. 요새 사람들 말로

핫플? 뭐… 암튼, 그런 곳이었지. 근데 가게 사장이 갑자기 몸이 안 좋아서 관두는 바람에 이렇게 비어 있었던 거지, 이 근방에서 이 가격에 이 정도의 물건은 찾기 힘들어요. 천천히 둘러봐요. 아, 그 옆에 있는 가게도 공실이고 가격도 같으니까 아가씨 맘에 드는 곳으로 정해봐요. 먼저 계약하는 사람이 임자니까."

랄라는 어리둥절한 표정으로 주위를 맴돌았다. 그가 말하는 곳이 정확히 어디인지 감이 오지 않았다. 아무리 둘러봐도 눈에 들어오는 건 단층 상가 하나뿐이었다.

한 지붕 아래 나란히 붙어 있는 가게 두 개는 모두 공실인 듯 보였다. 치킨집 간판이 달려 있지만, 한눈에 봐도 장사를 접은 지 오래된 모양새를 하고 있었다. 아무리 봐도 사무실로 쓸 만한 모습은 아니었다.

'설마 이곳은 아닐 거야.'

눈앞에 보이는 현실을 강하게 부정하며 랄라는 계속 주변을 두리번거렸다.

"아, 어딜 자꾸 두리번거려요? 여기라니까!"

사장님은 답답하다는 듯 한숨을 쉬며, 다시 한번 손가락으로 정확하게 매물을 가리켰다. 그가 얘기한 사무실은 바로 앞에 있는 치킨집임이 명확했다.

사장님은 출판사를 한다고 했던 얘기를 허투루 들은 건지, 아니면 출판사가 뭐 하는 곳인지 모르는 건지…. 치킨집을 쳐다보던 랄라는 기가 막혀 그만 실소를 터트리고 말았다.

"거봐, 아가씨가 마음에 들어 할 줄 알았다니깐."

남의 속도 모르는 상대의 어처구니없는 얘기에 랄라의 얼굴에서 웃음기가 빠르게 사라졌다.

가파른 언덕, 후미진 골목길 끝에 있는 낡은 치킨집. 장사가 잘되었다는 누군가의 말과는 달리, 눈에 들어온 모습은 가게 주인이 야반도주라도 한 듯 보였다. 간판은 물론이고 급히 떠났음을 암시하듯, 낡은 튀김기 안에 기름도 그대로 남아 있었다. 기름 위에는 온갖 종류의 부유물들이 둥둥 떠다니고 있었다. 가게 문틈 사이로 빛바랜 각종 전단지가 바람에 펄럭이며 스산함을 더했다.

가게 상태를 보아하니 부동산 사장님이 들려준 얘기와 달리 치킨집 사장이 이곳을 떠난 진짜 이유가 따로 있을 거라는 의심이 들었다.

내부는 더 심각했다. 벽은 기름때로 곳곳이 얼룩져 있었고, 오랜 시간 가게에 베인 느끼한 기름 냄새가 콧속을 자극했다. 가게 구석에는 날짜가 한참 지난, 쓰다 만 기름통들이 자리만 차지하고 있었다. 기분 탓인지 속이 메슥거렸다.

랄라는 치킨집을 빠져나와 슬며시 옆 가게를 둘러보았다. 옆 가게도 사정은 마찬가지였다. 이곳은 간판을 떼어간 건지, 원래부터 없었는지 가게 이름도 보이지 않았다. 간판이 없어도 고약한 생선 비린내 때문에 눈 감고도 이곳이 생선구이 집이었다는 걸 단번에 알아맞힐 수 있었다. 벽에 걸린 달력의 숫자는 얼마나 이곳이 오래 비어 있었는지를 말해주고 있었다. 생선구이와 치킨, 둘 다 싫지만, 둘 중에 고르라면 차라리 치킨이 낫겠다 싶었다.

가게 바로 앞에는 정체 모를 앙상한 나무 한 그루가 골목의 터줏대감처럼 자리를 지키고 있었다. 그 뒤편에는 낡은 야외 운동기구 두 개가 어울리지 않는 모습으로 작은 공간을 차지하고 있었다.

그나마 가게 안에서 바라본 바깥 전망은 그럭저럭 봐줄 만했다. 하지만 1층이라는 건 여전히 썩 내키지 않았다. 음식점이나 물건을 파는 가게라면 당연히 1층이 좋겠지만, 출판사로 쓰기에는 결코 장점이 될 수 없었다.

애초에 기대하지 말아야 했나 보다. 여기까지 걸어오는 내내 상상했던 공간의 모습은 그 어디에도 없었고, 눈앞에서 마주한 현실은 마음만 더 착잡하게 만들었다.

손님의 미지근한 반응을 의식한 듯, 사장님은 좀 더 강하게 밀어붙였다.

"이 정도 금액이면 정말 이 동네에서 귀한 물건이에요. 이런 물건은 금방 나가요. 건물주가 깔끔한 업종을 선호해서 사람을 가리느라 여태 비워뒀던 거지, 임자 나타나면 금방 나갈 물건이라고요. 다른 거 볼 필요도 없어요. 이거 잡아요. 게다가 옆에 있는 집들도 다 비어 있어 방해할 사람도 없으니 출판사 하기에는 이만한 데가 없어요."

랄라는 이 골목을 들어설 때 지나쳤던 집 두 채가 떠올랐다. 다시 골목 초입으로 돌아가 두 집의 외관을 유심히 살펴봤다. '집'이라는 단어가 주는 온기와는 거리가 멀었고, 창백한 기운만이 감돌았다. 한눈에도 빈집이라는 게 느껴졌다.

그러고 보니 이 골목은 사람이 아무도 살지 않는 죽은 골목이나 다름이 없었다. 랄라는 갑자기 등골이 서늘해졌다.

부동산 사장님은 여전히 꿈쩍도 하지 않는 손님의 얼굴을 잠시 쳐다봤다. 그는 노련한 경험에서 단련된 눈치로 이쯤에서 뭔가 한 방이 필요하다는 걸 직감한 듯 말했다.

"옆 가게에 카페가 들어오면 딱 좋죠! 커피와 책, 얼마나 궁합이 잘 맞아요?"

"카페가 들어오나요?"

사장님이 던진 미끼를 덥석 문 물고기처럼, 랄라는 금세 '카페'라는 단어에 반응했다.

"뭐 그런 건 아니지만… 그렇다는 가정하에…."

랄라는 입맛을 다시며 생각에 잠겼다. 선뜻 결정하기에는 아쉬운 게 많았다.

그녀는 가게와 주변을 사진으로 찍은 뒤, 며칠 동안 생각할 시간을 달라고 부탁하고 골목을 빠져나왔다.

집에 돌아와서도 랄라의 머릿속은 온통 사무실 생각으로 가득했다. 며칠 동안 둘러본 결과, 현재 주머니 사정으로는 서교동에서 마음에 쏙 드는 물건을 찾는 건 불가능했다.

침대에 누워 오늘 본 치킨 가게의 구조를 떠올리며 출판사 인테리어를 시뮬레이션해 봤다.

생각보다 나쁘지 않았다. 지대가 높은 건 아쉽지만, 형편을 생각하면 어쩔 수 없었다. 그래도 카페와 출판사가 나란히 있는 모습을 상상하니 왠지 근사한 그림이 그려졌다. 아무리 생각해도 이게 최선이었다.

마음을 정하고 나니, 현실적인 문제가 마음에 걸렸다. 사업을 시작하려면 최소 세 종의 제작 비용을 마련해 두라는 선배의 조언이 떠올라서였다. 자본금과 사무실 보증금까지 맞추려면 부모님의 집에 다시 들어가야 한다는 결론이 나왔다.

다시 본가로 들어간다는 건 영 내키지 않았다. 자신이 하는 일이라면 뭐든 못마땅하게 여기는 아버지를 다시 마주해야 하기 때문이었다. 하지만 지금으로서는 달리 선택권이 없었다.

그나마 다행인 건, 지금 살고 있는 원룸이 계약만료가 되어 주인 할아버지가 언제든지 나가는 날에 보증금을 돌려줄 수 있다고 해서 딱히 이사로 신경 쓸 일은 없었다. 풀 옵션 원룸에 요리도 집에서 안 하니, 짐이라고 해봐야 트렁크 하나에 다 들어갈 만큼 단출했다. 그래서 오늘이라도 당장 짐을 챙겨 나올 수 있었다.

랄라는 곧장 엄마에게 전화를 걸었다.

"엄마, 나 다시 집에 들어가야 할 것 같아."

5. 아무튼 사장

"재는 어떻게 들어간 직장을 매번 그렇게 쉽게 나와? 시집도 안 가고 나이만 꽉 찼는데…. 그나마 간판이라도 있어야 제대로 된 선 자리라도 들어올 텐데 원…."

"자기가 해보고 싶은 일은 해봐야죠. 우리 때와는 달라요."

"당신이 오냐 오냐 키워서 재가 저렇게 인내심도 없고, 제멋대로 하는 거라고."

랄라가 본가로 돌아온 첫날, 한동안 조용했던 집안에 다시 목소리가 커졌다. 이미 예상했던 일이었다.

퇴사와 입사를 반복할 때마다 아버지의 언성은 한결같이 높아졌다. 이번에는 퇴사 후 재입사가 아니라, 한술 더 떠 창업하겠다고 회사를 나왔으니, 아버지의 분노는 극에 달한 듯했다.

안 그래도 하나뿐인 자식의 잦은 이직이 사회 부적응자처럼 느껴진다고 늘 못마땅해하던 아버지였다. 한 직장을 40년 넘게 다닌 아버지로서는, 자식의 행동이 도저히 이해되지 않는다는 걸 랄라도 잘 알고 있었다. 게다가 딸이 대기업에 다닌다는 사실이 남들 앞에서 하던 유일한 자랑거리였는데, 이제 그마저도 할 수 없게 된 것이다. 랄라는 아버지에 대한 반감보다는 불효를 저지른 죄책감 때문에 마음이 무거웠다. 아버지와의 오랜 갈등은 더욱 깊어질 듯싶었다.

랄라가 원래부터 아버지와 사이가 나빴던 건 아니었다. 한때는 존재 자체만으로 아버지에게는 기쁨이었고, 살아가는 이유였다. 하나밖에 없는 자식이니 아버지에게는 더욱 애틋할 수밖에 없었고, 그만큼 기대도 컸을 것이다.

부녀 사이를 갈라놓은 결정적인 사건은 랄라가 전공을 정해야 하는 고3 때 찾아왔다. 아버지는 딸의 의사는 안중에도 없고 무조건 선생님이 돼야 한다고 했다.

다른 이유는 없었다. 그저 시집을 잘 간다는 이유에서였다.

하지만 랄라는 남들 앞에 나서는 직업보다, 혼자서 창의적으로 무언가를 만들어 내는 일을 하고 싶었다.

아버지와의 팽팽한 대립 속에서, 다행히 엄마의 지지 덕분에 원하는 전공을 선택할 수 있었다. 결국 자식은 원하는 삶을 얻었지만, 부녀 사이는 여름과 겨울처럼 멀어졌다. 이때부터 랄라의 문제로 부모님이 다투는 일도 잦아졌다.

대학 입학을 기점으로 아버지는 딸에게 해주었던 모든 경제적 지원을 뚝 끊었다. 자신이 선택한 일에 책임을 지라는 이유에서였다. 물론 아버지 모르게 엄마가 도움을 주긴 했지만, 랄라는 경제적으로도 완벽히 독립하고 싶었다. 그래서 어느 순간부터 엄마의 지원도 거절했다. 랄라는 그렇게 일찌감치 경제적 자립을 시작했다.

학교 다닐 때는 아르바이트를 세 가지나 하면서 정신없이 살았다. 대학의 낭만은 고사하고, 늘 시간이 부족해 친구 하나 사귈 여유조차 없었다.

졸업 후 취업하자마자, 랄라는 아무도 모르게 몇 달 동안 주말 아르바이트까지 병행하며 악착같이 돈을 모았다. 그 결과, 입사 1년 만에 회사 근처 작은 원룸을 얻어 독립할 수 있었다.

독립을 계기로 모두가 평화를 얻었지만, 부녀 사이는 점점 남보다 더 어색해졌다. 그리고 여전히 냉전은 진행 중이었다.

창업을 계획하지 않았더라면, 다시 집에 돌아올 일은 아마 없었을 것이다. 그동안 부모님이 누렸던 평화는 랄라가 본가로 들어온 첫날부터 여지없이 깨지고 말았다.

침대에 누워 안방 문틈으로 새어 나오는 부모님의 다투는 소리를 듣고 있자니, 또다시 마음이 불편해지기 시작했다.

이젠 직장도 그만둔 마당에 어쩔 도리가 없었다. 앞으로 살아가려면 전보다 강해져야 한다는 다짐만 수없이 되뇌었다.

당장 내일은 사무실 계약이라는 큰일을 앞두고 있었다. 랄라는 이불을 얼굴까지 끌어 올리고 헤드폰을 귀에 밀착했다. 헤드폰에서 흘러나오는 Pharrell Williams의 'happy'를 따라 부르며 억지로 마음을 달랬다.

다음 날.

"이름이 랄라예요?"

부동산 사장님이 랄라의 신분증을 확인하며 신기한 듯 물었다.

"신나는 일이 있을 때 '랄랄라'하고 흥얼거리잖아요. 부모님이 그렇게 매일 신나는 인생을 살라고 지어주신 이름이에요."

"부모님이 딸을 엄청 사랑하나 보네. 그래서 신나는 일이 많았어요?"

"아…네…."

랄라는 말끝을 흐렸다.

언젠가부터 자신의 이름을 얘기하면 늘 뒤따라오는 질문이었다. 하지만 한 번도 자신 있게 대답하지 못했다. 사람의 인생은 이름을 닮아간다고 했던 어른들의 확언이 자신만 비껴간 듯했다.

이름처럼 자신도 신나는 인생을 살 줄 알았다. 그런데 서른이 훌쩍 넘은 지금도 신나는 일 하나 없으니….

랄라는 씁쓸한 표정을 지은 채, 가게 문을 초조하게 바라보았다.

"누구 기다리는 사람 있어요?"

"가게 주인이요. 주인분은 언제 오시나요?"

사장님은 계약서 작성을 하면서 씩 웃었다.

"… 내가 주인이에요."

오늘에서야 듣게 된 그의 건물주 고백이 다소 뜬금없게 들렸다. 그래도 '부동산 사장'이 가게 주인이라는 사실에 어쩐지 안심이 되었다.

순간 랄라는 난데없는 호기심이 발동했다.

"사장님, 혹시… 그 골목에 있는 빈집들도 사장님이 주인인가요?"

그는 대답 대신 빙그레 웃음을 지어 보였다.

'부자였구나….'

부동산 사장님은 랄라가 이사 들어오는 날까지 가게에 있던 집기들을 깨끗하게 정리해 주기로 했다. 페인트칠도 새로 해주겠다고 약속했다. 그녀는 알겠다며 작게 고개만 끄덕였다.

랄라는 계약서를 다시 한번 꼼꼼하게 확인하고 사인을 했다.

기분이 이상했다. 인생에서 처음으로 큰일을 해낸 것 같은 뿌듯함과 두려움이 함께 밀려왔다. 이제야 비로소 사장이 되었다는 게 실감이 났다.

6. 원고 없는 출판사

약속대로 부동산에서 청소와 페인트칠을 해준 덕분에 가게 안은 예전의 치킨 가게 흔적을 거의 찾아보기 어려울 만큼 말끔해졌다. 기름 찌든 냄새는 여전했지만, 이건 시간이 지나면 해결될 일이라 크게 신경 쓰이지 않았다.

랄라는 그간 인테리어 잡지를 뒤지며 머릿속에 구상해 놓은 모습으로 사무실을 꾸몄다. 업무에 필요한 최소한의 가구를 들여놓고, 좋아하는 그림과 소품들을 곳곳에 배치해 놓으니 제법 근사한 출판사 사무실의 형태가 갖춰졌다.

랄라는 우렁찬 목소리로 혼자 파이팅을 외치며 본격적으로 업무를 시작하기 위해 자리에 앉았다.

그런데 뭔가 허전했다.

아뿔싸, 책을 만들어야 하는 데 원고가 없다.

그녀는 이제야 제대로 된 준비 없이 일을 벌였다는 사실을 깨달았다. 명색이 출판사인데, 출판할 원고 하나 없이 창업하다니…. 머릿속이 하얘졌다. 사무실 얻는 데만 신경 쓴 나머지, 정작 중요한 원고는 생각조차 하지 못했다.

어디선가 아버지의 호통 소리가 들리는 것 같았다.

'네가 하는 일이 그렇지!'

책을 만드는 출판사에서 원고는 핵심 재료나 다름없는데, 그게 없으니 당장 아무것도 할 수가 없다. 대체 무슨 정신이었을까. 이건 마치 빵 만들 밀가루가 없어 장사를 하지 못하는 빵집과 뭐가 다른가. 어휴….

출판에 관해서만큼은 모든 해답을 쥐고 있는 경준 선배에게 이번에도 도움을 청할 수밖에 없었다. 랄라는 바로 선배에게 전화를 걸어 이 상황을 의논했다.

"기왕 이렇게 된 거 어쩔 수 없지, 뭐. 머릿속에 생각이 많으면 정작 중요한 건 챙기지 못할 때가 있잖아. 너무 자책하지 마. 일단 내 주변에 책을 내려고 준비 중인 사람들이 몇 명 있는데, 그 사람들을 소개해 줄게."

"그래도 그건 좀…. 선배도 출판하는 사람인데…."

"나는 지인들 책은 내 손으로 안 만들어서 그건 신경 안 써도 돼. 다만 꼭 만나서 얘기는 나눠봐. 나도 안면은 있지만, 같이 일을 해본 건 아니라서. 그나저나 첫 책인데… 저자를 잘 만나야 할 텐데….”

저자를 잘 만나야 한다는 그의 말이 이때는 와닿지 않았다. 그게 어떤 결과를 가져올지 몰랐으니까. 지금 당장은 급한 불을 꺼 줄 사람들을 소개받았다는 것만으로도 숨통이 트였다.

그날 저녁, 랄라는 선배가 소개해 준 세 사람에게 이메일로 출간 제의를 했다. 신생 출판사지만 열정만큼은 어느 곳에도 뒤지지 않는다는 강한 의지를 눌러 담았다. 작은 출판사만의 장점도 빼놓지 않고 어필했다.

직장 생활을 하면서 수백 통의 메일을 써봤지만, 이렇게 단어 하나하나까지 고심하며 글을 써본 적은 없었다. 신경을 너무 많이 쓴 탓인지 머릿속이 계속 욱신거렸다.

메일을 다 보내고 나니 어느새 자정이 가까워지고 있었다.

* * *

랄라는 걱정 때문인지 밤새 잠을 설치다가 이른 새벽에 눈을 떴다. 답장이 왔는지 궁금해서 몇 번이나 자다 깨기를 반복하며 이메일을 확인했지만, 답장은 없었다.

실망이 컸다.

다들 수신확인은 했지만, 답이 없는 걸 보니 괜한 자격지심마저 들었다. 일주일만 더 기다려보고 이대로 반응이 없으면 회사 생활을 하면서 알고 지낸 사람들에게라도 연락을 해봐야 할 것 같았다. 그녀가 생각하는 최악의 시나리오였다.

회사에 다니며 만났던 사람들과는 퇴사를 기점으로 더는 엮이고 싶지 않았다. 그래서 스마트폰에 저장된 연락처도 전부 삭제하려고 벼르고 있던 참이었다. 하지만 궁지에 몰리다 보니 스스로 세운 원칙과 다짐들은 모래성처럼 와르르 무너지기 일보 직전이었다. 그렇게 일주일이라는 시간만 의미 없이 흘러가고 있었다.

출판사를 오픈하고 아무것도 한 게 없는 상태에서 사무실 임대료 내는 날은 빠르게 다가왔다. 하루하루 침이 바짝 마르고 마음이 타들어 갔다. 쉽게 잠들지 못하는 밤이 계속되었다.

그러던 어느 날 오후, 이메일을 보냈던 세 사람 중 '김 작가'라는 사람에게서 답장이 왔다. 써놓은 원고가 있고, 작은 출판사를 선호한다는 호의적인 얘기가 적혀 있었다. 출간기획서와 샘플 원고까지 보낸 것을 보니 왠지 믿음직스러웠다. 랄라는 흥분된 마음으로 출간기획서 파일을 열었다.

진한 글씨로 적혀 있는 원고 제목이 가장 먼저 눈에 들어왔다.

'든든한 상생'

'각자의 생존을 중요시하는 사회에서 어떻게 서로 상생하며 잘 살아갈 수 있는지에 대한 해법을 제시하는 내용'이라고 적혀 있었다. 전체 원고를 읽어봐야 알겠지만, 목차를 봐서는 요즈음 같은 시대에 잘 맞는 주제라는 생각이 들었다.

샘플 원고를 읽어보니 필력도 좋고 위트도 있었다. 너무 가볍지도, 무겁지도 않은 주제가 첫 책으로 손색이 없을 것 같았다.

작가의 마음이 바뀌기 전에 서둘러 약속을 잡아야겠다는 생각이 들었다.

이틀 뒤, 서울역 근처에 있는 한 카페에서 김 작가를 만났다. 랄라는 코발트색 정장을 전투복처럼 차려입고 작가와 대면했다.

원고 제목을 보고 상상했던 풍채 좋고 중후한 이미지와는 달리, 눈앞에는 왜소한 체구에 자신보다 몇 살은 어려 보이는 남자가 앉아 있었다. 그는 면접 보러 온 사람처럼 검은색 정장에 넥타이까지 단단히 매고 있었다. 차림새에서 어떤 비장함이 느껴졌다.

랄라는 격식을 갖춘 상대의 모습과 결의에 찬 표정이 마음에 들었다.

작가는 긴장한 듯 연신 다리를 떨며 상기된 얼굴로 랄라를 쳐다봤다.

그녀는 가벼운 농담으로 상대의 긴장을 풀어주려 애썼다. 출판사 대표로서는 처음이지만, 랄라는 이런 자리가 전혀 어색하지 않았다. 회사에서 사보 기획과 편집을 담당하며 외주 작가와 수 없이 작업했던 경험 덕분이었다. 오히려 능숙하게 대화를 주도하자, 아무것도 모르는 어설픈 초짜 사장으로만 알고 나왔을 상대가 적잖게 놀라는 눈치였다.

"… 작가님, 그러면 최종 원고는 언제쯤 받아볼 수 있을까요?"

랄라는 조심스럽게 본론을 꺼냈다.

"원고는 거의 완성되었으니 넉넉하게 한 달 정도 퇴고만 하면 될 것 같습니다."

원고가 완성되었다는 말을 듣자, 랄라는 속으로 쾌재를 불렀다. 이보다 더 좋을 순 없었다.

"저… 그런데…."

김 작가가 말을 꺼내다가 잠시 멈칫했다. 그는 어쩐지 아까부터 계속 뭔가 할 말이 있는 눈치였지만 쉽사리 얘기하지 못하는 듯 보였다.

"작가님, 하고 싶은 얘기가 있으시면 편하게 말씀하세요."

그녀는 온화한 미소로 상대를 안심시켰다.

상대는 한참 뜸을 들이다가 말문을 열었다.

"저기, 선인세도 주시나요? 선인세가 없는 출판사도 있다고 들어서…."

"출판 시장이 어렵다 보니 요즘은 선인세를 안 주는 곳도 더러 있지만, 저희는 드립니다."

"오, 잘됐네요. 그럼, 언제 주시나요?"

"오늘 계약을 하시면 일주일 안에…."

무슨 일인지 김 작가의 표정이 금세 어두워졌다. 그는 곤란한 듯한 얼굴로 다시 물었다.

"… 혹시 오늘 받을 수는 없을까요?"

김 작가는 뭔가 다급한 사정이 있어 보였다. 랄라는 무슨 일인지 궁금했지만, 묻지는 않았다.

어차피 계약을 진행하기로 마음먹은 터라 선인세 지급 시기는 상관없었다. 랄라는 그렇게 해주겠다고 약속한 뒤 계약을 진행했다.

이제 랄라 출판사에도 저자가 생겼다. 한 달 뒤면 책을 만들 수 있다는 기대감에 그녀의 마음은 뛸 듯이 기뻤다.

* * *

첫 원고를 기다리는 한 달이라는 시간은 꽤 지루하게 흘러갔다. '아무것도 안 하기' 같은 챌린지를 하는 것도 아닌데, 정말 할 일이 없었다. 무기력해지지 않으려면, 뭐라도 해야 했다.

랄라는 출판사의 존재라도 알리자는 목적으로 블로그를 개설했다. 퇴사부터 회사를 차리기까지의 창업 과정을 일기처럼 매일 기록하기로 마음먹었다. 대부분 조회수는 0이었지만, 그래도 무언가 하고 있다는 기분이 드니 불안감은 덜했다.

그러던 어느 날, 메일함에 '투고합니다'라고 적힌 제목의 메일이 한 통 도착해 있었다. 블로그를 보고 투고했다고 적혀 있었다.

세상에나! 블로그에 방문하는 사람이 있다는 것도 신기한데, 아직 내세울 것 없는 출판사에 이렇게 적극적으로 메일을 보내는 사람이 있다는 사실에 마냥 기뻤다.

원고는 제주에서 한 달 살며 겪은 일들을 기록한 에세이였다. 그런데 좀 식상했다. 책의 주제도 유행을 많이 타는 편이라, 하나가 베스트셀러에 오르면 비슷한 콘셉트의 책들이 우르르 쏟아진다. 한때 유행처럼 번졌던 '한 달 살기' 콘셉트도 이제는 그 열기가 식은 지 오래였다. '한 차례 유행이 지나간 지금, 이 원고가 책으로 만들어지면 사람들의 관심을 받을 수 있을까?' 랄라는 문득 이런 생각을 하는 자신이 내심 기특했다. 확실히 이젠 독자로서가 아닌, 책을 만드는 사람의 눈으로 책을 바라보게 되었다.

출판할 원고가 없다고 해도, 확신이 서지 않는 원고를 무턱대고 출판할 수는 없었다. 책 한 권을 만들기 위해 들어가는 돈이 생각보다 만만치 않기 때문이다. 그녀는 투고 메일을 보내준 작가에게 미안한 마음으로 거절 메일을 썼다.

'보내주신 원고는 잘 검토했습니다만, 아쉽게도 저희 출판사의 콘셉트와는 맞지 않아….'

출판사의 거절 메일이 왜 다들 그렇게 비슷한 레퍼토리인지, 랄라는 이제야 그 이유를 알 것 같았다. 참신한 내용을 머릿속으로 쥐어짜 봤지만, 결국 이게 최선이었다.

7. 작은 출판사 모임

랄라는 인터넷 서핑을 하다가 우연히 마포구에 1인 출판사 모임이 있다는 사실을 알게 되었다. 마침, 이틀 뒤 연남동에서 모임이 있다는 공지가 올라와 있었다. 참석하고 싶지만, 어색한 마음에 연신 키보드만 만지작거렸다.

의식적인 만남은 그녀와 맞지 않는 일이었다. 오죽하면 학교 다니면서 그 흔한 미팅이나 소개팅 한 번 해보지 못했을까. 하지만 이제 사업을 시작했으니, 뭔가 달라질 필요가 있었다. 비슷한 일을 하는 사람들을 알아두는 게 앞으로도 도움이 될 거라는 생각에, 호기롭게 참석하겠다고 댓글을 달았다. 하지만 마음 한쪽에는 여전히 걱정이 자리 잡고 있었다.

이틀 뒤, 랄라는 모임 장소 앞까지 와서 들어갈지 말지 몇 번이나 망설이고 있었다. 여전히 얼굴을 모르는 사람들을 만나는 건 부담스러운 일이었다. 그래도 여기까지 오는 동안 쓴 시간과 차비가 아까워 숨을 한번 크게 내쉬고 안으로 들어갔다.

작은 카페 안에는 딱 한 테이블만 사람들이 앉아 있었다. 테이블 위에 책을 올려놓고 대화를 나누는 걸 보니 오늘 만날 사람들이라는 확신이 들었다.

랄라는 미리 와 있는 사람들과 어색한 인사를 나누고, 쭈뼛거리며 자리에 앉았다.

랄라를 포함해서 다섯 명이 좁은 카페에 옹기종기 모였다. 모두 자신의 출판사에서 만든 책을 한 권씩 들고 있었다. 내심 부러운 마음으로 랄라는 빈손만 만지작거렸다.

주문한 음료가 나오자, 중년의 남자가 일어나 자신을 모임 운영자라고 소개하며 명함을 돌렸다. 다들 가방에서 재빨리 명함을 꺼내 교환하며 정식으로 인사를 나눴다. 명함 속 출판사 주소를 보니 합정동, 동교동 등 랄라 출판사와도 멀지 않은 곳이었다. 익숙한 출판사는 한 곳도 없고, 대부분 신생 출판사라서 랄라는 오히려 마음이 놓였다.

명함을 교환하자마자 어색함을 느낄 새도 없이 모임 운영자가 사람들에게 질문을 던지면서 본격적인 대화가 시작되었다.

"대표님들은 다들 어떤 계기로 출판사를 차리셨어요?"

합정동 대표가 가장 먼저 입을 열었다.

"저는 비교적 규모가 있는 출판사를 몇 년 다녔어요. 이젠 혼자서 해도 되겠다는 생각이 들어 독립했고요. 그런데 막상 독립하고 보니 혼자 하기에는 이 일이 참 어렵더라고요."

합정동 대표의 말이 끝나자마자 동교동 대표가 얘기를 이어갔다.

"저는 원래 작가였어요. 어느 날 문득 출판사가 인세를 너무 많이 떼간다는 생각에 출판사를 차렸는데, 1쇄를 팔아봤자 출판사도 남는 게 별로 없더라고요. 책은 안 팔리는데, 매달 고정비는 내야 하고…. 지금은 재고 때문에 폐업도 못 하고 울며 겨자 먹기로 운영하고 있어요. 진작에 이런 상황을 알았다면 솔직히 창업은 안 했을 것 같아요. 예전처럼 그냥 이것저것 신경 쓰지 않고 글만 쓰고 싶어요."

다들 연신 고개를 끄덕였다.

"다들 혼자 일하면서 어떤 점이 힘드세요?"

운영자가 다시 질문을 던지자, 기다렸다는 듯 각자의 사연을 거리낌 없이 쏟아냈다.

"혼자서 모든 걸 하다 보니 일이 너무 많아요. 해도 해도 끝이 없고…. 출판사 차리고 일주일 중에 하루도 편히 쉬어본 적이 없어요. 직장 다닐 때는 그래도 주말에는 놀러 다닐 여유도 있었는데…."

"저는 마케터 출신이라 홍보는 자신 있는데, 책 만드는 일이 생각보다 어렵더라고요. 배워야 할 것도 너무 많고요. 외주를 주려고 해도 내가 어느 정도는 알아야 하니…."

"저는 일도 일이지만, 상의할 사람이 없다는 게 가장 힘들어요. 혼자 일하니 외롭기도 하고요. 혼자 일하다 보면 객관적으로 상황을 판단하기가 힘들잖아요. 책을 만드는 과정에서도 판단이 안 설 때가 종종 있는데, 그걸 물어볼 사람이 없다는 게 제일 힘들더라고요."

"맞아요. 저도 그래요. 주변에 이 분야에 대해 아는 사람이 없다 보니, 결국 출판에 대해서 아무것도 모르는 지인들한테 의견을 물어볼 수밖에 없어요. 그런데 다들 좋다고만 말해줘서… 실질적으로는 그들의 피드백이 전혀 도움이 안 되고 있어요."

다들 손뼉까지 치며 서로의 얘기에 공감을 표시했다. 나만 힘든 게 아니라는 사실이 다들 큰 위안이 되는 듯 보였다. 랄라는 그저 작게 고개만 끄덕였다.

고충을 털어놓고, 소소한 정보를 교환하다 보니 예정된 3시간이 훌쩍 지나있었다. 다들 개운한 얼굴로 얘기를 마무리하며 다음 모임을 기약했다.

랄라는 모임에 오기 전까지 괜히 시간 낭비만 하는 게 아닐지 걱정했었다. 하지만 헤어질 때는 나오길 잘했다는 생각이 들었다.

지금까지 몰랐던 새로운 정보를 알게 된 것만으로도 유익했다. 무엇보다 같은 일을 하는 사람들만 이해할 수 있는 고충들을 함께 나눌 수 있었던 자리였다는 게 랄라는 가장 만족스러웠다.

랄라는 아직 책을 만들어보지는 못해서 사람들이 얘기하는 고충에 대해 전부 이해할 수는 없었다. 하지만 이제 곧 자신도 겪을 일이기에 선배들의 이야기가 결코 남 일처럼 여겨지지 않았다.

8. 우려가 현실로

오지 않을 것 같던 한 달이라는 시간이 어느새 훌쩍 지나갔다. 김 작가와 약속한 날이 이미 지났지만, 아직 그에게서는 아무런 소식이 없었다.

마감을 정확하게 지키는 작가가 생각보다 많지 않다고 했던 선배의 말이 떠올라 랄라는 초조한 마음을 달래며 며칠 더 기다려보기로 했다. 생활이 궁핍해지다 보니 마음도 여유가 없었다. 인내심은 점점 고갈되고 사소한 일에도 괜히 짜증이 났다.

얼마 지나지 않아 랄라의 인내심은 결국 바닥을 드러내고 말았다. 그녀는 진행 상황이라도 알아야겠다며 김 작가에게 문자를 보냈다. 바짝바짝 타들어 가는 마음을 진정시키려면 마냥 앉아 기다릴 수만은 없었다.

목마른 사람이 우물을 판다는 말은 틀린 게 없었다. 원고를 기다리는 마음이 어째 돈 빌려주고 갚을 날만 기다리는 사람과 다를 바가 없다는 생각에 씁쓸한 기분마저 들었다.

문자를 보내놓고 온종일 기다려도 상대에게서는 끝내 답을 듣지 못했다.

다음 날은 전화를 걸었다. 역시나 받지 않았다.

이쯤 되자, 뭔가 불길한 마음이 서서히 들기 시작했다. 진행하는 다른 원고가 있기라도 하면 좀 더 여유 있게 기다렸을지 모른다. 하지만 이거 하나 믿고 목 빠지게 기다린 그녀로서는 정말 미칠 노릇이었다.

며칠 후 늦은 오후, 랄라의 휴대전화 벨 소리가 요란하게 울렸다.

김 작가였다.

랄라는 조급한 마음을 숨기려고 목소리를 가다듬었다.

"작가님, 어떻게 지내셨어요? 연락을 드려도 답이 없어 걱정하고 있었어요."

그녀는 애써 담담한 척 얘기했지만, 속은 이미 죽을 맛이었다.

"아… 그게…."

상대가 유난히 뜸을 들이는 걸 보니 뭔가 일이 있겠다 싶었다.

"저… 사실… 글만 쓰느라 생활비가 없어서 아르바이트하는 중이에요. 배달 알바…. 그래서 원고 마무리를 아직 못 했어요."

누가 그랬던가. 슬픈 예감은 틀리지 않는다고. 조금의 미안한 기색도 없이 당당하게 자기변명을 늘어놓는 김 작가의 목소리가 랄라는 너무 얄밉게 들렸다. 당장이라도 큰 소리로 따지고 싶었지만, 언짢은 감정을 억누르며 차분하게 물었다.

"작가님, 그러면 원고는 언제쯤 받을 수 있는 걸까요?"

"저… 그게… 일하고 오면 너무 피곤하니까 그대로 곯아떨어져서 자다 보면 하루가 다 가버려요. 배달일이 생각보다 체력 소모가 많거든요. 그래서 원고를 볼 시간이 없어요. 노안이 와서 예전처럼 제대로 집중도 안 되고…."

'하….' 입 밖으로 한숨이 새어 나오려 했지만, 랄라는 꾹 참았다.

"그럼 어떻게 해야 할까요?"

"안 그래도 그것 때문에 전화했어요. 제가 사실 약속 하나는 틀림없이 지키는 사람인데, 생활비가 없으니…. 굶고 지낼 수는 없잖아요. 당장 입에 풀칠은 해야 하니…."

"그렇죠…."

그녀는 마지못해 김 작가의 사정에 공감해 주며 무슨 얘길 꺼낼지 지켜봤다.

"저기, 그래서 말인데요. 인세를 한 번 더 미리 당겨주면 알바를 그만두고 원고에만 집중할 수 있을 것 같은데…. 2주 정도면 정말 마무리를 지을 수 있을 것 같거든요."

돈 빌려달라는 얘기를 어쩜 이리도 당당하게 할 수 있을까. 랄라는 부글거리는 속을 눌러 참으며 거의 자포자기하는 심정으로 물었다.

"그럼, 얼마가 필요하신데요?"

"아… 2백? 안되면 100만 원이라도…."

김 작가는 내가 무슨 은행 ATM 기기라도 되는 줄 아는 모양이다. 이렇게까지 해야 하나 싶었지만, 지금으로서는 달리 방법이 없었다.

"알겠습니다. 오늘 중에 입금해 드릴게요. 대신 2주 후에는 꼭 원고를 보내주셔야 해요. 아셨죠?"

"아, 그럼요. 걱정 마세요. 내가 얼마나 신뢰를 중요하게 생각하는 사람인데… 쩝."

경준 선배는 이런 상황을 예견했던 걸까. 작가를 잘 만나야 한다고 했던 그의 말이 이제야 귀에 들어왔다. 누굴 원망할까. 제대로 된 준비 없이 일을 벌인 자신이 그저 한심스러울 따름이었다.

김 작가와 통화를 끝내고, 랄라는 곧장 진영에게 이 답답한 상황을 하소연했다.

"네가 유니세프야? 사랑의 열매야? 호의가 계속되면 나중엔 그게 권리인 줄 알게 된다니까!"

진영의 목소리에서 분노가 느껴졌다.

"책이 안 팔리면 어떡해? 그 돈은 받지도 못하고 날리는 거잖아. 각서라도 쓰지 그랬어?"

진영은 랄라를 호되게 나무라며 자기 일처럼 분개했다.

그래도 진영과 얘기하고 나니 기분은 한결 나아졌다.

자기 빼곤 다들 어쩜 이렇게 야무지고 똑똑한 건지…. 이런 일이 다시 생기지 말라는 법이 없을 텐데, 그때마다 계속 이렇게 초조해하며 끌려다닐 순 없었다. 출판사, 아니 사업을 계속 운영하려면 이렇게 안일하게 해서는 안 된다는 생각에 랄라는 마음이 무거웠다.

랄라는 착잡한 마음으로 집에 돌아와 옷도 갈아입지 않고 소파에 벌렁 드러누웠다.

그때 엄마가 슬그머니 곁으로 다가와 앉았다.

"랄라야, 너는 출판사 하면서 꼭 기본을 지키면서 일해. 작가들도 잘 챙겨주고."

"엄마, 갑자기 그게 무슨 말이야?"

엄마의 뜬금없는 얘기에 랄라는 벌떡 일어나 짜증 섞인 목소리로 물었다.

"너도 알고 있겠지만, 얼마 전에 어떤 작가가 잘못된 계약 때문에 목숨을 잃었다잖아. 얼마나 억울하면 그랬겠니? 내 딸이 출판사를 하니 남 일 같지 않더라."

"엄마는 참…."

"알지, 알지. 우리 딸은 알아서 잘할 거라는 걸. 그럼, 내 딸이 누군데…."

순간 마음이 울컥했다. 엄마 딸은 작가를 너무 생각한 나머지, 하다 하다 이젠 생활비까지 내주느라 강제로 간헐적 단식이라도 해야 할 지경인데…. 서러웠지만, 차마 이 얘기는 꺼낼 수 없었다.

그렇다고 엄마의 말뜻을 모르는 건 아니었다. 출판계의 안타까운 소식을 들을 때마다, 그녀의 마음은 누구보다 무거웠다. 회사 다니면서 몸소 겪었던 수많은 부당함과 씁쓸했던 기분을 잘 알고 있기 때문이었다.

랄라는 누군가에게 상처 주는 일만은 만들지 않으려 부단히 애써왔다. 살면서 기본을 지키는 일이 얼마나 어려운지 잘 알기에 그만큼 더 자신에게 엄한 잣대를 들이대며 살아왔다.

자신의 노력만큼 다른 사람도 그렇게 해주길 바랐지만, 세상은 늘 그녀의 기대를 벗어났다.

랄라는 김 작가가 이번에는 약속을 지켜주길 바라며 달력에 표시한 날짜를 응시했다.

기다리는 시간은 더디게 흘렀다. 미뤄뒀던 일들을 하나씩 정리하며 시간을 보내다 보니, 어느덧 김 작가가 원고를 주기로 약속한 날이 되었다. 신뢰를 중요시한다던 그 사람, 이번만큼은 제발 말이 아니라 행동으로 보여주길 바랐다.

그날 저녁, 김 작가에게서 메일이 왔다. 기다렸던 원고도 첨부되어 있었다.

그제야 랄라는 안도의 숨을 길게 내뱉었다.

9. 액땜

예상 밖의 일로 너무 많은 시간을 흘려보낸 탓에 랄라의 머릿속은 오직 빨리 책을 만들어야 한다는 생각밖에 없었다. 며칠 동안 잠자는 시간을 줄여가며 교정과 교열을 끝내고, 디자이너에게 작업을 맡기고 나서야 한숨을 돌렸다. 마침, 진영을 통해 북디자이너를 소개받아 시세보다 훨씬 저렴하게 맡길 수 있었다. 진영이 중간에서 가격을 꽤 깎았다는 사실을 디자이너와 얘기하면서 알게 되었다.

며칠 뒤, 디자이너에게서 작업 파일이 도착했다. 책의 얼굴과 다름없는 표지 그림이 생각보다 잘 나와서 만족스러웠다.

인쇄소에 보내기 전에 내지 파일을 다시 한번 찬찬히 훑어봤다. 첫 책이다 보니 오타가 있을까 봐 계속 신경이 쓰였다. 몇 번의 검토 끝에 이상 없음을 확인한 후, 인쇄소에 보낼 PDF 파일을 작업지시서와 함께 압축파일 하나로 깔끔하게 정리했다. 이제 다 됐다.

랄라는 흡족한 마음으로 인쇄소에 인쇄 파일을 보냈다.

책은 일주일 뒤면 나온다고 했다. 얼마나 기다린 책인가.

원고를 받기까지 참 우여곡절이 많았다. 그래도 첫 책이 나온다는 생각에 그동안의 불쾌한 기억이 말끔히 씻겨 내려가는 듯했다.

서점과는 이미 신규 거래 계약을 끝냈다. 이제 책이 나올 때까지 보도자료를 만들고, 서점 MD와의 미팅을 준비할 참이었다.

새삼 1인 사업자로 살아간다는 게 참 외롭고 힘든 길이라고 느껴졌다. 지난번 마포 지역 출판사 모임에서 사람들이 토로하던 얘기들이 이제야 하나씩 와닿기 시작했다. 누군가와 상의할 사람 없이 오로지 혼자 모든 것들을 결정해야 한다는 게 서서히 부담으로 다가왔다. 물론 출판이라면 언제든 도와줄 든든한 사람이 가까이 있었지만, 사소한 일까지 매번 귀찮게 하고 싶진 않았다. 언제쯤 돈을 벌어 남들처럼 직원도 두고, 일을 나눠서 할 수 있을까. 여러 명은커녕, 당장 도와줄 사람 한 명만 있어도 소원이 없겠다 싶을 만큼 몸과 마음이 지쳐 있었다.

일주일 후, 아침 일찍 인쇄소 사장님의 문자가 도착했다. 인쇄가 완료되었다며 책 사진을 여러 장 보내왔다. 흥분된 마음으로 사진을 열었다.

그런데 기쁨도 잠시, 사진을 여는 순간 눈동자가 심하게 흔들렸다.

'든든한… 상상?'

'상상'이라는 단어를 발음하는 그녀의 입술이 부들부들 떨렸다.

오타, 오타였다. 손가락으로 사진을 확대해서 자세히 들여다 봐도 마찬가지였다.

맙소사. 든든한 '상생'이라는 책 제목은 든든한 '상상'이라는, 전혀 상상하지 못한 글자로 인쇄되어 랄라의 눈앞에 나타났다. 첫 책이라 공을 들인다고, 후가공 중에서도 비싸다는 금박까지 하는 바람에 오타는 반짝반짝 빛이 나서 더 눈에 잘 들어왔다.

황급히 디자이너에게서 받은 최종 파일을 열어봤다.

든든한 '상상', 오타 그대로였다.

이걸 왜 진작 발견하지 못한 걸까. 머릿속이 하얘졌다.

"으… 악!"

랄라의 입에서 절규에 가까운 비명이 터져 나왔다.

냉정함을 찾으려고 차가운 물 한 잔을 빠르게 들이켰다. 정신을 가다듬고 바로 경준 선배에게 전화를 걸었다. 이 순간 의지할 데는 역시나 선배밖에 없었다.

"선배… 사고를 쳤어요. 아니… 사고가 났어요."

다급한 마음 때문인지 그녀는 자기도 모르게 울먹거렸다.

"지금 어디야? 랄라야, 많이 다쳤어?"

"아, 그게 아니라… 인쇄사고요. 선배, 저 어떡하죠?"

랄라의 눈은 금방이라도 눈물이 뚝뚝 떨어질 것처럼 촉촉해졌다.

선배는 잠시 아무 말이 없었다. 그녀의 훌쩍거리는 소리가 잠잠해지자, 그제야 선배가 차분히 얘기를 꺼냈다.

"안타깝지만, 표지 제목은 뾰족한 방법이 없어. 폐기하고 다시 찍는 게 최선이야."

앞이 캄캄했다. 엄밀히 따지면 디자이너의 실수지만, 본문 오타에만 신경 쓰느라 최종 확인을 소홀히 한 건 명백히 자신의 책임이었다. 게다가 진영의 지인이기도 하고, 시세보다 저렴하게 작업해 준 것도 알고 있기에 디자이너에게 뭐라 할 수도 없었다.

어쩔 수 없이 모든 것을 감수하기로 하고 디자이너에게 오타 수정만 부탁했다.

디자이너는 미안하다며 디자인비를 받지 않겠다고 했지만, 그럴 순 없었다. 누군가의 노력에 대한 대가는 확실하게 지급해야 한다는 게 출판사를 창업할 때 세운 원칙 중 하나였기 때문이다. 물론 속이 쓰리지 않았다고 하면 거짓말일 것이다.

전권을 폐기하고 일주일 뒤 새로 찍은 책이 나왔다. 너무 큰 대가를 치러서인지 책이 나와도 아무런 감흥이 없었다. 금쪽같은 내 새끼가 어쩌다 이렇게 되어버린 걸까. 아직 판매도 안 했는데, 빨리 다음 책을 준비하고 싶어졌다.

일단 책이 나왔으니, 인쇄소에 있는 책들을 사무실로 옮기는 게 급선무였다. 창고와 배본은 기본료가 있어서 아직 전문업체에 맡길 형편이 아니었다. 당분간 사무실 한쪽 벽에 책을 쌓아 놓고, 발주 요청이 들어오면 그때그때 택배로 보낼 계획이었다.

랄라는 인쇄소 사장님에게 책 전량을 출판사로 보내달라고 부탁했다.

잠시 후, 화물 택배 기사님에게서 오후 2시에 책을 싣고 온다는 연락이 왔다.

그날 오후, 생각보다 어마어마한 양의 책이 20권씩 끈으로 묶여 도착했다.

화물 택배 아저씨는 사무실 안까지 옮겨주는 건 곤란하다며 사무실 문밖에 벽돌처럼 책을 쌓아 놓고 사라졌다.

쌓아 놓은 책을 보니 더 암담했다. 고정비가 들어가더라도 물류 업체를 쓸 걸 그랬나 하는 뒤늦은 후회가 밀려왔다.

어쩔 수 없었다. 빨리 책이 팔려 눈앞에서 사라지기만을 바랄 뿐이었다.

랄라는 심란한 마음을 달랠 겸, 저자에게 보낼 책을 챙겨 우체국에 다녀오기로 했다.

책을 사무실 앞에 그대로 둔 채 외출한다는 게 약간 찜찜했지만, 이내 책을 훔쳐 갈 사람은 없을 거라는 안일한 생각이 들었다. 막다른 골목에 있기도 하고, 지금까지 택배 도난 문제도 없었으니 말이다.

"작가님, 책이 나와서 보내드리려고 하는데, 지난번 계약서에 적어주신 주소로 보내드리면 되나요?"

"네."

받는 사람의 주소를 여러 번 확인하고 택배를 보냈다. 인쇄 사고를 겪은 이후로는 뭐든 두 번 이상 확인하는 습관이 생겼다.

책을 보내고 나니 처리해야 할 일들이 하나둘 떠올랐다. 랄라는 쫓기는 마음에 서둘러 사무실로 발걸음을 옮겼다.

* * *

"앗, 이게 뭐지? 어떻게 된 거야?"

잠깐 우체국을 다녀온 사이 사무실 앞에 쌓아두었던 책들이 흔적도 없이 전부 사라졌다. 랄라는 다리에 힘이 빠져 그 자리에 털썩 주저앉아 버렸다. 예상치 못한 상황에 정신까지 혼미해졌다.

마침 운동 기구에서 운동하는 아주머니가 눈에 들어왔다. 랄라는 벌떡 일어나 아주머니에게 다가가 물었다.

"아주머니, 혹시 이 앞에 있는 책들 못 보셨어요?"

"아, 그거… 조금 전 강씨 할아버지가 리어카에 책을 한가득 실어 가던데…. 요 밑에 놀아터 근처에 가면 찾을 수 있을 거야. 그 앞 빌라에 사니까."

랄라는 거친 숨을 몰아쉬며 곧장 놀이터로 달려갔다.

아주머니 말대로 한 노인이 책을 한가득 실은 리어카를 세워놓고 물을 마시고 있었다. 랄라는 노인에게 다가가 언성을 높여 따졌다.

"할아버지! 남의 책을 함부로 가져가시면 어떻게요? 이거 절도예요. 절도!"

랄라의 흥분한 모습에 노인은 당황한 듯 눈만 깜빡였다. 잠시 주춤하던 그는, 문 앞에 쌓아 놓아서 버린 건 줄 알고 가져왔다고 당당하게 맞섰다. 사과 한마디 없이 되레 큰소리치는 할아버지에게 그녀는 경찰서에 신고하겠다고 으름장을 놓으며 스마트폰을 꺼냈다.

그러자 노인은 금세 기세가 꺾인 듯, 연신 고개를 숙이며 사정했다.

"정말 죄송합니다. 주인이 있는 건지 몰랐어요. 도로 제자리에 갖다 놓을게요."

랄라는 할아버지의 사과에 어떻게 할지 잠시 망설였다.

그때, 한 청년이 불편한 다리를 끌며 천천히 다가오는 모습이 그녀의 눈에 들어왔다.

"호수야, 왜 나왔어? 어서 들어가. 어서!"

"하… 할… 아버지 무슨 일 있… 어… 요?"

한마디 한마디 어렵게 내뱉는 청년에게 노인은 호통치듯 빨리 들어가라며 손짓했다.

랄라는 어리둥절한 눈으로 두 사람을 번갈아 쳐다봤다. 이상하게 조금 전까지만 해도 타올랐던 전투 의지가 순식간에 사그라들고 말았다. 하지만 화는 쉽게 가라앉지 않았다.

랄라는 냉랭한 말투로 노인에게 말했다.

"지금 당장 다시 제자리로 갖다주시면 용서해 드릴게요."

노인은 순순히 고개를 끄덕이며 리어카를 끌고 랄라의 사무실로 향했다. 그는 부탁하지도 않았는데 사무실 안까지 책을 옮겨주더니 다시 미안하다고 고개를 숙였다.

랄라는 아까보다 풀어진 목소리로 괜찮다고 답했다. 노인은 무표정한 얼굴로 리어카를 끌고 골목을 떠났다.

이튿날 한류 부동산 방 사장이 지나가다 들렀다며 랄라 출판사에 찾아왔다. 그는 어디서 들었는지, 어제 있었던 책 도난 사건에 대해 아는 체했다.

"강씨 할아버지가 뭘 몰라서 그런 거지 나쁜 사람은 아니에요. 폐지 주워서 손주 병원비 대고 하는데… 딱하지… 쯧쯧."

'아, 그 청년이 손자였구나.' 랄라는 어제 본 청년의 모습이 쉽게 잊히지 않았다.

두 사람의 사정을 듣고 보니 그때 욱하는 마음을 참은 게 정말 다행이었다.

랄라는 고개를 돌려 사무실 한쪽 벽면에 쌓여 있는 책을 바라보았다. 돌아가신 친할아버지와 닮은 강씨 할아버지의 굽은 허리가 잔상처럼 아른거렸다.

10. 매대 경쟁

첫 책이 여러모로 우여곡절을 겪고 나온 뒤라 랄라는 이미 지칠 대로 지쳐 있었다. 진영은 액땜을 제대로 했기 때문에 분명 책이 대박 날 거라는 말로 위로해 주었고, 랄라도 내심 작은 기대를 품었다.

책이 나오면 좀 한가해질 줄 알았는데, 출판사 일은 신간이 나오고 나서부터 할 일이 더 많아졌다. MD를 만나고, 보도자료를 배포하고, 정신없이 뛰어다니는 날들의 연속이었다. 독자들에게 책이 나왔음을 알리기 위해 마케팅도 꾸준히 이어갔다.

대형 출판사들처럼 큰돈이 들어가는 홍보는 엄두도 내지 못했다. 고작 소소하게 남들 다한다는 인스타그램 광고만 진행하며 판매 추이를 지켜볼 뿐이었다.

바쁜 일들을 어느 정도 끝내고 여유가 생기자, 랄라는 시장 조사를 위해 광화문에 있는 대형 서점에 방문했다. 김 작가의 책은 초도 물량*이 50부밖에 되지 않아 이 서점의 전국 20개 지점에 뿌려져도 한 지점당 평균 세 권이 되지 않았다. 신간이 워낙 많다 보니 나오자마자 매대 한번 올라가지 못하고 서가로 직행하는 책들도 많다는 얘기를 들어서 걱정이 앞섰다.

떨리는 마음으로 신간 판매대로 향했다. 다행히 김 작가의 책이 매대 위에 올라와 있었다.

예상대로 세 권뿐이었다. 위치가 가장자리인 게 마음에 걸렸지만, 그래도 신간 매대 경쟁에서 살아남았다는 사실을 위안으로 삼았다. 그래도 열 권씩 쌓여 있는 책들과 비교하면 아쉬움이 남았다.

서점 담당자에게 발주 부수를 조금만 더 늘려달라고 부탁했지만, 판매 상황을 지켜보고 변경해 주겠다는 대답만 들었다. 그녀는 아쉬운 마음에 신간 매대에서 쉽게 떠나지 못하고 계속 주변을 맴돌았다.

그때, 한 팀으로 보이는 두 사람의 수상한 움직임이 랄라의 눈에 들어왔다.

한 사람은 망을 보고, 다른 한 사람은 가장자리에 놓인 책들을 집어 들어 가운데의 책들 위에 겹쳐 올렸다. 그러고는 그 아래 깔려 있던 책들만 살살 빼내 옆으로 옮겼다.

---

* 신간 출간 후 서점에 처음 납품하는 수량으로 매대 진열에 영향을 준다.

박혀 있던 책들은 가장자리로 밀려났고, 굴러온 책들이 매대 한가운데를 차지했다.

기민한 움직임을 보아하니 한두 번 해본 솜씨가 아닌 듯 보였다.

랄라는 단번에 이들이 출판사에서 나온 사람들이라는 걸 알아차렸다.

'와, 저렇게 해야 하는구나.'

동종 업계 선배들이 보여주는 현란한 손기술을 눈여겨보며 입에서 탄성이 절로 나왔다. 역시 현장에서는 배울 게 많았다.

업계 선배들은 임무를 완성했다는 성취감에 만족스러운 듯한 미소를 지으며 곧 자리를 떠났다.

그들이 사라지자, 랄라는 눈앞에서 보고 배운 기술을 곧바로 똑같이 재현했다. 영화에서나 보던 밑장빼기 기술을 서점에서 쓰게 될 줄은 꿈에도 몰랐다.

왼쪽 끝에 아슬아슬하게 자리 잡고 있던 김 작가의 책 세 권은 순식간에 가운데 자리로 이동했다. 도둑이 제 발 저리듯 가슴이 두근거렸다. 이래서 2인 1조로 다니는구나 싶었다. 이런 약한 심장으로는 매대의 명당을 쉽사리 사수하기 힘들 것 같았다.

그래도 가운데로 옮겨진 책을 보니 뿌듯했다. 양옆으로 열 권씩 쌓여있는 책들 사이에 자리 잡은 김 작가의 책 세 권은, 더 이상 초라해 보이지 않았다. 언뜻 보기에는 독자의 선택을 많이 받아 재고가 몇 권 남지 않은, 꽤 잘 팔리는 책처럼 보이기도 했다.

랄라는 꽤 오래 신간 매대 주변을 배회하며 다른 경쟁자들의 동태를 예의 주시했다.

다행히 그녀가 떠날 때까지 김 작가의 책은 매대 중앙을 고수했지만, 안타깝게도 책을 사 가는 사람은 아무도 없었다.

11. 잊을 만하면 치킨

계획에 없었던 김 작가의 생활비와 인쇄 사고까지 겹치면서 랄라의 통장 잔액은 금세 바닥을 드러냈다. 이대로 간다면 얼마 안 가 출판사를 접을 수도 있겠다는 생각에 슬슬 마음이 불안해지기 시작했다. 힘들 때마다 생각나는 아버지의 냉소 가득한 표정과 목소리가 생각나 고개를 세차게 흔들었다.

아무래도 무슨 대책을 세워야 할 것 같았다. 빈 노트를 펼치고 절약할 수 있는 것들을 적어 보았다. 지난달 카드 사용 명세를 보니 역시 음식 지출이 제일 많았다.

원래부터 먹는 것에는 돈을 아끼지 않던 그녀였다. 더구나 이렇게 핫하고 먹을 게 많은 동네에서 매일 다른 음식을 먹어보는 일은 소소한 즐거움이었다. 하루 종일 혼자 있는 사무실을 벗어나 그렇게라도 돌아다니는 시간은 유일한 낙이기도 했다.

처음에는 혼자서 점심 먹는 일도 익숙하지 않았다. 식당에 갈 때마다 왠지 눈치가 보여 사람들이 없는 시간대를 골라 늦은 점심을 먹거나, 만만한 패스트푸드로 대충 때우는 날이 많았다. 하지만 이제는 혼자 뷔페도 갈 만큼 혼밥이 편해졌다.

혼밥에 자신이 생기니 식도락을 즐기느라 지출도 많이 늘었다. 하지만 현재 상황으로는 더 이상 그런 사치와 즐거움을 계속 누릴 수만은 없었다.

도시락을 싸서 다닐까도 생각했으나 일찌감치 단념했다. 이런 궁핍한 상황을 가족들에게까지 티 내고 싶지 않아서였다.

랄라는 당장 오늘 점심부터 김밥 한 줄로 해결하기로 마음먹었다. 김밥은 여러 가지 채소도 들어있고, 맛까지 좋아 매일 먹어도 질리지 않는 음식이었다.

마침, 출판사와 가까운 곳에 김밥집이 있었다. 이 지역 물가를 고려하면 가격도 꽤 저렴한 편이었다. 단무지와 국물은 셀프여서 김밥 한 줄을 시키면 여러 번 리필해서 먹을 수 있었다.

처음에는 점심시간이 훌쩍 지난 한가한 시간에 방문했지만, 언젠가부터 일부러 가장 바쁜 시간에 찾아가 밥을 먹었다. 정신없는 시간에는 여러 번 리필해 먹는 것도 눈에 덜 띄니까 눈치를 덜 봐도 돼서였다.

얼마 후에는 단무지 칸 옆에 반찬 칸이 하나 더 생겼다. 김밥집의 메뉴가 늘어나면서 생긴 변화였다. 김밥집에 반찬 칸이 하나 더 생겼다는 사실이 이렇게 기쁠 줄이야.

김밥과 단무지의 조합이 슬슬 물리기 시작했는데, 새로운 반찬 덕분에 조금 더 버틸 수 있을 것 같았다.

* * *

계절의 여왕이라고 불리는 따스한 봄이 찾아와서인지 출판사 앞에도 사람들이 제법 눈에 띄기 시작했다. 출판사 골목 초입에 있는 텅 빈 집들의 낮은 담장 너머로 어느새 벚꽃이 흐드러지게 피어있었다. 주인이 없어도 자연은 제 할 일을 잊지 않는 듯 보였다. 영원히 겨울일 것 같았던 이 외로운 골목에도 어느새 생기가 돌았다.

그러고 보니, 이 자리에서 출판사를 한지도 제법 시간이 흘렀다. 각종 방향제로도 없어지지 않던 이전 치킨집이 남기고 간 기름 찌든 냄새도 더는 코를 괴롭히지 않았다. 다만, 아직도 치킨집인 줄 알고 찾아왔다가 돌아가는 사람들이 더러 있었다. 장사가 망해서 주인이 야반도주한 가게로만 생각했는데, 이 집 치킨이 맛은 있었나 보다. 단골들이 제법 있었던 건 분명해 보였다.

랄라는 얼굴 한번 본 적 없는 전 주인의 안부를 묻는 사람들에게 일일이 대꾸하기도 귀찮아 한동안 '치킨집 이사 갔습니다'라고 적힌 안내문까지 문 앞에 큼직하게 붙여 놓았다. 그러자 이번엔 언제, 왜 이사 갔는지를 구체적으로 묻고 가는 이들이 생겼다. 참으로 집요한 사람들이다.

어느 한가한 오후, 한 남자가 검정 비닐봉지를 손에 들고 출판사 앞을 한참 서성이더니 문을 쑥 열고 들어왔다. 현관에 달아놓은 풍경이 요란한 소리를 내며 정신없이 흔들거렸다.

"여기… 치… 치킨집 아니에요?"

아, 또 치킨! 랄라는 잊을 만하면 찾아오는 예전 치킨집 손님을 상대할 때면 짜증이 올라왔다.

남자는 최대한 또박또박 말하려고 애쓰는 것 같았지만, 어눌한 발음은 어쩔 수 없었다.

랄라는 일에 집중하느라 상대를 제대로 쳐다보진 않았지만, 목소리만으로 남자가 어딘가 불편하다는 걸 알 수 있었다. 그래서 최대한 친절한 말투로 천천히 답해 주었다.

"치킨집은 이사 간 지 오래되었고요. 여기는 이제 출판사… 그러니까, 개인 사무실이에요."

남자는 랄라의 설명을 듣고는 온몸을 다해 힘겹게 죄송하다고 말했다. 그러고는 절뚝거리는 다리를 이끌고 천천히 사무실에서 나갔다. 그녀는 남자의 모습을 힐끗 쳐다보더니 이내 무심히 자기 할 일을 했다.

그러다 갑자기 머릿속에서 무언가 스쳐 지나갔다.

'아, 어디서 들어본 적 있는 저 목소리… 누구였더라?'

조금 전 다녀간 남자는 분명 그녀가 알고 있는 목소리였다. 뒤늦게 목소리와 매치되는 인물을 찾느라 랄라의 머릿속이 분주하게 돌아갔다.

"아! 생각났다. 그 청년… 폐지 할아버지의 손자!"

랄라는 퀴즈의 정답을 외치듯 소리쳤다.

그녀가 목소리 주인공을 찾았다는 것에 작은 희열을 느끼던 찰나, 또다시 풍경이 굉음을 내며 심하게 흔들거렸다. 그리고 조금 전 그 청년이 다시 문을 열고 들어왔다.

남자의 재등장에 랄라는 약간 당황한 기색으로 자리에서 일어났다. 이번에는 청년의 얼굴을 똑바로 바라보았다.

남자가 놀랐는지 뒤로 한 발짝 물러났다. 그는 잠시 주춤거리더니, 애절한 표정을 지으며 말을 꺼냈다.

"저… 그런데… 저… 채… 책 한 권만 주시면… 아… 안 되나요?"

랄라는 팔짱을 낀 채 숱하게 상대한 불청객들을 대하듯 냉랭하게 대꾸했다.

"여긴 서점이 아니라 출판사예요."

랄라는 순간 아차 싶었다. 자신이 말해놓고도 너무 매몰차게 군 것 같아 미안해졌다.

"네… 저… 정말… 미… 미안… 합니다."

상대의 냉랭함에도 남자는 공손하게 사과하고 사무실을 떠났다.

남자가 떠나고, 랄라는 이상하게 마음이 찜찜했다. 평소처럼 귀찮게 굴던 의미 없는 방문객 한 명이 사라진 것뿐인데, 어쩐지 전과 달리 마음이 개운치 않았다. 숨기고 싶지만, 외면할 수 없는 죄책감처럼 조금 전 이곳에 있었던 누군가의 잔상이 눈앞에 아른거려 신경이 쓰였다.

불현듯 옛날에 장애인 복지관에서 자원봉사를 하며 만났던 몸이 불편한 아이들이 떠올랐다. 앞으로 살면서 어려운 이들을 지나치지 않겠다던 그때의 순수했던 다짐이 생각나 얼굴이 붉어졌다.

그녀는 책장에 꽂혀 있던 시집 두 권을 빼서 재빨리 밖으로 달려 나갔다. 청년은 불편한 몸 때문인지 여태 이 짧은 골목도 벗어나지 못하고 있었다.

"저기요…."

랄라는 남자가 돌아보는 수고를 덜 하게 하려고 일부러 그의 앞을 가로막았다. 그러고는 청년이 손에 쥐고 있는 검은 빈 봉지 안에 들고 있던 책 두 권을 넣어주며 말했다.

"시집이에요. 좋아할지 모르겠어요. 그리고… 아까는 미안했어요. 사무실을 오픈한 지 꽤 되었는데, 아직도 치킨집인 줄 알고 찾아오는 사람들이 많아서…."

남자의 얼굴이 금세 환해졌다.

"고…고맙습니다."

랄라도 환한 미소를 지어 보였다.

3부. 그 골목의 인연들

12. 커피 대신 떡볶이

드르륵드르륵.

비어 있던 옆 가게에 드디어 새 주인이 들어오려나 보다. 아침부터 인테리어 공사를 하는 인부들의 소란한 움직임과 요란한 드릴 소리가 출판사 안까지 전해졌다. 랄라는 기다렸던 카페가 들어오나 싶어 내심 기대를 하며 밖을 내다봤다.

'미아 떡볶이'

하얀 간판에 적힌 빨간색의 선명한 글씨는 이제 곧 이곳에 떡볶이 가게가 들어올 것임을 알려주고 있었다. 분명 카페가 들어올 거라고 했는데… 분식점이다. 그러면 그렇지.

랄라는 부동산 사장님에게 어쩐지 속은 기분이 들어 마음속에서 부아가 치밀어 올랐다. 출판사 옆 가게는 음식 장사하는 사람에게 임대하지 않겠다고 했는데, 분식점이라니….

안 그래도 비좁은 사무실이 답답해 미칠 지경인데, 이젠 냄새 때문에 문도 제대로 열지 못하게 생겼다. 생각만 해도 숨이 막혔다.

게다가 음식 장사는 요새 배달이 기본 아닌가. 배달 오토바이가 수시로 드나드는 모습을 상상하는 것만으로도 벌써 신경이 곤두섰다. 이번만큼은 그냥 넘어가지 않고 확실히 따져야겠다는 각오로 랄라는 한류 부동산에 전화를 걸었다.

"… 카페가 들어오면 좋겠다고 했지, 카페가 들어온다고 얘기한 적은 없는데요."

방 사장님은 특유의 능청스러운 목소리로 변명을 늘어놓기 시작했다.

랄라는 아무 반응도 하지 않았다.

그제야 방 사장님은 상대가 정말 화가 났음을 눈치챈 듯, 들어올 사람의 사정이 딱해 어쩔 수 없었다는 말로 그녀의 마음을 살살 구슬렸다.

"어려운 때일수록 서로가 마음을 열고 살아야죠."

그는 도덕 교과서에나 나올 법한 말로 난감함을 모면하려고 애썼다.

"사장님! 그래도 이건 아니죠. 제가 출판사 하는 걸 뻔히 알면서….”

“에이, 떡볶이 먹으면서 책도 보고… 얼마나 그림이 좋아요? 그게 윈윈이고, 요새 사람들이 말하는 그 뭐냐… 아, 연대! 그래… 그게 연대인 거지. 어려운 사람끼리 그렇게 서로 돕고 사는 거죠. 안 그래요? 껄껄껄.”

랄라는 방 사장님의 능글능글한 말투와 목소리에서 어쩐지 옛날 상사였던 이 부장이 떠올라 소름이 끼쳤다.

어쩔 수 없었다. 어떤 사람에게 임대하든 간에 그건 주인 마음이니 달리 뭐라 할 수도 없는 일이었다. 이 아저씨를 믿은 게 잘못이지. 랄라는 절대 이웃집 가게와는 친해지지 않겠다고 옹졸하게 마음먹고 마음을 접었다.

다시 한주가 시작되는 월요일 아침, 환기를 위해 활짝 열어둔 출판사 창문으로 맛있는 음식 냄새가 솔솔 들어왔다. 드디어 떡볶이 가게가 오픈한 모양이었다.

동네가 떠나갈 듯 춤추고 노래하는 시끌벅적한 개업 이벤트가 생각나, 랄라는 아침부터 신경이 곤두섰다.

그런데 웬일인지 점심시간이 지나도록 가게 앞은 너무나 한산했다. 뭔가 이상하다고 느낄 정도였다. 오픈 첫날이라 아직 홍보가 안 돼서 그런 건지, 배달 오토바이조차 한 대도 보이지 않았다.

‘장사는 오픈빨이 중요한데….’ 조용해도 너무 조용한 옆 가게의 개업 첫날 모습에 자기 일도 아니면서 괜스레 신경이 쓰였다.

"아, 몰라. 내 일도 아닌데 뭐."

랄라는 혼자 중얼거리며 하던 일에 다시 집중했다.

저녁 무렵, 누군가 사무실 문을 두드리는지 출입문에 달아둔 풍경이 딸랑거렸다. 랄라가 문을 열자, 앞치마와 마스크를 하고 머리에 흰색 두건을 두른 여자가 쟁반을 내밀었다. 차림새를 보아하니 옆 가게에서 온 사람이 분명했다.

쟁반에는 떡볶이와 어묵, 순대가 가지런하게 담겨 있었다. 한눈에 봐도 먹음직스럽고 푸짐해 보였다.

"안녕하세요? 처음 인사드려요. 오늘 옆 가게에 분식점을 오픈했어요. 박미아라고 합니다."

싹싹하게 인사를 건네는 가게 주인의 모습에, 랄라는 옆 가게에 품었던 옹졸한 다짐도 잠시 잊고 반갑게 자신을 소개했다.

"안녕하세요? 저는 사랄라입니다. 보시다시피 작은 출판사를 운영하고 있고요."

"아, 랄라 사장님. 이름이 정말 독특하고 예쁘네요."

여자는 낮은 톤의 상냥한 목소리로 얘기를 이어갔다.

"가게를 얻을 때 바로 옆에 출판사 사무실이 있다고 해서 걱정을 많이 했어요. 분식점을 할 거라고 하니 부동산 사장님이 처음엔 안 된다고 하셨거든요. 제 상황이 급하다 보니 사정사정해서 겨우 계약했어요. 음식 냄새가 많이 나서 불편하실 것 같아 먼저 죄송하다는 말씀을 드리러 왔어요. 제가 최대한 냄새가 나지 않도록 환풍기를 열심히 돌릴게요. 그래도 불편하면 꼭 얘기해주세요."

여자의 공손하고 나긋나긋한 태도에 랄라의 마음은 한없이 너그러워졌다.

"아, 괜찮아요. 이웃끼리 서로 이해해야죠. 하하…."

옆 가게 주인이 돌아가고, 랄라는 소파 탁자에 음식이 담긴 쟁반을 올려놓고 사진부터 찍었다. 최애 음식인 떡볶이가 눈앞에 있는 것만으로도 기분이 좋았다.

떡과 어묵은 빨간 고추장소스와 어우러져 윤기가 자르르 흐르고 먹음직스러워 보였다.

떡볶이를 오물거리며, 랄라는 인스타그램에 음식 사진을 올렸다.

'진짜 맛있는 떡볶이가 먹고 싶다면 여기로! 홍대 미아 떡볶이 강추.'

13. 사연 없는 사람은 없다

떡볶이 가게가 오픈한 지도 벌써 며칠이 지났다. 미아는 시간이 날 때마다 근처에 있는 대학교 앞에서 전단지를 나눠주며 가게 홍보를 했다. 그 모습은 한류 부동산 방 사장의 눈에도 자주 띄었다. 도와주는 사람도 없이 분투하는 미아의 모습이 딱해 보였는지, 그는 미아 떡볶이 홍보 전단지를 직접 만들어 부동산 사무실 안에 비치해 놓았다가 손님이 올 때마다 한 장씩 나눠주었다. 어느 날부터는 부동산 문 앞에도 한글과 영문으로 쓰인 '미아 떡볶이' 광고가 붙어 있었다. 두 사람의 노력 때문인지 시간이 갈수록 미아 떡볶이를 찾는 손님이 늘어갔다. 배달 오토바이도 수시로 드나들기 시작했다.

랄라는 자기 가게도 아니면서 배달앱에 등록된 미아 떡볶이 가게의 리뷰를 수시로 확인했다. 가끔은 자신이 출판사 대표인지, 아니면 떡볶이 가게 직원인지 헷갈릴 정도였다.

다행히 미아 떡볶이의 리뷰는 별점 5점에, 맛있다는 내용이 대부분이었다.

얼마 후, 미아의 가게는 당일 분량의 재료가 일찌감치 소진되어 일찍 문을 닫았다. 미아는 팔기에는 애매한 양의 음식들을 포장 용기에 담아 랄라의 출판사에 잠시 들렀다.

"이거 저녁에 출출할 때 간식으로 드세요."

랄라는 문 앞에 서서 음식을 내미는 미아에게 잠깐 앉았다 가라고 했다.

미아는 고개를 끄덕였다.

랄라는 급히 냉장고에서 차가운 음료수를 꺼내 미아에게 건네며 말했다.

"매번 이렇게 얻어먹어서 어떡하죠? 저는 드릴 게 없는데…."

"남은 음식 주는 건데요. 음식 버리면 아깝잖아요."

랄라는 그래도 미안한 마음이 가시지 않았다. 김 작가의 책이라도 몇 권 줄까 싶어 벽 쪽에 쌓여있는 책을 쳐다봤다. 하지만 상대가 별로 좋아하지 않을 것 같아 빨리 마음을 접었다.

"저기… 그런데…." 랄라가 뜸을 들이며 미아에게 조심스레 물었다.

"나이가 어떻게 되는지 여쭤봐도 될까요?"

랄라는 평소 같으면 함부로 하지 않을 질문을 느닷없이 꺼냈다.

"서른여덟이에요. 좀 많죠? 아직 결혼은 못 했어요."

미아는 시원시원한 웃음을 지어 보였다.

"아, 역시 언니였네요. 언니, 말 놓고 편하게 얘기하세요. 저는 서른다섯이에요. 저도 아직 미혼이고요. 저… 언니라고 불러도 괜찮죠?"

"그럼요. 언니라는 호칭 너무 좋아해요. 되게 다정한 느낌이잖아요."

"언니, 말 놓으세요."

"아, 그… 그럴까?"

두 사람은 서로의 얼굴을 바라보며 소녀처럼 까르르 웃었다.

랄라는 다른 형제자매가 없다 보니, 언니나 오빠에게 유독 살갑게 다가가곤 했다. 겉으로는 활달해 보이지만, 사실 단출한 가정에서 자라 자주 외로움을 느꼈다. 미아 언니가 가게를 열고 처음 이곳을 찾아왔던 그날부터 상냥한 말투의 그녀와 막연히 친해지고 싶었다. 왠지 좋은 인연이 될 것 같았다. 얘기를 하면 할수록 그녀의 당차면서도 다정한 모습이 진짜 친언니처럼 느껴져서 좋았다.

두 사람의 대화는 꽤 긴 시간 이어졌다. 주로 랄라가 얘기하고 미아는 듣고만 있었다. 마치 예전부터 알았던 사람들처럼 어색함이 없었다.

랄라는 이 골목에서 만난 사람들과 출판사를 차리고 벌어진 일들을 미아에게 빠짐없이 얘기했다. 묵언 수행을 막 끝낸 사람처럼 할 말이 많았다.

강씨 할아버지와 호수의 얘기도 빠질 수 없었다.

미아는 이미 그 두 사람과는 방 사장님의 소개로 인사도 나누었고, 호수 씨와는 퇴근할 때마다 마주치다 보니 제법 익숙한 사이라고 했다. 호수 씨에게 언제 한번 떡볶이를 먹으러 오라고 했는데 아직 한 번도 찾아온 적이 없다며 그녀는 아쉬운 듯 말했다.

수다를 떨다 보니 어느새 화제는 방 사장 이야기로 넘어갔다.

"… 언니, 방 사장님에 대해서는 정말 할 말이 많아요. 그분은 어딘가 나사 풀린 사람처럼 사람을 당황하게 만드는 재주가 있어요."

"그래? 난 방 사장님 참 좋던데. 은근히 도움도 많이 주시고…."

"맞아요. 저희 출판사 홍보해 준다고 전단지도 손수 인쇄해서 부동산에 비치해 주시고… 책 판매에 도움이 되는 건 아니지만, 그런 건 감사하더라고요."

"아, 그거…. 실은 나도 받았어. 계약하는 날 주시더라고. 책이 아니라 출판사 광고가 쓰여 있길래 좀 재밌긴 했어. 하하."

"언니도 받으셨구나."

"응. 우리 가게 전단지도 똑같이 만들어 주셨어. 따로 부탁드린 적도 없는데, 부동산 문 앞에도 붙여놔 주시고…. 출판 일을 했던 분이라 그런지, 여전히 이런 인쇄물 만드시는 걸 꽤 즐기시는 것 같아. 원래 정이 많은 분이기도 하고."

"어? 언니! 방 사장님 아는 분이었어요? 그리고 출판이라니, 너무 의외인데요?"

"으응. 실은 나도 예전에 아주 잠깐 출판일을 했었거든. 방 사장님은 그때 일을 하면서 알게 된 분이야. 사실 그때 만난 인연으로 이 가게도 얻게 된 거고. 예전에 출판사랑 부동산으로 돈도 꽤 버셨다고 들었어. 이 지역에서 유명한 분인데…."

"부자로요?"

"아니, 기부로."

"기부요?"

"응. 오래전에 사모님이 몇 년 동안 암 투병을 하셨거든. 사모님 낫게 한다고 잘 되던 사업까지 접고 외국이며 어디며 뛰어다니셨다고 들었어. 그런데 안타깝게도 얼마 살지 못하고 돌아가셨대. 그 후로는 나도 통 소식을 못 들었는데, 우연히 지인을 통해 다시 부동산을 하며 지내신다는 얘기를 듣게 된 거야. 이 동네에 건물 몇 채가 있었는데 그거 팔아 암 환자들 지원도 하고, 생활이 어려운 분들에게 기부도 하며 사신다고 하더라고. 아무튼 알면 알수록 순수하고 따뜻한 분이야."

미아 언니의 얘기를 듣고 나니 랄라는 얼마 전 운동을 나온 할머니들에게서 들은 이야기가 떠올랐다. 강씨 할아버지가 사는 빌라 주인이 다름 아닌 방 사장님인데, 수년째 월세를 한 번도 올린 적이 없다고 했다. 호수의 치료비를 여러 번 보태줬다는 말도 그때 들었다.

랄라는 방 사장님 때문에 당황했던 순간들을 곱씹어보았다. 한번씩 엉뚱한 말과 행동으로 상대를 어이없게 만들던 모습들…. 어쩌면 그게 다 자신의 슬픔을 감추기 위한 가면이 아니었을까. 그런 생각이 들자, 랄라는 방 사장님이 짠하게 느껴졌다.

"언니, 그러고 보면 세상에 사연 하나 없는 사람이 없네요."

"그럼. 다들 힘든 것을 숨기고 애써 태연한 척 살아갈 뿐이지. 오늘만 사는 게 아니라 내일도 살아야 하니까. 슬픔이란 감정은 너무 무거워서, 계속 안고 있으면 앞으로 나아갈 수 없잖아."

랄라는 미아의 얘기에 조용히 고개를 끄덕였다.

14. 미아와 호수

미아의 떡볶이 가게는 이제 완전히 맛집으로 자리를 잡았는지 점심시간에는 출판사 앞까지 긴 줄이 서 있었다. 배달 주문도 빠르게 늘어 하루 종일 오토바이가 오고 가는 소리가 끊이질 않았다.

떡볶이 가게를 쳐다보던 랄라는 출판사 대신 음식 장사를 할 걸 그랬나 싶었다. 그러다 언젠가 랄라가 해준 음식을 먹어보고 음식 장사는 절대 하지 말라고 했던 진영의 충고가 생각나 바로 고개를 저었다. 아무튼 좋아하는 사람의 가게가 잘되는 모습을 보니 마음이 흐뭇했다.

'이제 나만 잘하면 되는데….'

하지만 생각처럼 일은 잘 풀리지 않았다. 어렵게 출간된 첫 책은 혹독한 액땜을 했음에도 기대와 달리 판매는 영 부진했다. 노력에 대한 성과가 없으니, 의욕이 떨어지고 우울한 감정만 마음속에 차곡차곡 쌓였다.

앞으로 어떻게 살아갈지에 대한 현실적인 고민으로 머리가 복잡해질 때마다, 랄라는 사무실 앞에 있는 의자에 앉아 수시로 햇볕을 쬤다. 비타민D가 결핍되면 우울증과 불안감이 높아진다고 어디서 들었던 게 기억나서였다. 확실히 햇볕을 받으면 기분이 조금 나아졌다.

어느 날 오후, 랄라가 햇볕을 쬐고 사무실 안으로 들어가려 하니 호수가 그의 애착 가방 같은 검정 비닐봉지를 들고 오랜만에 출판사 골목에 모습을 드러냈다. 이번엔 랄라의 출판사가 아니라 미아의 떡볶이 가게에 볼일이 있는 듯했다.

"어머, 호수 씨 왔네요?" 미아가 호수를 알아보고 반갑게 맞이했다. 호수는 미아의 얼굴을 쳐다보며 수줍은 듯 미소를 지어 보였다.

호수는 한참 동안 밖에 붙은 나무 메뉴판을 유심히 들여다보았다. 잠시 뒤, 그는 뭔가 결심한 듯 계산대로 다가가 천 원을 탁 내려놓으며 음식을 주문했다.

"커… 컵… 떡볶… 이 주세요."

가격 팻말 어디에도 천 원짜리 메뉴는 없었다. 게다가 호수가 주문한 컵 떡볶이는 2천 원이었다.

미아는 환한 얼굴로 아무렇지 않게 컵에 떡볶이를 가득 채우더니 나무 포크를 꽂아 손님에게 내밀었다.

"맛있게 드세요."

호수는 그 자리에 서서 떡볶이 하나를 날름 집어 먹었다.

"떡볶이 좋아하나 봐요?"

미아가 호수에게 말을 걸자, 그는 신나는 표정으로 대답했다.

"처… 처음… 먹어봐요…."

"처음이요?"

그녀는 놀란 눈으로 호수를 쳐다봤다. 랍스터나 한우 스테이크도 아니고 떡볶이를 처음 먹어본다니….

"마시… 써요…."

"맛있어요? 뜨거우니까 천천히 드세요."

그런데 어찌 된 일인지 호수는 갑자기 먹는 것을 멈췄다. 그는 손에 들고 있던 비닐봉지에 컵 떡볶이를 담으려는지 비닐봉지 입구를 벌리느라 씨름하고 있었다.

"아, 집에 가서 먹으려고요?" 미아가 묻자, 호수가 고개를 두어 번 끄덕였다.

"그럼 포장해 줄게요."

미아는 재빨리 호수의 손에 있던 떡볶이를 포장 용기에 옮겨 담았다. 용기 가득 떡볶이를 더 채워서 새지 않도록 뚜껑을 꽉 닫았다. 그녀는 떡볶이 국물이 잔뜩 묻은 검정 봉투 대신, 미아 떡볶이 상호가 인쇄된 투명한 손잡이 봉투에 용기를 담아 호수의 손에 쥐여주었다.

"이렇게 가지고 가면 안 쏟아져요."

호수가 만족스러운 듯 싱글벙글 웃어 보였다. 그는 얼굴과 몸짓으로 힘겹게 고맙다는 인사를 남기고 떡볶이 가게를 떠났다. 그의 손에 들린 봉투가 유난히 찰랑거렸다.

* * *

호수가 미아 떡볶이 가게에 처음 방문한 이후로 그는 가게 앞에 자주 모습을 드러냈다. 그런데 랄라의 눈에 들어온 호수의 행동이 어쩐지 이전과는 좀 달라 보였다.

랄라가 이 기묘한 장면을 목격한 것은 얼마 되지 않은 일이었다.

어느 날부터 오후 6시 무렵이 되면 출판사 창문으로 호수가 왔다 갔다 하는 모습이 보였다.

호수는 골목의 쓰레기를 주워 빈 봉투에 담고 있었다.

랄라는 그가 왜 여기까지 와서 쓰레기를 줍고 있을까 궁금했지만, 일부러 묻지는 않았다.

골목을 빠져나가는 그의 손에는 미아 떡볶이 가게 이름이 새겨진 묵직한 포장 봉투가 들려 있었다. 랄라의 눈에는 호수의 뒷모습이 소풍 가는 아이들처럼 가볍고 신나 보였다.

어느 날부터 호수는 비닐봉지 대신 근사한 배낭을 메고 나타났다. 배낭을 멘 모습은 근처 대학생들과 다를 바 없어 보였다.

그는 어김없이 출판사 앞 골목을 청소하고, 미아 떡볶이에 들른 뒤 골목에서 천천히 사라졌다. 호수의 잦은 출현과 이해할 수 없는 행동을 지켜보며, 랄라는 분명 자기만 모르는 어떤 이유가 있을 거라고 짐작했다. 그녀의 호기심은 날로 커졌다.

떡볶이 가게가 한산하던 어느 날, 랄라는 아이스커피와 와플을 배달시켜 놓고 사무실 앞 나무 의자로 미아 언니를 불렀다.

"안 그래도 시원한 커피가 마시고 싶었는데, 어떻게 내 맘을 알고…. 랄라야, 잘 먹을게."

"네, 언니."

"아! 시원하다."

미아는 목이 말랐는지 단숨에 커피의 반을 들이켰다. 랄라는 미아의 눈치를 살피며, 요 며칠 궁금했던 일들을 슬슬 입에서 꺼내기 시작했다.

"언니, 요새 호수 씨도 언니네 단골 되었나 봐요. 거의 매일 찾아오더라고요."

"으…응."

미아는 곤란할 때마다 말을 길게 늘이는 습관이 있었다. 이를 단박에 눈치챈 랄라는, 무슨 사연이 있는 게 분명하다는 확신이 들었다. 궁금한 게 있을 때마다 랄라는 집요해졌다.

"언니, 뭐예요? 제가 모르는 뭔가가 있는 거죠?"

랄라는 장난스러운 표정을 지으며 미아의 대답을 기다렸다.

"아, 그게…."

미아는 말끝을 흐리며 난감한 표정을 지었다.

"실은… 지난번에 호수 씨가 떡볶이를 사 먹으러 온 적이 있었어. 다행히 입에 잘 맞았는지 그 이후에도 몇 번 더 오더라고. 그런데 어느 날부터 걱정이 되기 시작하는 거야. 방 사장님을 통해 호수 씨가 할아버지와 단둘이 어렵게 산다는 건 알고 있었거든. 형편도 넉넉하지 않을 텐데 자주 사 먹으러 오는 게 어쩐지 마음에 걸리더라고. 그렇다고 오지 말라고 할 수도 없고 말이야. 그래서 고민하다가 장사하고 남은 걸 그냥 주기로 한 거야. 혹시라도 호수 씨가 기분 나쁘게 생각할 수도 있으니 어떻게 얘기를 할지 고민을 좀 했었는데… 다행히 호수 씨가 흔쾌히 받아줘서…."

"아, 그런 거였구나. 그런데 청소는 왜 하는 거래요?"

"음, 그게… 호수 씨 딴에는 아마 뭐라도 해주고 싶었나 봐. 그게 호수 씨의 마음 같아서 일부러 아무 얘기도 하지 않았어."

"아하, 그럴 수도 있겠네요. 그런데 언니, 그렇게 매일 공짜로 줘도 괜찮은 거예요?"

"그럼! 내가 이래 봬도 장사하는 사람인데 손해 보면서까지 챙겨주진 못하지. 하하."

미아는 어색한 웃음을 지어 보였다.

"그냥 남는 거 주는 건데 뭐…. 어차피 남으면 나 혼자 다 먹지도 못해. 다음날 팔 수도 없고."

미아는 눈웃음을 지으며 말을 이어갔다.

"예전에 빵집에서 알바를 한 적이 있었어. 빵집 사장님이 늘 저녁이 되면 팔고 남은 것들을 어려운 사람들을 위해 공짜로 나눠주더라고. 그 모습이 참 좋아 보였어. 진짜 부자의 모습 같았거든. 딱 적당한 선에서 내 몫을 챙기면 더 이상 욕심부리지 않는 사람. 나도 나중에 그렇게 살고 싶더라고. 언젠가 내 일을 하게 되면, 나누면서 살아야지 했는데… 호수 씨 덕분에 나와의 약속을 지킬 수 있게 되었어."

미아는 쑥스러운지 머리카락을 계속 귀 뒤로 쓸어 넘겼다.

"언니, 혹시… 호수 씨가 메고 있는 가방도 언니가 사준 거예요?"

"아, 그 배낭. 귀엽지? 백화점에 갔다가 귀여운 곰돌이 모양이 눈에 들어오더라고. 그거 보자마자 호수 씨가 생각났어. 손도 불편한데 비닐봉지를 들고 다니는 것보다 배낭을 메고 다니면 좋겠다는 생각이 들어서 말이야. 마침 반값 세일을 해서 저렴하게 샀어. 하하."

수줍게 웃던 미아는 갑자기 랄라를 향해 소곤거렸다.

"있잖아, 그 가방에 비밀이 하나 있어."

"비밀이요? 그게 뭔데요?"

랄라는 눈을 반짝이며 미아의 얘기에 귀를 기울였다.

"아, 별건 아닌데… 가방 왼쪽을 보면 호수를 의미하는 'lake'라는 노란색 글씨가 있을 거야. 내가 호수 씨 이름을 그런 식으로 수놓았거든. 자기 이름이 새겨져 있으면 더 특별하게 느껴질 테니까."

"오, 센스 있고 좋은데요? 세상에 하나밖에 없는 가방인 거잖아요."

"그러게. 안 그래도 호수 씨에게 그 단어의 의미를 설명해 줬더니 되게 좋아하더라고."

랄라는 미아의 얼굴에서 정말 행복한 기분을 느낄 수 있었다. 왠지 랄라도 덩달아 기분이 좋아졌다.

"언니, 호수 씨 웃는 모습 되게 맑지 않아요?"

"맞아. 나는 호수 씨 얼굴 보면 힐링이 되더라. 해맑은 웃음을 볼 때마다 내 마음도 맑아지는 것 같거든. 가끔 어떤 사람들은 호수 씨를 보고 불쌍하다고 말하기도 하는데, 나는 전혀 그렇게 생각 안 해. 건강해도 항상 죽을상을 하고 살아가는 사람들이 얼마나 많아? 호수 씨는 몸은 불편할지 몰라도 늘 웃고 있잖아. 오히려 우리들보다 더 행복한 사람인지도 몰라."

랄라는 조용히 고개를 끄덕였다. 작은 일에도 쉽게 좌절하고 우울해하는 자신이 왠지 부끄럽게 느껴졌다.

"언니는 어떻게 그리도 사람들의 마음을 잘 헤아려요?"

"내가 그런 것 같아?"

"가끔 언니를 보면 상대방의 마음을 거울처럼 들여다보는 것 같아서요."

"그건 아마 내가 상처가 많기 때문일 거야. 같은 자리에 앉아 봐야 그 사람을 제대로 이해할 수 있잖아. 나도 상처를 많이 받아봐서, 사람의 마음을 좀 더 세심하게 들여다보게 된 것 같아."

허공을 응시하며 독백처럼 얘기하는 미아의 얼굴에서 랄라는 알 수 없는 슬픔이 느껴졌다. 어쩐지 그녀에게도 말하지 못할 사연이 많아 보였다. 하지만 랄라는 더 이상 깊이 묻지 않았다.

호수에 대한 궁금증이 풀리면서 랄라는 미아라는 사람이 더 좋아졌다. 그녀의 곁에 있으면 마음이 따뜻해졌다.

선함도 전염이 되는 걸까. 좋은 사람 곁에 있으니, 마음에 부드러운 불빛이 스며드는 기분이 들었다. 문득 자신도 사람들과 나눌 수 있는 무언가를 찾고 싶다는 생각이 들기 시작했다.

15. 랄라 출판사의 일상다반사

오전 9시.

랄라는 어김없이 노트북을 켜고 서점의 발주 물량을 확인했다.

발주 부수 1권.

'오늘도 한 권이네.'

노트북 모니터를 쳐다보던 랄라는 습관처럼 한숨을 쉬며 서점의 발주 요청서를 출력하고 택배 포장을 했다.

출판사를 시작한 지 벌써 몇 개월이 지났지만, 여전히 딸랑 한 종의 책에 기대어 생계를 이어가는 날이 길어지고 있었다. 원래도 많지 않던 발주 부수였는데, 이마저도 날이 갈수록 점점 줄어

들었다. 어느 날부터는 발주가 한 권도 들어오지 않는 날이 더 많아졌다.

책은 안 나가는데 매월 꼬박꼬박 내야 하는 사무실 임대료와 관리비가 점점 압박으로 다가왔다. 매번 직원 한 명만 쓰고 싶다고 노래를 불렀지만, 이런 상황에서 직원까지 있었으면 어쩔 뻔했나 싶어 아찔했다. 게다가 사무실 벽면에 쌓여있는 좀처럼 줄어들지 않는 재고를 볼 때면, 없던 두통까지 생길 지경이었다. 음식이라면 먹기라도 할 텐데, 냄비 받침으로도 쓸 수 없는 저 책들을 대체 언제 다 팔지…. 진영에게 몇 권 가져가서 지인들에게 선물로 나눠주라고 선심 쓰듯 권유도 해봤지만, 그녀는 극구 사양했다.

'흰 종이가 돈으로 바뀌어서 쌓인다고? 책 재고만 쌓였구먼. 에구… 내가 미쳤지.'

형편이 어려워지니 그 겨울, 일산 점쟁이가 했던 말이 새록새록 떠올라 속이 부글거렸다.

책상 위에 있는 거울에 비친 얼굴까지 오늘따라 유난히 초췌해 보였다. 한동안 밥보다 단무지를 더 많이 먹어서인지, 얼굴빛도 단무지처럼 노랗게 물든 것 같아 마음이 착잡했다.

달그랑.

문에서 경쾌한 소리가 나더니 녹색 유니폼을 입은 아주머니 한 분이 들어왔다.

"안녕하세요? 건강 생각해서 녹즙 하나 드셔보시라고 찾아왔어요.”

“아, 죄송해요. 먹고 있는 게 있어서….”

오늘도 능숙하게 거절했다. 어제는 우유, 오늘은 녹즙이다. 그녀의 건강을 챙겨주려고 이 골목까지 찾아오는 사람들이 요새 부쩍 늘었다. 이 골목에 출판사가 있다는 게 대체 얼마나 멀리까지 소문이 난 걸까. 책도 이렇게 소문이 많이 나서 잘 팔리면 얼마나 좋을까. 랄라의 입에서 탄식이 절로 흘러나왔다.

막다른 골목 끝이라도 1층에 있는 사무실이다 보니 이렇게 느닷없이 낯선 사람들이 벌컥 문을 열고 들어오는 일은 예사였다.

하루에 한 번씩, 출근 도장 찍듯 교회 소식지를 문 틈새로 꽂아놓고 가는 아주머니들. 전화번호와 주인 얼굴은 항상 그대로인데, 매번 상호만 바꿔 신장개업했다고 전단지를 주고 가는 중국집 사장님. 심지어 이 막다른 골목까지 찾아와 길을 묻고 가는 이들도 있었다.

출판사가 공공 도서관처럼 누구에게나 열린 공간이라 생각하는지, 노크도 없이 문을 벌컥 열어 내부를 한참 들여다보고 가는 사람들도 여전했다. 개인 사무실이라는 안내문까지 출입문에 붙여놔도 별 소용이 없었다.

출판사라고 쓰인 간판을 보고도, 서점처럼 책을 파는 곳인 줄 알고 들르는 어르신들도 있었다. 얼마 전에는 어떤 중년의 남자가 다른 출판사에서 절판된 책을 구해 줄 수 있냐며 묻고 가기도 했다.

가끔 전 사장, 그러니까 치킨 가게 주인의 행방을 캐묻고 가는 수상한 이들도 있었다. 그런 사람들이 다녀가고 나면 전 주인의 사연이 괜히 궁금해졌다.

나쁜 일도 자꾸 겪다 보면 내성이 생기듯, 언젠가부터 불청객들의 방문도 익숙해졌다. 1층에 자리 잡은 사무실의 숙명이라 어쩔 수 없다고 생각하면 마음이 편해졌다.

지내고 보니 1층이라고 나쁜 점만 있는 건 아니었다. 통창을 통해 정면으로 마주하는 세상은 묘한 안도감을 주었다. 처음에는 창밖으로 보이는 낯선 사람들과 마주치는 시선이 부담스러워 블라인드로 가려버릴까도 생각했다. 하지만 너무 고립되면 세상과 단절되는 느낌이 들어, 일부러 내버려둔 건 잘한 선택이었다.

사무실 앞 의자에는 다양한 사람들이 머물다 갔다. 아이스크림을 먹는 아이들, 깔깔거리며 수다를 떠는 연인들, 호수와 같은 빌라에 거주한다는 순길 할머니, 홍대 근처에서 안경원을 한다는 주성 아주머니….

이름도 모르고 대화를 나눈 적도 없지만, 매일 봐서 익숙한 얼굴들도 점점 늘어갔다. 이젠 눈이 마주치면 피하지 않고 가벼운 고개인사를 나누는 여유도 생겼다.

가끔 랄라 출판사에 찾아와 소소한 얘기를 건네는 정겨운 이웃도 있었다.

사무실의 낮은 문턱을 사이에 두고 오가는 사람들의 이야기가 이제는 랄라에게 특별한 일상처럼 다가왔다. 언제부턴가 랄라는 자연스레 이 골목에 스며들었다. 그녀 자신도 믿기 힘든 변화였다.

어느덧 번화가에서 멀찍이 떨어진 이곳이 시끌벅적하고 화려하기만 한 평지 위의 세상보다 정겨워졌다. 이제 화려한 빌딩 속 사무실이 예전만큼 부럽지 않았다.

해가 달님에게 바통을 넘긴 시각, 어느새 이 작은 골목에도 짙은 어둠이 내려앉았다.

미아가 출판사 창문을 몇 번 두드리며 퇴근 인사를 건넸다. 랄라가 손을 흔들자, 미아는 머리 위로 손 하트를 그리더니 이내 창문에서 사라졌다.

이제 다시 랄라 혼자만 남았다.

저녁 무렵까지 소란스러웠던 출판사 앞은 어느새 낮의 소란스러움에 묻혔던 미약한 존재들이 내는 소리로 채워져 가고 있었다.

진영이 개업 선물로 준 스피커에서 흘러나오는 임윤찬의 피아노 연주를 들으며 랄라는 투고 원고를 확인했다.

이제 겨우 한 종을 출간한 출판사지만, 책에 적힌 출판사 이메일 주소를 보고 원고를 보내오는 이들이 더러 있었다. 물론 대부분은 랄라 출판사를 타깃으로 보낸 투고 메일이 아니라, 수많은 불특정 출판사를 수신자로 지정한 메일이었다. 빽빽하게 차 있는 수신자 이메일 주소는 얼핏 봐도 스무 개는 넘어 보였다. 작가의 절박함이 이해가 가면서도, 이런 원고에는 어쩐지 손이 가질 않았다. 굳이 랄라 출판사가 아니어도 될 것 같아서였다.

아주 가끔, 랄라 출판사에서 책을 내고 싶다는 바람을 드러낸 저자도 있었다. 사람이 하는 일이다 보니 그런 원고들은 더 꼼꼼하게 살펴봤다.

그나저나 빨리 다음 책을 내야 하는데 아직 이렇다 할 원고가 없다 보니 마음은 하루도 편할 날이 없었다. 신간에 대한 압박과 저자 발굴은 여전히 부담스러웠다. 출판사를 하는 한 계속 악몽처럼 따라다닐 것만 같아 두려웠다. 경력이 오래된 출판사도 아니고 지인도 많지 않으니, 도무지 어디서 답을 찾아야 할지 막막하기만 했다.

경준 선배는 편집자들의 상당수가 SNS를 뒤지며 인플루언서를 찾거나, TV에 얼굴을 비춘 사람들에게 연락하는 방식으로 작가 섭외를 한다고 했다. 그 말을 듣고 그녀도 몇 번 시도를 해봤다. 하지만 이미 많은 출판사로부터 연락을 받았다며 거절당하거나, 아예 답이 없는 경우가 대부분이었다. 작은 출판사와는 일하고 싶지 않다고 노골적으로 거부감을 드러내는 경우도 가끔 있었다.

그런 경험이 쌓이다 보니 어느 순간 회의감이 들었다. 이런 방식은 자신과 맞지 않았다. 남들을 따라 하다 보면 랄라 출판사만의 색깔을 잃을 것만 같았다.

비록 딱 한 권을 낸 출판사라 아직 분명한 색깔도 없고, 그런 걸 따질 형편도 아니었다. 하지만 추구하는 방향만큼은 지켜내고 싶었다.

화려하게 빛나는 별을 쫓기보다는, 어딘가에 조용히 숨어 있는 원석을 찾아 세상에 빛을 낼 수 있도록 돕고 싶었다. 그게 출판인으로서 랄라가 가진 목표였다.

하지만 꿈과 현실의 간극 앞에서 마음만 자꾸 지쳐갔다.

16. 귀인이 나타났다

날이 점점 더워지자, 랄라는 책상에 앉아 자주 꾸벅꾸벅 졸았다.

돈 좀 아껴보겠다고 중고 마켓에서 구매한 에어컨은 요란한 소음을 내며 미지근한 바람만 내뿜었다. 참 별 게 다 속을 썩였다.

책은 팔리지 않고 딱히 계획 중인 신간도 없다 보니, 몸과 마음은 점점 무기력해졌다. 그럴 때마다 턱을 괴고 창문 너머 나무를 보면서 자주 멍때렸다. 너무 깊이 빠져들다 보면 누가 밖에서 빤히 쳐다보는 것도 몰랐다.

어떤 날은 스피커 볼륨을 최대치로 올리고 신나는 노래를 따라 부르기도 했다. 음치라고 뭐라 할 사람도 없었다.

책상에 앉아 엉엉 울면서 그대로 팔을 베개 삼아 잠들기도 했다. 깨어나면 눈물을 닦은 티슈가 여기저기 팝콘처럼 흩어져 있었다. 책은 안 팔릴지언정, 누구의 눈치 볼 필요 없이 모든 감정을 쏟아낼 수 있는 혼자만의 공간이 있다는 게 그나마 얼마나 다행인지 모른다. 지난겨울, 점쟁이 말만 철석같이 믿고 대박을 꿈꿨던 일을 생각하면, 아직도 가끔 헛웃음이 나왔다.

꿈도 통장의 잔액처럼 점점 줄어들고 있었다. 역시 창업이란 아무나 하는 게 아니었나 보다.

대체 어쩌다가 이 지경까지 온 걸까. 그때 헤드헌터의 제안을 받아들여야 했을까. 별별 생각들이 쉽게 마음을 떠나지 않았다.

오늘도 랄라는 온갖 후회와 걱정으로 복잡한 머리를 식히려 밖을 내다보고 있었다. 그런데 아까부터 자신을 주시하는 한 남자가 자꾸 신경이 쓰이기 시작했다.

그를 본 건 오늘이 처음이 아니었다. 남자는 언젠가부터 출판사 앞 벤치에 자주 앉아 있었다. 검정 배낭을 무릎에 올려놓고 고개를 푹 숙인 채 옥수수를 먹기도 하고, 어떤 날은 책을 읽고 가기도 했다. 또 어떤 날은 명상하듯 가부좌를 틀고 한참을 아무런 미동도 없이 앉아 있기만 했다. 남자는 매번 벙거지와 마스크로 얼굴을 가리고 있어서, 그의 얼굴을 제대로 본 적은 거의 없었다.

랄라가 잠시 졸다 깨면 그 남자의 모습이 멍한 시선 속에 나타났다가 사라지곤 했다. 너무 피곤할 때면 이게 꿈인지 현실인지 분간하기조차 어려웠다.

남자의 출현이 잦아질수록 무슨 해를 입은 것은 아니지만 경계심을 늦출 수가 없었다. 막다른 골목에 있는 사무실이다 보니 혼자 있다가 무슨 해코지를 입는 게 아닌가 싶을 만큼 두려움을 느낀 적도 한두 번 있었기 때문이었다.

그렇다고 쳐다본다는 이유로 무작정 항의하거나 신고할 수도 없는 노릇이었다. 생활한복을 입고 있는 차림새를 보아하니 적어도 '바바리맨' 같은 음란한 부류는 아닌 듯해 그나마 마음이 놓였다.

게다가 책을 끼고 다니는 남자의 모습을 볼 때면 경계심마저 사라졌다. 적어도 그가 들고 있던 『데미안』이나 『모비 딕』과 같은 책을 읽는 사람과 흉악범은 뭔가 어울리지 않은 조합이었다. 책을 좋아하는 사람치고 나쁜 사람은 없다는 선입견도 한몫했다.

당장은 해코지하는 것도 아니니, 랄라는 일단 계속 지켜보기로 했다.

며칠 후, 랄라는 이른 저녁 무렵부터 누군가를 기다리며 창문 밖을 자주 내다봤다.

오늘도 아까부터 그 의문의 남자와 몇 번이나 눈이 마주쳤다. 그는 보통 먹거나 읽거나 명상에 잠기다가 자기만의 할 일을 다 끝내고 나면 사라지곤 했다. 그런데 오늘은 낮부터 죽치고 앉아 먹지도, 읽지도 않고 저리 쳐다보기만 한다.

'혹시 저 사람이 나를 좋아하나?'

랄라는 끔찍한 상상까지 하고 말았다. 하지만 남자의 강렬한 눈빛은 좋아하는 누군가를 바라볼 때의 느낌과는 결이 달랐다. 무언가 깊이 고심하는 것 같기도 했다.

갑자기 섬뜩한 생각이 스쳤다.

'문을 걸어 잠글까?'

그 순간, 랄라의 시선과 밖에 있던 남자의 얼굴이 정면으로 마주쳤다.

남자는 비장한 결심이라도 한 듯, 갑자기 사무실 문을 확 열고 들어왔다. 사무실 문에 달아둔 작은 종이 평소보다 요란한 소리를 내며 흔들거렸다.

랄라는 자기도 모르게 주먹을 꽉 쥐고 자리에서 벌떡 일어났다.

두려움이 엄습했다. 뭔가 제대로 방어할 수 있는 강력한 무기가 있어야 하는데, 사방을 둘러봐도 그럴만한 게 눈에 띄지 않았다. 지금으로선 아무도 원하지 않는 김 작가의 책이 그나마 최선의 무기였다. 겉표지를 딱딱한 양장 제본으로 한 게 다행이라고 느껴진 건 오늘이 처음이었다. 긴박한 이 순간에도, 랄라는 띠지에 인쇄된 김 작가의 웃는 얼굴이 꽤 거슬렸다.

"여기 출판사 맞죠?"

남자가 굵은 목소리로 랄라에게 물었다.

그녀는 순간 몸이 움찔했다. 겁에 질린 표정을 마스크 안에 숨기고 있어서 다행이었다.

목소리에서부터 기세가 꺾이면 안 될 것 같았다. 그녀는 남자의 시선을 피하지 않고 최대한 냉랭한 어조로 대답했다.

"네, 그런데 어떤 일로 오셨나요?"

"출판사에 투고하러 왔지, 뭐 하러 왔겠어요? 연락처는 맨 앞장에 써놨으니까, 계약서 작성할 때 연락해 주시고요…."

남자는 제법 도톰한 서류봉투를 랄라의 책상 위에 호기롭게 내려놓았다. 그러고는 한 마디를 덧붙였다.

"이거 출판하면 무조건 베스트셀러가 될 테니 신경 써서 만들어줘요."

남자는 제 할 말만 하고는 기세 당당하게 나갔다.

랄라는 가위에 눌린 듯, 그 자리에서 아무 말도 하지 못한 채 몸이 굳어있었다.

남자가 사라지자, 온몸에 힘이 쭉 빠져 그대로 의자에 털썩 주저앉고 말았다. 조금 전의 오싹함이 가시지 않은 듯, 팔뚝에 좁쌀처럼 닭살이 돋았다.

"뭐야… 작가였어?… 베스트셀러? 흥! 정말 가지가지 한다."

랄라는 남자가 던져놓고 간 봉투를 어이없는 표정으로 바라보며 중얼거렸다.

봉투 안을 슬쩍 들여다보니 묵직한 자필 원고가 눈에 들어왔다.

"세상에, 요새 누가 자필로 원고를 쓴다고…."

랄라는 원고가 담긴 봉투를 관심 밖의 일처럼 소파 테이블 위에 휙 던져놓고 하던 일을 이어갔다. 여전히 눈언저리가 파르르 떨렸다.

저녁 8시가 지나서야 기다리던 손님이 랄라의 사무실에 찾아왔다.

경준 선배였다. 오늘 저녁, 홍대 근처에서 열리는 대학 선후배 모임에 선배와 함께 갈 참이었다.

랄라의 사무실에 처음 방문한 그는 좁은 사무실 안을 한 바퀴 빙 둘러보며 말했다.

"와우! 랄라야, 사무실 근사하다. 꼭 동네 서점처럼 아늑해 보여."

그는 들고 있던 선물을 랄라에게 내밀었다.

"늦었지만, 개업 축하해. 돈 많이 벌어."

"선배는 그냥 오시지. 뭐 이런 걸 다…."

재물 운을 높여준다는 해바라기 그림이 담긴 액자였다.

랄라는 선배의 센스에 입꼬리가 절로 올라갔다.

"선배, 하던 게 있는데 금방 끝나니까 조금만 기다려 줄래요?"

"물론이지. 천천히 마무리해. 나는 여기 앉아 기다리고 있을게."

경준은 소파에 앉아 사무실을 다시 찬찬히 둘러보았다. 랄라가 늘 벽돌 같다고 투덜거리던 김 작가의 책들을 눈으로 확인하자, 피식 웃음이 나왔다.

작은 공간을 쓱 둘러보다가 소파에 있는 서류봉투로 시선이 옮겨졌다. 누런 봉투에서 손 글씨로 쓴 원고 몇 장이 삐죽 나와 있었다.

"원고인가 보네…." 경준은 조용히 중얼거리며 봉투를 손에 쥐었다.

"랄라야, 이거 읽어봐도 될까?"

"그럼요. 아까 어떤 작가님이 베스트셀러가 될 거라고 장담하며 저한테 주고 간 거예요."

랄라는 빈정거리는 어투로 말했다.

경준은 조심스레 원고를 꺼내 손에 들었다.

"오랜만에 보는 자필 원고네…."

사인처럼 흘려 쓴 전화번호 외엔 겉표지에 아무것도 적혀 있지 않았다.

'아… 이 글씨체….'

첫 장을 펼치자, 낯익은 필체가 경준의 눈에 들어왔다. 가슴이 쿵 내려앉는 기분이었다.

첫 장, 둘째 장… 페이지가 빠르게 넘어갔다. 오랜만에 보는 뛰어난 필력과 숨 막히는 전개에 경준은 깊이 빠져들었다.

그런데 페이지를 넘길수록 그의 머릿속에는 누군가의 모습이 계속 떠올랐다. 익숙한 필체와 독특한 표현은 경준의 기억 속 인물과 분명 닮아있었다. 하지만 그럴 리가 없다며 그는 애써 고개를 저었다.

"선배! 이제 가요."

랄라는 일을 다 마무리하더니 노트북을 닫고 핸드백을 들었다.

"응. 그런데… 랄라야, 이 원고 말이야. 작가가 누구야?"

"거기 안 적혀 있어요? 실은 저도 원고 확인은 못 했거든요. 어떤 남자인데, 이름은 저도 몰라요. 갑자기 들어와서 원고만 던져놓고 갔거든요."

그녀는 여운처럼 한 마디를 더 보탰다.

"그런데 눈빛이 강렬하면서도 어딘가 모르게 슬퍼 보였어요."

"그래…."

"마스크와 모자를 쓰고 있어 확실하진 않지만, 나이도 있어 보였고요. 마치 노인처럼…."

랄라는 자신을 공포스럽게 만든 사람의 얼굴을 떠올리며, 미간을 찌푸렸다.

경준은 영혼이 반쯤 나간 듯 허공을 응시했다.

"선배, 왜요? 혹시 아는 사람이에요?"

"아, 아니. 그냥… 내가 아는 사람… 아니, 알았던 사람이 생각나서."

"랄라야, 이 원고 주인을 만나게 되면 나한테 연락 좀 줄 수 있니? 그리고 이 원고 꼭 출판해. 너에게 곧 좋은 일이 생길 것 같다."

평소답지 않게 어수선한 선배의 말과 알 수 없는 표정에, 랄라는 어리둥절했다.

"선배, 우리 늦었어요. 어서 가야 돼요."

랄라는 후다닥 사무실 조명을 끄고, 경준을 앞세워 약속 장소로 향했다.

* * *

출판사에 도둑이 들었다. 복면을 쓴 도둑은 랄라의 사무실에 어렵게 침입했으나 아무리 뒤져봐도 가지고 갈 만한 게 없자, 잔뜩 화가 나 있었다. 벽 한쪽은 중고로 내다 팔아도 안 살 것 같은 책만 잔뜩 쌓여 있었다. 서랍 속을 뒤져도 먹다 남은 과자나 초콜릿이 전부였다. 도둑은 사방을 훑으며 불만 가득한 표정으로 툴툴거렸다.

그 순간, 소파 위에 묵직한 봉투 하나가 그의 눈에 들어왔다. 언뜻 보니 자필로 적혀 있는 게 어떤 중요한 문서처럼 보였다. 자존심이 상한 도둑은 이거라도 챙기겠다는 듯, 정체도 모르는 서류봉투를 빈 가방에 욱여넣었다.

그때, 볼일을 보고 들어온 랄라와 눈이 딱 마주쳤다. 도둑은 잽싸게 그녀를 밀치고는 문밖으로 도망쳤다.

랄라는 뒤늦게 소파를 쳐다봤다. 그제야 원고가 사라진 걸 알아채고는 도둑을 뒤따라가며 소리쳤다.

"내 원고 내놔! 이 도둑놈아!"

꿈이었다. 너무나 생생한 꿈. 얼마나 크게 '도둑놈'을 외쳤는지 안방에서 자던 부모님까지 놀라 랄라의 방으로 달려왔다.

아버지는 딸의 잠꼬대라는 걸 확인하곤, 잠이 덜 깬 목소리로 짜증을 냈다. 엄마는 랄라가 혼자 일하느라 힘들어 속이 허해서 그런 거라고 했다. 그러면서 날 밝으면 보약 한 제를 지으러 가야겠다고 중얼거리며 조용히 방문을 닫고 나갔다.

랄라는 침대에 누워 말똥말똥한 눈으로 천장을 쳐다봤다. 문득 경준 선배의 말이 떠올랐다. 좋은 일이 생길 것 같다고 했던 그의 말이 이제야 어떤 예언처럼 다가왔다.

그는 모든 사람이 인정하는 스타 편집자 아니던가. 경준 선배가 아무 원고나 극찬하지 않는다는 걸 랄라는 잘 알고 있었다. 그래서 무명씨가 놓고 간 원고가 보통 원고는 아닐 거라는 확신이 들었다.

갑자기 서류봉투 안에 있는 원고가 궁금했다. 혹시 꿈에서처럼 간밤에 누가 원고를 훔쳐 가진 않았을까, 하는 노파심이 들어 더 이상 태평하게 누워 있을 수만은 없었다.

랄라는 자리를 박차고 일어나 옷을 대충 걸친 뒤, 급히 사무실로 향했다.

새벽 5시.

적막한 기운이 감도는 골목을 지나 사무실 문을 열었다.

다행히 밤사이 아무 일도 없었다. 원고는 어제 그대로 소파 위에 덩그러니 놓여 있었다.

랄라는 소파에 앉아 봉투 안에 들어있는 원고를 조심히 꺼냈다.

이름도 제목도 없는, 전화번호 하나만 달랑 적혀 있는 자필 원고가 눈에 들어왔다. 마치 비밀의 방에 들어가는 듯, 기대감과 긴장감이 동시에 그녀의 마음을 들뜨게 했다.

첫 페이지를 열고 읽어 나가기 시작했다. 이야기는 술술 막힘

없이 전개되었고, 모든 장면이 흥미로웠다. 지금까지 읽어본 원고와는 확실히 달랐다.

마지막 장을 덮자, 창밖에서 햇살이 들어왔다. 운동하러 나온 할머니들의 얘기 소리가 들려 시계를 보니 벌써 8시였다. 랄라는 3시간 동안 흥미진진한 조조영화를 한 편 보고 나온 기분이 들었다.

팔을 쭉 늘려 기지개를 켜며 창밖을 바라보았다. 좋은 일이 생길 것 같다고 했던 경준 선배의 말을 곱씹으며 히죽 웃었다. 그가 왜 그런 얘기를 했는지 이제야 알 것 같았다.

그런데 한 가지 의문이 들었다. 이 남자는 무슨 생각으로 아무것도 내세울 것 없는 출판사에 투고한 것일까? 이 정도의 필력이면 이미 대형 출판사의 러브콜을 받고도 남았을 것이다.

뭔가 이상하다 싶었다. 혹시 이 남자가 정말 자신을 좋아해서 투고를 빌미로 접근한 건 아닐까, 하는 의심마저 들었다.

그러다 잊고 있던 일산 점쟁이의 예언이 불현듯 떠올랐다. 귀인이 보인다고 했던 말.

그래, 일산의 그녀가 예언했던 그 귀인이 이제야 나타난 게 분명했다. 비록 조금 늦게 눈앞에 나타났지만, 지금이라도 나타난 게 어딘가 싶었다. 그녀의 얼굴에 아침 햇살처럼 환한 미소가 번졌다.

랄라는 무명씨 작가에게 연락을 해두고, 그가 도착할 때까지 서둘러 계약서를 준비했다.

경준 선배가 부탁했던 얘기가 떠올라 전화를 걸었지만, 받지 않았다. 랄라는 작가와 만나기로 했다는 사실을 문자로 남겨두었다.

점심시간이 지나, 무명씨 작가가 출판사에 찾아왔다.

"어서 오세요. 작가님!"

랄라는 평소보다 한 톤 높아진 목소리로 남자를 반겼다. 그를 대하는 랄라의 음성과 눈빛은 지난번과 달리 한없이 부드러웠다.

랄라는 미리 작성해 둔 계약서 초안을 작가에게 내밀며 필요한 정보를 물었다.

"작가님, 성함이 어떻게 되세요?"

"윤탁이입니다."

"아… 윤탁이 작가님."

랄라는 상대가 불러주는 이름을 받아쓰기하듯 무심코 계약서에 받아적었다. 그러다 갑자기 뭔가 떠올라 놀란 목소리로 되물었다.

"윤탁이 작가님이요? 혹시 '시베리아의 진실'을 쓰신…?"

남자는 대답 대신 조용히 고개만 끄덕였다.

정말 이게 무슨 상황일까. 이름만 대도 아는 유명 작가가 무슨 이유로 내세울 거 하나 없는 출판사에서 책을 내겠다며 제 발로 찾아온 걸까? 랄라는 그것이 알고 싶었다.

상황은 이해할 수 없지만, 지금은 많은 걸 따질 때가 아니었다. 작가의 마음이 변하기 전에 일단 서둘러 계약하는 게 우선이었다.

예전 김 작가와는 달리, 윤 작가는 계약 조건에 대해서 별다른 요구가 없었다. 유명 작가인 만큼 까다로운 조건을 내세울 줄 알고 그녀는 내심 긴장하고 있었다.

그는 계약 내용을 대충 훑어보고 사인을 하더니, 볼 일이 있다면서 계약서 한 부만 챙겨 달아나듯 자리를 떠났다. 모르긴 해도, 까탈스럽거나 꼼꼼한 사람은 아닌 듯했다.

랄라는 작가와 함께 식사하며 그간의 일들과 출판에 관해 진지한 대화를 나눠볼 참이었다. 개인적으로 묻고 싶은 것도 많았다. 하지만 자신의 계획과 달리 상대가 그렇게 급히 가버리니 어쩐지 서운한 마음에 입맛만 다셨다. 그래도 유명 작가와 계약서를 썼다는 사실이 내심 흐뭇했다.

윤 작가가 사무실을 떠난 뒤, 경준 선배에게서 뒤늦게 연락이 왔다.

"선배, 놀라지 마세요. 작가님이 누군지 아세요?"

랄라의 목소리가 한껏 들떠 있었다.

"예전에 '시베리아의 진실'을 쓰셨던 윤탁이 작가님이요. 선배도 잘 아시죠?"

"윤탁이? 아, 역시 맞았구나… 살아 있었구나."

전화기 너머의 경준은 넋이 나간 듯한 목소리로 중얼거렸다.

그날 저녁, 랄라의 사무실에 경준이 예고도 없이 찾아왔다. 어딘가에서 혼자 1차를 하고 왔는지, 그에게서 진한 술 냄새가 풍겼다. 랄라가 냉장고에서 시원한 음료를 꺼내려고 하자 그는 희미한 웃음을 지으며 말했다.

"음료수는 됐고. 랄라야, 어디 가서 술 한잔 같이할래?"

평소와 달리 침잠한 그의 모습이 랄라에게는 유독 낯설게 느껴졌다. 이건 분명 윤 작가와 관련 있을 거라고 랄라는 직감했다.

두 사람의 관계가 단순히 아는 정도가 아닐 거라는 생각이 들었다. 랄라는 두 사람의 사연이 궁금해서, 한 치의 망설임도 없이 그를 따라나섰다.

경준은 홍대 근처 좁은 골목 안쪽에 자리한 통유리 건물의 2층으로 올라갔다. 랄라도 그의 뒤를 따라 들어갔다. 실내는 저녁 시간임에도 사람들이 많지 않아 한적한 분위기였다.

"오랜만에 오셨네요?"

바텐더가 먼저 그를 알아보고 말을 걸었다. 아마도 이곳은 선배의 단골 가게인 듯했다.

두 사람은 바에 나란히 앉았다. 주문한 술을 앞에 두고 경준은 한동안 아무 말이 없었다. 랄라는 선배가 얘기를 꺼내기를 조용히 기다렸다.

가게에서는 Miles Davis의 'Flamenco Sketches'가 잔잔히 흘렀다. 어두운 조명과 잔잔한 음악, 그리고 곁에 앉은 이의 길어지는 침묵은 랄라의 마음까지 맥없이 만들었다.

랄라의 눈꺼풀이 스르르 감기려던 찰나였다. 경준이 비로소 윤 작가와의 인연, 그리고 두 사람을 멀어지게 했던 오래전의 한 사건에 대해 천천히 입을 열었다.

"나는 오래전부터 글 쓰는 일을 하고 싶었어. 바라던 대로 신문사에 들어가 글은 원 없이 썼지. 그런데 이상하게도 재미가 없더라. 나랑 뭔가 맞지 않았던 것 같아. 그래서 결국 신문사를 그만두고 출판사로 들어갔어. 책을 만드는 일이 흥미로웠거든. 새로운 일이었지만 두렵진 않았어. 그땐 뭐든 할 수 있을 것 같았으니까."

선배는 답답한지 넥타이를 풀어 테이블 위에 올려두고 다시 얘기를 이어갔다.

"예상했던 대로 편집자라는 직업은 나랑 아주 잘 맞았어. 인복이 있었는지 괜찮은 작가들을 많이 만났고, 만드는 책마다 결과도 좋았지. 운이 좋았을 뿐인데… 그때는 내가 정말 잘난 줄 알았어."

선배는 옅은 미소를 보이며 깊은숨을 내쉬었다.

"그 시기에 윤 작가가 내게 찾아왔어. 나는 단번에 그의 원고를 읽고 대박을 예감했지. 그게 시작이었어."

4부. 회상

17. 김경준

10년 전.

"역시 대단해. 이번 책도 베스트셀러야."

"와, 어떻게 한 번도 실패를 안 해?"

경준이 만든 신간이 모든 서점의 베스트셀러가 되었다는 소식이 마케터로부터 전해지자, 비숍 출판사 사무실은 또다시 술렁였다.

경준이 비숍 출판사에 입사한 이래, 그가 맡은 책들은 예외 없이 모두 베스트셀러가 되었다. 그는 '베스트셀러 제조기'로 불리며 성공 가도를 달리고 있었다.

경쟁사들은 하나같이 경준에 눈독을 들였고, 여러 매체에서도 앞다투어 그의 행보에 관심을 가졌다.

경준이 몸담은 비숍 출판사에서 그의 위치는 말할 것도 없었다.

그는 짧은 경력임에도 성과를 중시하는 대표의 운영 방침 덕분에 초고속 승진을 거듭했다.

여기저기서 불만이 새어 나오고 시기와 질투가 눈에 보였지만, 그의 능력 앞에서는 누구도 함부로 토를 달지 못했다.

경준의 재능은 실로 남달랐다. 그는 첫 장만 읽어도 될 만한 원고인지 아닌지를 분간해 낼 만큼 편집자로서의 타고난 감각이 있었다. 여기에 성실함까지 갖추다 보니 탁월한 성과를 내는 게 어쩌면 당연했다.

작가들 사이에서도 그는 유명했다. 실력은 물론, 인성 좋은 편집자로 소문이 자자했다.

경준은 어떤 작가를 만나도 깍듯이 대했고, 그를 거쳐 간 작가들은 하나같이 그의 인성을 치켜세웠다.

회사 매출 대부분이 경준의 손에서 나오다 보니, 대표는 혹시 그가 이직이라도 할까 봐 전전긍긍하며 온갖 지원을 아끼지 않았다.

어느 순간부터 작가들 사이에서는 경준의 손만 거치면 베스트셀러 작가가 되는 건 시간문제라는 소문이 돌기 시작했다. 소문이 사실임을 증명하듯 그의 메일함은 간절한 예비 작가들의 투고로 넘쳐났다.

경준은 성과가 눈에 보일수록 일이 재밌어졌고, 의욕도 넘쳤다.

그렇게 일 욕심을 내다보니 어느 순간 그가 맡은 일은 감당할 수준을 한참 넘어섰다.

보다 못한 출판사 대표는 경준의 업무 부담을 덜어주기 위해 직접 발 벗고 나섰다. 대표는 당분간 새로 들어오는 원고는 전부 다른 편집자들에게 일임하겠다는 방침을 내세우며 경준을 지원했다.

출판사의 이런 사정은 내부 직원을 통해 빠르게 밖으로 새어 나갔다. 정보가 빠른 작가들은 경준이 아닌 다른 편집자의 손에 자신의 원고가 들어갈까 봐 노심초사했다.

회사의 방침이 바뀌어도 경준은 일부러 자신을 찾아온 작가의 원고만큼은 직접 검토하겠다는 의지를 내비쳤다. 이런 정보까지 알게 된 사람들은 경준에게 투고하기 위해 직접 먼 곳에서 찾아오기도 했다. 윤 작가와의 인연도 그렇게 시작되었다.

* * *

어느 날 오후, 한 남자가 출판사를 찾아와 다급하게 경준을 찾았다. 비서가 선약이 있다는 말을 전하자, 남자는 경준을 꼭 만나고 가야 한다며 작은 실랑이를 벌였다. 외근을 나가던 경준은 이 상황을 목격하고 남자를 정중히 회의실로 안내했다. 비서는 유리

벽 너머로 시계를 가리켰지만, 그는 손바닥을 슬쩍 들어 괜찮다는 표시를 했다.

모자와 마스크로 얼굴을 가린 남자는 나이를 짐작할 수 없었지만, 맑은 눈이 인상적이었다. 경준은 그 남자의 눈빛이 왠지 마음에 들었다.

남자는 낡은 서류봉투를 내밀며 오랜 시간에 걸쳐 쓴 원고라며 꼭 읽어달라고 부탁했다. 간절함은 떨리는 음성에 고스란히 배어 있었다.

경준은 선약 때문에 긴 이야기는 나눌 수 없다며 작가에게 양해를 구했다. 대신 원고는 꼭 읽어보겠다고 약속했다.

경준의 깍듯한 태도에, 남자는 안심한 듯 사무실을 나갔다. 들어올 때의 경직된 모습과 달리 나갈 때는 편안한 모습이었다.

작가가 돌아간 뒤, 경준은 조금 전 받은 봉투를 그대로 가방에 챙겨 사무실을 나섰다.

몇 시간 뒤, 볼일을 마치고 다시 사무실에 들어온 경준은 아까 찾아온 남자가 주고 간 봉투를 가방 속에서 조심히 꺼냈다. A4용지에 손으로 쓴 원고가 들어 있었다.

정돈된 글씨체가 한눈에 들어왔다. 원고를 꽤 오래 가지고 있었는지 몇몇 페이지는 반 이상 누렇게 변색이 되었지만, 읽는 데는 지장이 없었다.

원고를 잘 추려 복사본을 만들어놓고, 원본은 집게로 집어 서랍 속에 넣고 문을 잠갔다. 검토해야 할 원고들이 책상 위에서 순서를 기다리고 있었지만, 이상하게도 이 원고에 끌렸다.

경준은 복사본을 챙겨 회사 근처의 단골 카페로 향했다. 집중이 필요할 때마다 자주 찾는 곳이었다. 테이블 간격이 넓어 소란스러움이 덜 하고, 가사가 있는 노래 대신 잔잔한 클래식이 흘러나왔다. 몰입하기에 이만한 장소가 없었다.

경준은 습관처럼 가장 구석진 자리에 짐을 내려놓고 따뜻한 아메리카노 한 잔을 주문했다.

"오늘은 좀 늦으셨네요?"

바리스타가 건네는 인사에 경준은 늘 그렇듯 별다른 얘기 없이 미소로만 답했다.

곧 바리스타가 내주는 커피를 받아 들고 자리에 앉았다.

시베리아의 진실 1 /윤탁이

첫 페이지에 적힌 제목의 필체가 왠지 느낌이 좋았다. '윤탁이'라는 작가 이름은 생소했다.

'자, 이제 읽어볼까.'

경준은 소매를 반쯤 걷어 올리고 의자를 바짝 당겼다. 오른손에는 즐겨 쓰는 노란색 스테들러 연필을 쥐었다.

원고가 지루하지 않고 술술 넘어갔다. 한 장 한 장 넘길수록 다음 페이지가 궁금할 만큼 흥미로운 전개였다. 그는 거의 두 시간 동안 한 번도 자세를 바꾸지 않고 원고에 몰입했다. 마지막 문장을 읽으며 자신도 모르게 '우와'하고 감탄사가 튀어나왔다.

경준은 양손으로 원고를 매만지며 두근거리는 마음을 주체할 수가 없었다.

곧장 스마트폰을 꺼내 윤 작가의 다른 책을 검색했다. 이 정도 필력이라면 책도 여러 권 냈을 테고, 그중에는 자신도 알만한 책이 분명히 있을 거라 짐작했다.

동일한 이름으로 열 권이 넘는 책이 검색되었지만, 전부 절판이었다. 읽어본 적도, 들어본 적도 없는 제목뿐이었다.

'이렇게 글을 잘 쓰는 작가가 왜 여태 이렇다 할 대표작이 없었을까. 해외 판권 수출은 기본이고 드라마 제작도 가능하겠는걸.'

그는 순식간에 이 원고로 만들 수 있는 콘텐츠까지 예상했다.

경준의 왼쪽 손가락이 피아노 건반을 누르듯 번갈아 가며 쉴 새 없이 움직였다. 무언가 깊이 생각할 때마다 나오는 습관이었다.

한참 동안 무언가를 골똘히 생각하던 그는, 어떤 결심이 섰는지 손가락 움직임을 멈추고 자리를 박차고 일어섰다.

'이런 기회는 다시 없을지도 몰라….'

심장이 빠르게 요동쳤다.

사무실에 들어온 경준은 상기된 표정으로 곧장 대표의 방으로 직행했다.

“대표님, 당장 작가와 계약을 준비해 주시고 최대한 많은 마케팅 인력과 예산을 이 원고에 쏟아주세요.”

그는 대표의 책상 위에 윤 작가의 원고를 호기롭게 내려놓았다.

“대표님, 이번에 초대박이 하나 터질 것 같아요.”

경준은 그 말을 남기고는 서둘러 자리로 돌아갔다.

경준이 떠난 뒤, 대표는 책상 위의 원고를 뚫어지게 쳐다봤다. 조금 전 경준이 남기고 간 얘기가 메아리처럼 대표의 귀에 되돌아왔다. 대표는 의자를 돌려 앉아 뒤늦게 호탕하게 웃음을 터뜨렸다.

대표는 경준이 절대 허투루 얘기하지 않는 사람이라는 걸 누구보다 잘 알고 있었다.

이토록 확신에 찬 경준의 표정은 여태 본 적이 없었다.

어쩌다 출판사를 하고 있지만, 출판에 문외한인 대표의 눈에도 경준의 표정에서 심상치 않은 기운이 느껴졌다. 그만큼 그는 경준의 능력을 전적으로 신뢰했다.

18. 윤탁이

탁이는 원고를 제출하고 곧장 자주 찾던 한강으로 향했다. 구름 한 점 없는 하늘을 바라보며 조금 전 만났던 김경준 편집자의 모습을 떠올렸다. 잘 나가는 사람 특유의 거만함은 그 어디에도 없고, 깍듯하게 사람을 대하는 태도에서 신뢰가 느껴졌다. 듣던 대로, 지금까지 만났던 무례한 사람들과는 확연히 달랐다.

탁이는 평화롭게 일렁이는 수면을 한참 바라보았다. 간만에 마음이 평온했다. 그러다 느닷없이 눈물이 흘렀다. 요새 자신을 힘들게 했던 일련의 일들이 물결처럼 출렁이며 마음을 괴롭혔다. 어쩌면 글을 쓰는 게 마지막이 될지도 모른다는 생각에 마음이 복잡했다.

최선을 다하면 미련 따위는 없을 줄 알았다. 그런데 그토록 최선을 다해놓고도 미련밖에 남는 게 없다니…. 탁이는 비참하기만 했다.

탁이는 지금까지 무려 열 권의 책을 썼지만, 여태 한 권도 재쇄를 찍어본 적 없는 그야말로 무명작가였다.

투고했던 출판사로부터 필력이 좋다는 얘기는 항상 들었다. 하지만 그뿐이었다. 정작 계약하겠다고 적극적으로 나서는 출판사는 그 어디에도 없었다. 필력과 독자의 선택을 받는 것은 늘 별개의 일인 것 같았다.

신간을 투고할 때마다 예전에 출간한 책들이 발목을 잡기도 했다. 전작들의 판매 성과가 워낙 부진하다 보니 경력만 많은 무명작가의 신간을 기대하는 사람은 아무도 없었다. 과거의 부진한 책들은 오히려 '상업성이 떨어지는 작가'라는 낙인을 찍기에 충분했다.

필명으로 투고할까도 고민해 봤다. 하지만 책을 열 권이나 낸 마당에 필명을 쓴다는 건, 왠지 자존심이 상했다. 부모님이 지어준 이름으로 어떻게든 승부를 보고 싶은 나름의 고집도 있었다. 지금에 와서 생각해 보면 참 부질없었다.

뒤늦은 후회가 밀려왔다. 필명이고 실명이고 간에 책이 팔려야 그런 것도 의미가 있는 건데 말이다. 글밥을 먹은 시간으로 보자면 중견 작가라는 소리를 들을 법한데도, 이렇다 할 대표작이 없다 보니 어디 가서 작가라고 하기에도 민망했다.

써놓은 원고가 아까워 자비출판을 할까도 생각해 봤다. 하지만 그마저도 제법 큰 돈이 든다는 걸 알고는 일찌감치 마음을 접었다.

세상에서 버림받은 기분이 들었다. 그 옛날 자신에게 작가가 되라고 했던 사람들 모두가 원망스러웠다.

'너는 꼭 작가가 될 거야!'

초등학교 시절, 문예반 선생님들은 일찌감치 탁이의 재능을 알아봤다. 어른들은 한목소리로 한 아이의 장래를 예언했고, 어린 탁이는 그 말을 운명처럼 받아들였다. 그때까지만 해도 글쓰기가 자신의 인생에서 발목을 잡을 줄은 상상조차 하지 못했다.

시간이 흘러 탁이는 어른들의 예언대로 작가가 되었다. 남들 눈에는 꿈을 이룬 사람이었지만, 현실은 달랐다.

먼저 책을 내자며 적극적으로 다가왔던 출판사는 형편없는 판매량에 두 번 다시 연락하지 않았다.

어떤 출판사는 몇 년간 창고에 쌓아둔 탁이의 책에 곰팡이가 피어 처치 곤란이라며, 폐기하는 데도 돈이 드니 대신 가져가 달라고 부탁하기도 했다. 탁이는 그 책들을 어떻게든 세상에 남기고 싶었다. 도서관에 기부라도 하겠다며 직접 여러 곳을 알아봤다. 하지만 그의 책을 받겠다는 도서관은 어디에도 없었다. 기부도 말처럼 쉬운 일이 아니었다. 결국 그 많은 책은 폐지 줍는 할머니가 차지하게 되었다.

여러 해 동안 여러 권의 책을 냈음에도, 그간 작가로서 번 돈은 다 합쳐도 남들 버는 1년 연봉에도 미치지 못했다. 현실은 나아지지 않았고, 통장 잔액은 바닥을 보인 지 오래되었다.

글을 잘 쓴다는 이유로 작가라는 직업을 유지하고 있다고 생각했다. 실상은 글밖에 쓸 줄 몰라 어쩔 수 없이 작가라는 직업을 붙잡고 있는 사람이 되어 있었다. 작가라는 직업은 그렇게 고통과 허무함만 안겨주었다.

서글펐다.

생계를 위해 종이 밖의 세상으로 잠깐 나가본 적도 있었다. 내세울 만한 경력이 없다 보니 좋은 대학을 나왔어도 할 수 있는 게 많지 않았다. 무경력이나 다름없는 나이 많은 구직자를 받아주겠다는 곳은 도무지 찾기가 힘들었다.

힘들게 구한 편의점 알바는 손님들에게 무뚝뚝하다는 이유로 며칠 만에 잘렸다. 친척 형의 소개로 들어간 백화점 신발 매장에서는 행동이 느리다고 구박하는 어린 점장 때문에 스스로 그만둘 수밖에 없었다. 본업이나 부업이나 어디에서도 자신은 환영받지 못하는 존재였다. 가족을 제외한 모든 사람에게 외면당한 듯한 기분은 참담했다.

500만 원으로 시작한 주식으로 수십억을 벌었다는 누군가의 얘기에 혹해서, 주식에도 손을 대본 적이 있었다. 하지만 회사 대표의 횡령 이슈로 상장폐지가 되는 바람에 결국 휴지 조각이 되고 말았다. 마이너스 손은 뭘 해도 마이너스였다.

가끔 출판사 지인들이 소개해 준 대필 알바를 하는 게 경제활동의 전부였다. 자존심도 상하고 큰돈을 버는 일도 아니었지만, 가장 자신 있는 일이기에 마음만은 편했다.

그 사이 친구들은 하나같이 번듯한 회사에 취직해서 해가 갈수록 무언가 달라졌다. 명함 속 직급도 올라갔고, 집과 차의 질도 점점 좋아졌다.

어느 순간부터는 솔로였던 친구들 곁에 가족이 생기기 시작했다. 하나가 둘이 되더니, 둘은 곧 여러 명이 되었다. 몇 년 동안 남들 결혼식만 쫓아다닌 것도 모자라, 없는 형편에 친구 아이들 돌잔치까지 부지런히 다녔다. 그럴 때마다 아버지는 '친구들이 가정을 이루는 동안 너는 해놓은 게 뭐가 있냐?'라며 항상 못마땅해하셨다.

마흔이 가까워지면서 탁이는 슬슬 불안해지기 시작했다. 이러다 결혼도 못 하고, 친구 아이들 결혼식까지 쫓아다니는 건 아닐까.

친구들의 삶은 복리이자처럼 계속 불어나는데, 자신은 마이너스통장만 움켜쥐고 있는 것 같아 자괴감이 들었다.

결혼식이며 돌잔치며 그렇게 쫓아다녔건만, 정작 자신의 안부를 궁금해하는 사람은 아무도 없었다. 그렇게 얼마 없는 친구들은 그사이 계속 떠나갔다. 어느 날부터는 가족 외에 아무도 그의 곁에 남아 있지 않았다. 쓸모를 다한 이의 최후 같아 어딘지 모르게 씁쓸했다. 그렇다고 그들을 원망하고 싶은 마음은 없었다.

그나마 글을 쓰며 알게 된 사람들—예의상 작가라 부르지만, 실제로 책을 낸 적은 없는 사람들—과 가끔 연락하며 동료애를 나누는 게 전부였다. 물론 아버지는 끼리끼리 논다며 싫어하셨다. 집에서 나가지도 않고, 고3 때보다 더 책상에 달라붙어 글만 쓰는 아들이 아버지 눈에는 좋게 보일 리가 없었다.

아버지는 탁이가 남들처럼 평범한 인생을 살려면 책상을 없애야 한다며, 여러 번 그것을 밖으로 내다 버리려 했다. 그때마다 어머니가 달려와 아버지를 말린 덕에 간신히 책상은 제자리를 지킬 수 있었다. 주인만큼이나 책상도 수난이 참 많았다.

* * *

어느 날 저녁, 탁이는 화장실에 가려다 퇴근하고 집에 돌아온 아버지와 현관에서 마주쳤다. 퇴근길에 술을 잔뜩 마셨는지, 아버지는 불쾌한 얼굴을 하고 있었다.

탁이가 인사를 하려고 멈칫하던 순간, 아버지는 순식간에 탁이의 뺨을 후려쳤다. 아버지의 손바닥이 유난히 차갑게 느껴졌다.

탁이는 영문을 몰라 말없이 고개를 숙인 채로 서 있었다. 아버지는 억눌린 감정을 쏟아내듯 탁이에게 소리쳤다.

"사람이 나이가 들면 자기 앞가림은 하고 살아야지 원. 사내 녀석이 몇 번 해봐도 안 되면 재능이 없다고 포기할 줄도 알아야지. 그깟 상 몇 번 받은 걸로 미련도 못 버리고…. 지가 헤밍웨이라도 되는 줄 착각하며 산다니깐. 작가는 무슨 놈의 작가야! 읽어주는 사람도 없는데…."

"아, 그만 좀 해요."

부엌에서 식사 준비를 하던 어머니가 언짢은 표정으로 다가와 아버지를 말렸다.

아버지는 아랑곳하지 않았다.

"사람이 분수를 알아야지. 이제 그만하면 됐으니, 지금이라도 취직해서 남들처럼 평범하게 돈 벌고 장가갈 생각이나 해."

"나이가 많으니 어디 갈 데가 마땅치 않겠죠. 본인은 얼마나 답답하겠어요."

어머니가 다시 끼어들어 말렸지만, 아버지는 분이 다 풀리지 않았는지 작정한 듯 날카로운 말들을 계속 쏟아냈다.

"어디 공장이라도 들어가야지. 찾아보면 일할 곳이 왜 없어? 지방만 가도 사람이 없어서 난리라는데…. 꼴에 대학 나왔다고 눈은 높아서…. 제 주제 파악은 저리도 못 하니…. 쯧쯧."

빨리 방으로 들어가라는 어머니의 손짓에, 탁이는 고개를 숙이고 천천히 방으로 걸어갔다.

탁이는 침대에 걸터앉아 조용히 눈을 감았다. 아버지의 분노가 여전히 귓가를 맴돌았다. 아버지의 마음을 이해하면서도 지금으로선 무엇을 어떻게 해야 할지 막막하기만 했다. 빨리 독립을 해서 이 지긋지긋한 상황을 벗어나고 싶다는 생각만 간절했다. 몇 년 동안 수입이 없어 그마저도 실행을 못 하고 있는 자신이 오늘은 더욱 한심하게 느껴졌다. 어떤 영화 속 주인공의 말처럼, 베스트셀러 작가가 될 수 있다면 영혼이라도 팔고 싶은 심정이었다.

그날 밤, 어머니는 탁이의 방문을 슬며시 열고 들어왔다. 어머니는 아까 아버지에게 얻어맞은 탁이의 뺨을 쓰다듬으며 속삭였다.

"탁아… 엄마는 널 믿는다."

어머니는 탁이의 발끝에 밀려 내려간 이불을 끌어 올려 어깨까지 덮어주고, 조용히 방을 나섰다.

자는 척하던 탁이는 천천히 눈을 떴다. 익숙한 슬픔이 얼굴에 내려앉았다.

눈물을 가두려 다시 눈을 꼭 감았다. 이내 졸음이 밀려왔다. 서러움은 지친 마음과 뒤섞여 서서히 희미해졌다. 곧 모든 것이 아득해졌다.

며칠이 지난 어느 날이었다. 탁이는 한밤중까지 글을 쓰다가 목이 말랐다. 부엌으로 가려고 조용히 방문을 열던 그때, 부모님이 나누는 얘기가 안방 문 틈새로 새어 나왔다.

'밤 10시면 잠드는 분들인데… 무슨 일이 있는 걸까?'

알 수 없는 불안감이 밀려왔다. 탁이는 조심스럽게 문에 바짝

다가가 부모님의 얘기를 엿들었다.

"… 할 수 없죠. 다른 사람도 아니고 아버님이 아프신 건데. 당장 돈 나올 데도 없으니 어쩌겠어요."

"여보, 이해해 줘서 고마워요. 그러면 내일 아침에 부동산에 집을 내놓을게요. 그나저나 집이 빨리 나가야 할 텐데…."

가슴이 조여오는 듯했다. 할아버지의 병환으로 집에 큰돈이 급히 필요한 상황이라는 걸 이제야 알았다니…. 매일 방안에 틀어박혀 글만 쓰느라, 집안 사정을 이렇게나 몰랐다. 탁이는 며칠 전 아버지가 그렇게 불같이 화를 낸 이유를 이제야 조금 이해할 것 같았다.

방으로 돌아와 책상 조명을 끄고 침대에 누웠다. 가족이 힘든 상황에서 아무것도 할 수 없는 현실이 숨을 막았다.

얼마 후, 탁이는 어머니가 콩나물을 다듬던 신문을 넘겨보다가 우연히 김경준 편집자의 인터뷰 기사를 보게 되었다.

[베스트셀러 제조기, 김경준 편집자]

김경준 편집자의 손을 거치면 초보 작가의 책도 베스트셀러가 된다는 기사의 내용이 탁이의 눈에 확 들어왔다.

탁이는 곧장 같은 동네에 살고 있는 동료 작가 진성을 찾아갔다. 진성은 아직 출간한 적은 없지만, 출판계 소식은 꿰뚫고 있는 소식통이었다.

두 사람은 편의점에서 원 플러스 원 행사 중인 음료를 사 들고 편의점 앞 플라스틱 의자에 자리를 잡았다. 둘 다 궁핍하다 보니 제대로 된 식당에서 술 한잔하는 것조차 서로에게 부담되는 처지였다.

"진성아, 너 이 사람 알아?"

탁이는 집에서 가져온 김경준의 인터뷰 기사를 진성에게 내밀었다.

"형, 김경준 편집자 되게 유명하잖아요. 승률 100%인 변호사처럼, 그 사람 손을 거친 책들은 전부 기본 10쇄는 찍었다니 말 다 했죠."

역시 진성은 모르는 게 없었다.

"워낙 실력이 좋다 보니 그 사람한테 원고가 어마어마하게 들어온다고 해요. 다들 마음이 똑같잖아요. 최고의 편집자에게 내 원고를 보여주고 싶은 건…. 그런데 그 사람 일이 너무 많아 요즘은 투고를 안 받는다고 해요."

"그럼, 그 회사에서는 더 이상 투고를 받지 않는다는 거야?"

"아, 그건 아니고요. 김경준 편집자만요. 그 사람은 기존에 받은 원고만 진행하고, 새로 들어오는 원고는 당분간 다른 편집자들이 나눠서 관리한다는 소문이 들리더라고요. 아! 그런데, 직접 회사로 찾아온 사람들의 원고만큼은 김경준 편집자가 꼭 읽어본다고 해요."

탁이는 무릎을 '탁' 쳤다. 이건 분명 기회였다. 때마침 김경준의 기사를 읽은 것도 단순한 우연은 아니라는 생각이 들었다. 어쩌면 인생에서 마지막 기회가 될지도 모르는 마당에 뭐든 해봐야 할 것 같았다. 지금 이러고 있을 때가 아니었다. 그는 진성과 급히 헤어지고 곧장 집으로 달려갔다.

탁이는 집에 들어와 그간 써놨던 원고들을 뒤지기 시작했다. 방 한쪽 벽면을 가득 채운 종이들이 눈앞에 있었다. 오랜 시간 햇빛에 노출된 종이들은 세월이라는 옷을 입고 누렇게 변색되어 있었다. 그중 가장 공을 들인 시리즈물의 첫 번째 원고를 서류봉투에 담아 조심스럽게 배낭 속에 넣었다. 그러고는 곧장 김경준이 있는 출판사로 향했다. 간절한 마음 때문인지 발걸음이 저절로 빨라졌다. 그의 인생에서 무언가를 이렇게 서두르는 일은 처음이었다.

19. 중고 신인의 돌풍

삶은 계획대로 흘러가지 않는다.

마이너스 인생을 플러스 인생으로 바꾸려면 남들보다 더 노력해야 하는 건 당연하고, 용기를 내야만 뭐라도 얻을 수 있다.

탁이는 이 모든 걸 사십에 가까워서야 깨달았다는 사실이 한심스럽게 느껴졌다. 그럼에도 결국 해냈다는 안도감을 위안 삼으며, 지금 비숍 출판사의 회의실에 앉아 김경준 편집자를 기다리고 있다.

며칠 전, 출간 계약을 하자는 김경준의 전화를 받고부터 탁이는 잠을 제대로 자지 못해 눈이 퀭했다. 불면증은 마음이 불안해서 생기는 줄만 알았는데, 기쁨이 넘쳐도 잠을 이루지 못한다는 사실을 이번에 처음 알았다.

지난번 자신과 실랑이를 벌였던 여자가 이번에는 다정한 얼굴로 다가와 다과를 권했다. 유독 자신에게만 불친절했던 세상이 하루아침에 호의적으로 변한 것 같았다. 모든 게 낯설고, 어색했다. 무엇보다 김경준 편집자와 함께 일하게 되었다는 사실이 아직도 믿기지 않았다. 탁이는 무명작가로서의 삶에 마침표를 찍게 되리라는 기대감에 가슴이 벅찼다. 김경준이라면 자신의 꿈을 현실로 만들어 줄 것 같았다.

하지만 오랜 시간 동안 반복되어 고착된 불안감과 의심은 여전히 마음속에서 그를 괴롭혔다. 편집자와 비숍 출판사 대표가 함께 웃으면서 들어오는 모습을 보자, 그제야 안도의 숨이 새어 나왔다.

"작가님, 이 시리즈는 몇 권까지 이어지나요?"

탁이가 헛기침을 한 번 하고 답했다.

"열 권을 계획하고 있습니다. 이미 네 권은 완성했고요."

편집자와 대표의 얼굴이 순간 환해졌다. 대표는 잇몸까지 훤히 드러내며 호탕하게 웃었다.

편집자는 계약서를 내밀며 계약 사항을 차근차근 설명해 주었다. 여러 권의 책을 냈지만, 이렇게 체계적으로 설명해 주는 출판사는 처음이었다.

정작 계약 조건 같은 건 탁이 눈에 들어오지도 않았다. 수년간 자신을 옥죄던 지옥 같은 시간에서 벗어날 수 있다는 생각만으로도 마음이 벅찼다.

탁이는 복잡한 마음을 추스르며 계약서에 사인을 했다. 사인을 마치자, 갑자기 긴장이 풀리면서 졸음이 밀려왔다.

신간 준비는 일사천리로 진행되었다. 작가의 필력과 기본기가 워낙 탄탄해서 교정을 여러 번 볼 필요도 없었다. 10년 이상의 내공을 가진 디자이너가 책의 디자인을 끝내자, 경준은 곧바로 인쇄소와 인쇄 일정을 잡았다.

얼마 후, 탁이의 신간이 세상에 나왔다.

마케팅팀은 본격적으로 신간 홍보를 시작했다. 온라인 서점 유료 광고에도 적극 투자하며 홍보에 열을 올렸다.

경준의 예상은 역시나 빗나가지 않았다. 1주일도 안 돼서 1쇄가 전부 소진되고, 2쇄를 찍었다. 석 달 사이에 벌써 10쇄 이상을 찍을 만큼 책은 초대박이 났다. SNS에서는 탁이의 책을 읽은 사람들의 리뷰가 넘쳐났다. 탁이의 책은 처음으로 사람들의 주목을 받으며 모든 온라인 서점에서 부동의 1위를 몇 주째 지키고 있었다. 지금까지 경준이 만든 모든 책이 성공했지만, 무명작가의 책이 이렇게 무서운 속도로 화제가 된 건 처음이었다. 책을 낸 출판사에서도 믿기 힘들다는 반응이었다.

출판사는 어느새 속편을 준비하고 있었다. 얼마 전에는 글로벌 OTT에서 탁이의 책을 영화로 만들고 싶다는 제안이 들어왔다.

모든 게 경준의 예상대로 착착 흘러가고 있었다.

윤 작가의 시리즈가 비숍 출판사의 미래가 되면서 탁이를 위한 콘텐츠 전담팀까지 새로 꾸려졌다.

어느 날부터 대표는 매달 들어오는 통장의 숫자를 하루에도 몇 번씩이나 확인하며 수시로 자리를 비우기 시작했다.

20. 살다 보니 이런 날도

부모님이 일하러 나가고, 탁이는 혼자 늦은 점심을 먹고 있었다.

띠링.

스마트폰에 깔아둔 은행 앱 입출금 알림음이 오랜만에 청아한 소리를 내며 울렸다. 순간 올 것이 왔음을 직감했다.

탁이는 먹던 숟가락을 식탁에 내려놓고 재빨리 은행 앱을 열어 로그인했다. 예상대로 출판사에서 인세가 들어와 있었다.

입금액을 확인하는 순간 '헉' 소리가 절로 나왔다. 이렇게 긴 숫자는 인생에서 처음이었다.

기억을 더듬어보니, 지금까지 책을 내고 통장에 제일 많이 들어왔던 돈이 고작 100만 원가량이었다. 평생 익숙했던 숫자를 벗어난 통장의 잔액에 탁이는 어질어질했다.

손가락으로 숫자를 짚으며 입으로 따라 세어 보았다. 세상에! 1억이 넘는 금액이 통장에 들어와 있었다. 눈을 비비고 다시 봐도 믿을 수 없었다. 심장이 빠르게 요동쳤다.

여태 글 쓰는 데만 신경을 썼지, 얼마나 팔렸는지는 관심 밖의 일이었다. 그래서 한 번도 인세가 얼마나 들어올지 제 손으로 계산해 본 적이 없었다. 그건 출판사에서 해야 할 일이라 생각하고 언제나 주는 대로 받았다. 비숍 출판사에서 책을 내고 중간중간 재쇄를 찍는다는 문자는 받았지만, 이렇게까지 많이 팔린 줄은 상상도 하지 못했다.

이러고 있을 때가 아니었다. 탁이는 숨을 고르고 책상 속 어딘가에서 통장과 신분증을 찾아 급히 은행으로 달려갔다.

* * *

탁이는 은행에서 돈을 찾아 집 근처 시장에 들렀다. 어머니와 평소에 자주 찾는 재래시장이었다.

과일 가게로 들어가 먼저 큼지막한 사과를 골랐다. 어머니가 가장 좋아하는 과일이었다.

시장에 들를 때마다 어머니는 사과를 제일 처음 만지작거렸다. 하지만 몇 번이나 들었다 놨다 하다가 결국은 제자리에 놓고 반찬거리만 사서 집에 돌아온 날들이 대부분이었다. 그깟 사과가 뭐라고 좋아하는 과일 하나 선뜻 사지 못하는 어머니의 모습이 항상 탁이의 마음에 걸렸다. 장을 다 보고 돌아설 때면, 안타깝고 서글픈 감정이 늘 잔상처럼 그곳에 남아 있었다. 가난은 사계절 내내 탁이의 마음을 서늘하게 만들었다.

한번은 어머니가 가계부를 적다가 한숨을 쉬길래 그 이유를 물어본 적이 있었다. 어머니는 돈이 없어 늘 불안하다며, 한 번이라도 돈 걱정 안 하고 살면 소원이 없을 것 같다고 했다.

돌아가신 할머니는 세상에서 가장 쉬운 고민이 돈으로 해결할 수 있는 것들이라고 생전에 자주 얘기했었다. 할머니 말대로라면 어머니의 고민은 돈만 있으면 해결될 쉬운 것이었다. 그런데 그 쉬운 것 하나 해결해 줄 수 있는 능력이 없다는 사실이 항상 탁이의 마음을 답답하게 옥죄었다.

저녁이 되자, 탁이의 부모님이 일을 마치고 나란히 집으로 돌아왔다. 정전이라도 된 것처럼 집안이 암흑이었다.

"이상하네… 탁이가 왜 불을 안 켜놨지?"

어머니가 걱정스러운 목소리로 얘기하자, 아버지는 일그러진 표정으로 한마디를 내뱉었다.

"이기적인 녀석!"

어둠 속에서도 아버지의 못마땅한 표정은 선명했다.

어머니는 아들에게 무슨 일이 생긴 게 아닐까, 걱정이 앞섰다. 방에 틀어박혀 몇 년째 글만 쓰느라 세상 물정은 어두워도, 해가 지면 어김없이 불은 켜놓고 부모를 기다리는 아들이었다.

어머니는 가장 가까운 거실 조명을 켜고 식탁으로 다가갔다. 식탁 위에는 먹고 치우지도 않은 그릇들이 그대로 놓여 있었다. 반찬도 딱 하나, 김치가 전부였다. 먹다 남은 밥은 꼬들꼬들 말라 있었다.

"김이라도 꺼내 먹지, 김치 하나만 달랑 먹고 있었네. 냉장고 안에 다른 반찬도 있는데…. 밥은 다 먹지 왜 이렇게 남기고…."

어머니가 안쓰러운 마음을 계속 내뱉자, 옆에 있던 아버지가 혀를 끌끌 차며 못마땅해했다.

식탁 위의 그릇들을 주섬주섬 정리하던 어머니는 문득 평소와 다른 집안 상태에 불길한 생각이 스쳤다. 어머니는 하던 것을 멈추고 아들의 방으로 다가가 조심스레 방문을 열었다.

아무도 없었다.

"얘가 대체 어딜 간 거야…."

부모님이 저녁을 먹고 치우고 있을 무렵, 그제야 탁이가 요란한 소리를 내며 들어왔다. 사과 한 박스와 비닐봉지 여러 개를 주렁주렁 손에 들고서.

어머니는 일하던 것을 멈추고 종종걸음으로 아들에게 다가왔다.

"탁아, 무슨 일 생긴 줄 알았잖아. 대체 어디 갔던 거야? 이건 다 뭐고?"

"한우랑 과일 좀 사 왔어요."

탁이의 얼굴에 오랜만에 웃음기가 돌았다.

"네가 무슨 돈이 있어서…."

어머니는 의아한 표정으로 탁이를 바라보았다.

식탁에서 숭늉을 먹고 있던 아버지가 가느다란 눈으로 아들을 힐끗 쳐다봤다.

"어머니, 아버지. 드릴 말씀이 있어요. 잠깐 거실로…."

어머니가 손짓하자, 아버지는 마지못해 거실 소파로 느릿느릿 다가왔다.

탁이는 배낭에서 통장을 꺼내 부모님 앞으로 슬며시 내밀었다.

"이게 뭐니?"

어머니가 통장을 펼쳤다.

"아니… 이게 대체 얼마야?"

어머니는 깜짝 놀라며 아버지에게 통장을 넘겨주었다.

아버지의 눈이 휘둥그레졌다.

"그동안 말씀을 못 드렸는데…. 몇 달 전에 출판 계약을 했어요. 이번엔 좀 잘돼서…."

어머니가 갑자기 "아이고, 아이고" 하며 손뼉을 쳤다. 아버지는 그동안 한 번도 본 적 없는, 세상 온화한 표정으로 말없이 아들의 등을 토닥여주었다.

부모님이 기뻐하시는 모습을 지켜보던 탁이는 오늘에서야 사람 구실을 하는구나 싶어 마음이 울컥했다. 무엇보다 돈 걱정 안 하고 살고 싶다던 어머니의 고민만큼은 이제 해결해 줄 수 있을 것 같아 마음이 놓였다. 아주 오래전에 잃어버렸던 희망이라는 걸

되찾아온 기분이 들었다.

이튿날, 탁이는 동네에 있는 고급 한정식집에 진성을 비롯한 친한 작가 동생들을 초대했다. 다들 태어나 이런 곳에서 밥 먹는 게 처음이라며 한껏 들떠 있었다.

탁이가 밥을 사는 건 처음이었다. 형편이 넉넉지 않아 그동안은 마음뿐이었다. 언젠가는 돈 걱정 없이 제대로 된 음식을 대접하고 싶었는데, 마침내 그날이 찾아온 것이다.

다들 알고 지낸 시간은 오래되었지만, 서로가 궁핍해 여태 변변한 식당에서 밥 한 번 제대로 먹어본 적이 없었다.

어쩌다가 모두 모이기로 한 날은 점심시간에 맞춰 회사들이 즐비한 상암동 어느 호프집에서 만났다. 밤에는 술을 팔고 낮에는 직장인들을 상대로 점심 뷔페를 운영하는 곳이었다. 단돈 8천 원이면 배불리 속을 채우고 후식까지 먹으며 밀린 얘기들을 나눌 수 있었다. 가성비로 치자면 그만한 곳이 없었다.

이곳은 간판에 달린 '고급'이라는 수식어에 걸맞게 규모부터 으리으리했다. 실내 인테리어도 근사했고, 음식이 담긴 그릇도 하나같이 고급스러웠다. 게다가 음식은 말할 것도 없었다. 지금까지 먹어본 음식과는 재료부터 달랐다. 전복, 해삼, 갈비… 호프집 점심 뷔페에서는 절대 볼 수 없는 식재료들이 군침을 돌게 했다. 음식의 가짓수도 많아 어떤 것부터 먹어야 할지 고민되었다.

다들 먹는 데 집중하느라 대화도 잠시 잊은 듯했다. 룸 안은 음식 씹는 소리만 가득했다.

동생들이 잘 먹는 모습을 지켜보는 것만으로도 탁이는 배가 불렀다. 이들은 글을 쓰며 겪었던 험난한 과정을 곁에서 지켜봐 준 동료이자, 힘들 때면 언제든 달려와 용기를 건네주던 몇 안 되는 친구들이었다. 이들에게만큼은 뭐든 아까울 게 없었다.

한참을 오직 먹는 데만 집중하던 동생들은, 배가 부르자 그제야 하나둘 밀린 이야기를 꺼내기 시작했다.

"탁이 형, 그동안 고생 많으셨어요. 이제 형님은 저희의 희망이에요. 저희도 끝까지 포기하지 않을게요."

"그럼, 그래야지. 다들 정말 고맙다. 나도 이런 날이 내 인생에 올 줄 몰랐어. 너희들이 있었기 때문에 내가 그동안 버틸 수 있었던 거야. 너희들도 다 잘 되었으면 좋겠다. 글 쓰다가 배고프면 편하게 언제든 연락하고…. 이제 밥은 언제든지 사줄 수 있으니까."

탁이는 좋아하는 사람들에게 돈 걱정 없이 밥을 사줄 수 있게 된 자신이 내심 자랑스러웠다. 누군가에게 어떤 희망이 되었다는 것도 한없이 기뻤다.

* * *

윤 작가 시리즈의 인기는 시간이 갈수록 식을 줄 몰랐다. 독자들은 윤 작가를 소설계의 왕이라 칭하며 그의 글에 열광했다. 출판사 홈페이지에는 속편 일정을 묻는 독자들의 질문들이 매일 같이 올라왔다.

책의 인기가 치솟을수록 경준과 윤 작가만 정신없이 바빴다. 아, 바쁜 사람이 한 명 더 있긴 했다. 비숍 출판사 대표.

어느 날부터 비숍 출판사 대표는 뭐 하러 다니는지 회사에서는 얼굴을 보기 힘들어졌다.

가끔 신간이 나올 때면, 회사에서 한참 떨어진 일식집에 경준과 윤 작가만 따로 불러 밥을 샀다. 그때만 잠깐 얼굴을 볼 수 있었다. 항간에는 건물을 보러 다닌다는 소문도 떠돌았다.

네 권의 책이 나오는 동안, 윤 작가와 경준의 사이는 형제처럼 가까워졌다. 호칭도 '작가님', '편집자님'이 아닌 '탁이 형', '경준아'로 바뀌었다.

두 사람은 거의 매일 만나 함께 작업하고, 일이 끝나면 술 한잔을 하며 일상의 고단함을 달랬다.

어느 날부터 탁이는 아예 경준이 혼자 살고 있는 집으로 들어갔다. 함께 지내면서 더 많은 것을 해보자는 경준의 계속된 권유 때문이었다. 그렇게 두 사람은 한동안 동고동락하며 많은 것들을 함께했다. 각자 혼자 일하는 스타일임에도 둘은 죽이 제법 잘 맞았다.

저녁이 되면 옥상에 있는 평상에 나란히 앉아, 지는 해를 바라보며 하루를 마무리했다. 다음날 일어나면 경준이 끓인 콩나물 라면을 먹으며 새로운 하루를 시작했다.

그렇게 몇 년이 흐르는 동안 두 사람의 우정은 서로의 비밀을 털어놓을 만큼 각별해져 있었다.

그사이, 탁이네는 동교동에 있는 마당이 넓은 이층집으로 이사했다. 월세나 전세가 아닌, 부모님 명의의 자가였다. 탁이가 부모님에게 처음으로 장만해 준 집이었다. 탁이의 책이 시장에서 선전한 덕분에 가능한 일이었다.

더 이상 이사를 하지 않아도 된다는 사실은 탁이의 가족에게 크나큰 기쁨을 안겨주었다.

탁이는 살면서 이삿날을 가장 싫어했다. 어김없이 부모님이 싸우는 모습을 지켜봐야 했기 때문이다. 평소에는 누구보다 순하고 조용한 성정을 지닌 어머니는 그날만 되면 극도로 예민해졌다. 어머니의 입에서는 지긋지긋하다는 말이 그치지 않았고, 평소와 달리 짜증도 많이 냈다. 이삿날의 어머니 모습은 언제나 탁이 눈에 다른 사람처럼 보였다.

아버지의 인내심에 한계가 올 즈음이면 두 분은 결국 크게 다투었고, 어머니는 늘 어수선한 방 한가운데 앉아 한참을 울곤 했다. 그러고 나면 어머니는 말없이 밤새 짐을 정리하고, 아무 일 없던 것처럼 새로운 곳에서의 내일을 준비했다.

탁이가 마련해준 새집에 이사 오던 날, 어머니는 눈물까지 흘리며 기뻐했다. 어머니는 죽을 때까지 여기 눌러살 거라고 가족들에게 단호하게 말했다.

탁이의 부모님은 처음으로 이삿날에 싸우지 않았다.

새집에는 탁이의 작업실도 생겼다. 어머니는 방 하나를 통째로 아들의 작업실로 꾸며주었다. 어머니가 탁이에게 늘 해주고 싶은 꿈이었다고 했다.

어머니는 백화점에서 스무 번 이상 보고 온 화이트 책장을 가격 때문에 몇 날을 망설이더니, 어느 날 비장한 결심을 한 듯 아들의 방에 들여놓았다. 그러고는 새로 산 책장에 아들이 그간 쓴 원고들을 차곡차곡 정리해 주었다.

이사 다니면서 수없이 내다 버렸던 짐들과 달리, 아들의 원고와 어린 시절 상장들이 담겨 있는 내복 상자만큼은 악착같이 챙겼던 어머니였다.

어머니는 내복 상자 속에 들어 있던 탁이의 빛바랜 상장들을 꺼냈다. 그러고 나서 액자 속에 하나씩 넣어 진열하고는 아들의 얼굴을 매만지듯 액자를 하나하나 쓰다듬었다.

탁이네는 어느새 식구도 늘었다. 탁이의 친구들처럼 부인과 자식이 생긴 건 아니지만, 탁이가 좋아하는 할아버지와 반려견 우주까지 총 다섯이 한집에서 살게 되었다. 절간처럼 조용했던 집안이 이제야 사람 사는 것처럼 느껴졌다.

탁이에게 있어서 무엇보다 기쁜 일은 어머니가 드디어 간병인 일을 그만두었다는 사실이었다.

오랫동안 힘든 일을 했던 어머니는 이제는 본인이 간병을 받아야 할 만큼 몸이 성치 않아 보였다. 돈 아낀다고 병원 한번 제대로 가지 않고 억척스럽게 일하던 어머니의 모습을 지켜보는 게 자식으로서 가장 힘든 일이었다. 이제 그 일을 어머니가 더 이상 하지 않아도 된다는 사실이 세상의 그 어떤 일보다 기뻤다.

아버지도 더 이상 새벽일을 나가지 않게 되었다. 대신, 집 가까이에 있는 새로 지은 아파트의 상가 1층에 작은 피자집을 개업했다. 아버지의 평생소원이었다.

아버지는 어렸을 때 친구 집에 놀러 가서 처음으로 피자 한 조각을 얻어먹었다고 했다. 그날, '세상에서 이렇게 맛있는 음식이 또 있을까?' 감탄했던 기억을 여태 잊을 수 없다며 가족들에게 창업 의지를 드러냈다.

탁이는 아버지가 이제 일을 안 했으면 했지만, 아버지는 사지 멀쩡한 사람이 집에서 놀면 폐인 된다며 한사코 고집을 부리셨다. 피자집 창업이 아버지가 간직한 오랜 꿈이었다는 사실을 알고 나니 더 이상 말릴 수는 없었다. 아버지가 유일하게 하고 싶었던 일이어서 그나마 다행이었다.

피자 가게를 개업하던 날에는 가게 앞에서 탁이의 사인회가 열렸다. 말하자면 오픈 이벤트나 다름없었다. 탁이의 골수팬들이 어디서 소문을 듣고 찾아왔는지, 피자 가게는 문전성시를 이

뤘다. 유명인 팬 사인회가 부럽지 않았다. 아버지 지인들도 몇 명 찾아와 탁이의 사인을 받아갔다.

아버지가 자랑스러워하는 표정을 지켜보며, 탁이는 마음이 뭉클해졌다.

처음에는 서점도 아닌 피자집 앞에서 생애 첫 사인회를 한다는 게 무척 부끄러웠다. 하지만 아버지가 좋아하시는 모습을 보니 이제는 그 앞에서 뭐라도 할 수 있을 것 같았다.

어머니는 태어나 처음으로 취미생활을 즐기러 문화센터에 다니기 시작했다. 요즈음은 꽃꽂이를 배우는 중인데, 그래서인지 집안 곳곳에서 꽃 냄새가 났다.

늘 오래된 지하방에 살았기 때문인지 평생 곰팡내가 코뿐만 아니라 옷에도 깊게 배어 있었다. 어머니가 아무리 깨끗이 빨아줘도 꿉꿉한 냄새는 질긴 가난의 그림자처럼 좀처럼 떠나질 않았다. 학교 다닐 때는 친구들이 옷에서 퀴퀴한 냄새가 난다고 놀아주질 않았다. 그때부터 탁이는 친구 없이 늘 혼자 지냈다. 돌이켜보면, 글을 쓰게 된 것도 그때의 외로움 때문이었는지 모른다.

이제 코에서도, 옷에서도 아무런 냄새가 나지 않는다. 탁이는 왠지 새로 태어난 기분이 들었다.

평생 남의 일을 하고 남의 집에 살며, 남을 위한 삶을 살았던 부모님이었다. 이제야 두 분이 자신의 것을 소유하고, 자신의 인생을 사는 모습을 보니 자식으로서 더 이상 바랄 게 없었다.

새삼 작가라는 일을 그만두지 않은 것이 다행스러웠다. 재주라고는 글짓기밖에 없는 탁이로서는 글이라도 계속 쓰지 않았다면 이런 일은 꿈도 꾸지 못했을 것이다. 무엇보다 이제는 생계를 위해 원치 않는 일을 억지로 할 필요가 없어졌다.

이 모두가 경준을 만나 생긴 일이었다. 그때 경준을 찾아가지 않았다면 지금 자신은 어떻게 살고 있을까. 탁이는 생각하기도 싫었다.

이제 탁이에게 경준은 목숨을 다해 지키고 싶은 가족 같은 존재나 다름없었다.

21. 노 과장의 사악한 계획

시기와 질투라는 건, 자기 능력으로는 결코 정면승부할 수 없는 대상에 대한 감정 발악 같은 것이다.

시기하는 자의 수준이 떨어질수록, 시기하는 대상과 능력의 차이가 클수록, 그 모양새는 더 지질해진다.

상대의 승승장구하는 모습을 지켜보던 비숍 출판사의 어떤 이는 시기가 끓어오르다 못해 이제는 주체할 수 없는 지경에 이르렀다.

이제 그 마음을 발산하는 건 두 가지 선택에 달렸다. 하나는 깨끗하게 상대를 인정하고 마음을 비우는 것, 아니면 상대에게 어떤 식이라도 타격을 주고 작은 희열을 맛보는 것.

실력으로 싸울 능력이 안 되는 이가 가진 비장의 무기는 비열

함뿐이었다. 비숍 출판사의 노 과장은 자기 능력을 갈고닦아 자신을 높이는 대신, 비열함을 선택하기로 마음먹었다. 능력으로는 상대를 도저히 따라잡을 수 없음을 인정하기에 차라리 흠집을 내는 게 더 쉽다고 판단했다.

노 과장은 비숍 출판사의 창립 멤버나 다름없었다. 경준과 나이는 같지만, 출판계에 발을 들여놓은 건 훨씬 오래전이었다. 하지만 여태 베스트셀러는커녕 대표작이라고 할 만한, 이렇다 할 책 하나 만들지 못했다. 근근이 편집자라는 타이틀을 붙들고 여기까지 온 노 과장이었다.

그는 천성이 게으르고 놀기를 좋아해서 편집자라는 본분은 뒷전이었다. 팀원뿐만 아니라 타 부서 사람들과 하루가 멀다고 음주 가무를 즐기며 친분을 쌓는 게 그의 일상이었다.

그렇게 돈을 펑펑 쓰고 다니다 보니 사내에서 노 과장을 따르는 무리가 제법 있었다. 하지만 경준과의 관계만은 쉽지 않았다. 함께한 세월이 벌써 몇 년인데도 두 사람은 언제나 데면데면했다.

노 과장은 경준과 친해지기 위해 여러 번 살갑게 다가갔지만, 무슨 이유인지 그때마다 경준은 철저히 선을 긋고 노과장을 멀리했다.

노 과장의 느슨한 직장 생활과 달리, 경준은 하루의 대부분을 작가를 만나거나 원고를 읽으며 충실히 보냈다. 공식적인 회사 일정 외에는 따로 사람들과 사적인 시간조차 공유하지 않았다. 불필요한 감정을 소모하며 시간을 낭비하고 싶지 않아서였다. 그 때문인지 사람들은 그를 몹시 어려워했다. 유일하게 출판사 대표만 경준의 가까이에서 그를 지지하고 온갖 지원을 아끼지 않았다. 노 과장에게는 그런 모습이 항상 눈엣가시였다.

경준이 만든 책들이 연일 베스트셀러가 되면서 노 과장은 만만했던 직장 생활에 슬슬 위기를 느끼기 시작했다. 자신보다 늦게 입사한 경준이 자신의 윗사람으로 치고 올라갈지도 모른다는 불안감 때문에, 어느 날부터 불면증까지 찾아왔다. 노 과장이 본색을 드러내기 시작한 것도 이 무렵부터였다. 경준 앞에서는 웃음을 잃지 않던 노 과장이지만, 등을 돌리는 순간 그의 표정은 언제나 서늘하게 바뀌었다.

실력과 꾸준한 노력 덕분에 경준이 만든 모든 책은 베스트셀러 행진을 이어갔다. 성과는 그대로 인사에 반영되었다. 경준은 짧은 기간 동안 여러 번 직급이 바뀌더니 어느새 팀장 자리까지 올라갔다. 노 과장이 우려했던 상황이 현실이 되었다.

직원들 사이에서는 이런 파격적인 인사에 대해 말이 많았다. 하지만 경준의 탁월한 성과를 두고 정면에서 불만을 제기하는 사람은 없었다. 노 과장 말고는.

노 과장은 출판사 대표에게 노골적으로 불만을 드러냈다.

하지만 제대로 된 실적 하나 없이 불만만 많은 이의 얘기가 통할 리 없었다.

노 과장은 모든 게 자기 뜻대로 되지 않자, 속으로 화가 치밀어 올랐다. 하지만 대표가 결코 만만한 상대가 아니라는 걸 알기에 무작정 강하게 나갈 수는 없었다.

대표는 출판에는 문외한이었지만, 여러 분야를 거치며 산전수전을 겪고 올라온 강단 있는 사람이었다. 잘못 건드려봤자 자신에게는 전혀 이득이 될 게 없었다. 이렇다 할 실적 하나 없이 과장까지 올라온 건, 순전히 창립 멤버라는 점을 고려한 대표의 의리 때문이라는 걸 그가 모를 리 없었다.

이제는 나이도 들고 경력도 애매해서 다른 곳으로 갈만한 상황도 아니었다. 대표를 상대로 무리수를 뒀다간 본전도 못 찾을 게 뻔했다. 하지만 예전처럼 편하게 회사 생활을 이어가려면 어떻게든 경준의 승승장구하는 모습을 이대로 지켜볼 수만은 없었다.

노 과장은 열심히 해서 경준처럼 좋은 책을 만들 생각은 하지 않고, 어떻게 하면 그를 자리에서 끌어내릴지 고민하느라 분주한 나날을 보내고 있었다.

어느 날, 노 과장은 팀원들과 늦은 점심을 먹고 있었다. 경준을 신경 쓰느라 식욕까지 싹 사라져 밥알만 깨작거렸다.

누군가의 입에서 갑자기 윤 작가 얘기가 나왔다.

"다들 그거 알아? 윤 작가님이 경준 팀장님 집에서 같이 사는 거."

"정말? 아예 같이 사는 거야?"

"응. 그렇다고 하더라고. 게다가 지난번 잡지사에서 취재 나왔잖아. 그때 경준 팀장이 윤 작가한테 작가라는 호칭 대신 형이라고 부르면서 챙기는데… 두 사람 완전 형제나 다름없더라고."

"혹시 두 사람 사귀는 거 아니야?"

"에이, 설마…."

"그건 좀 그렇지? 하하하."

그때 노 과장의 머릿속에 무언가 빠르게 스쳐 지나갔다.

'그래, 김경준이 아니라 윤 작가를 끌어내리는 거였어!'

이제야 복잡했던 머릿속이 정리되는 기분이 들었다.

윤 작가는 경준이 관리하는 독점 저자였다. 작가에게 잡음이 생기면 독자들이 떨어져 나갈 테고, 자연스레 경준도 타격을 받게 되는 건 불 보듯 뻔했다.

일머리는 없지만, 사악함만큼은 경준도 노 과장을 따라올 수 없었다. 그는 앞으로 벌어질 일들을 상상하며 밥을 꼭꼭 씹었다. 노 과장은 모처럼 식욕이 돋았다. 그의 얼굴에서는 음흉한 미소가 떠나질 않았다.

* * *

노 과장은 한동안 술 약속도 잡지 않고 조용히 지냈다. 그는 오로지 경준을 끌어내릴 계획을 세우는 데 온 신경을 집중했다.

혼자서는 해낼 수 없는 일이라 계획에 참여할 사람들을 모으는 것도 일이었다. 노 과장은 지금까지 많은 돈을 써가며 회사 사람들과 친분을 쌓아 놓은 게 신의 한 수였다는 생각이 들었다. 그중 몇몇 사람들을 포섭하는 건 식은 죽 먹기였다. 누가 회사에 불만이 많은지, 누가 말을 잘 옮기는지는 오랜 술자리를 통해 정확히 파악하고 있었다. 잘만 하면 경준을 추락시킬 절호의 기회가 될 수 있다는 생각에, 노 과장은 흥분을 감추지 못했다.

사악함도 전염병인지, 사악한 마음을 가진 사람을 가까이하니 안 그랬던 사람들도 점점 물이 들기 시작했다. 그들의 대다수는 노 과장처럼 능력은 없으면서 시기와 질투심만 가득 찬 이들이었다.

혼자 있을 때는 말도 제대로 못 하던 사람들도 여럿이 뭉치니 용감해졌다.

그들에게 거창한 명분은 필요 없었다. 그저 잘 나가는 사람의 모습이 꼴 보기 싫다는 게 유일한 이유였다. 그들은 그렇게 경준을 끌어내는 노 과장의 사악한 계획에 의기투합했다.

어느 야심한 밤, 노 과장은 자주 찾는 인터넷 독서 카페에 글을 올렸다.

> "윤탁이 작가 시리즈 말인데요… 이거 장준 작가가 쓴 책들과 비슷하지 않나요? 윤 작가의 책을 볼 때마다 장준 작가의 글이 연상되는 건 저만 그런 걸까요?"

논리를 뒷받침할 만한 구체적인 근거 하나 찾아볼 수 없는 두루뭉술한 얘기였다. 딱 노 과장의 수준이었다. 그래도 노 과장은 자신이 쓴 글에 매우 흡족해했다.

노 과장은 카페에 글을 올리고 나서 단톡방에 짧은 한마디를 남겼다.

'시작'

노 과장의 지시가 떨어지자마자, 그가 올린 글에 댓글이 달리기 시작했다.

"저도 그 생각을 했는데 저랑 생각이 같은 분이 계셨군요."

"아, 어쩐지… 윤탁이 작가의 글을 볼 때마다 장준 작가가 생각났었는데 우연이 아니었네요."

"뭐야… 그럼 이거 표절 아닌가?"

노 과장이 미리 포섭한 사람들의 댓글이 부지런히 올라왔다. 그 중엔 노 과장과 무관한 회원들의 글도 사이사이 끼어들었다.

'어처구니가 없다.', '연관성 1도 보이지 않는다.', '표절에 대해서 제대로 알고 올리라.'는 반응이 대부분이었다. 그중에는 '잘 나가는 사람 시기하지 말고, 발 닦고 잠이나 자라!'는 댓글도 있었다. 뜨끔했지만, 이런 것에 죄책감을 느낄 노 과장은 아니었다.

어느새 노 과장의 글을 두고 새벽까지 열띤 논쟁이 벌어졌다. 노 과장은 인맥들을 총동원해 그야말로 총력전을 펼쳤다. 말로만 듣던 댓글부대가 따로 없었다. 그들은 밤새 말도 안 되는 얘기로 자기들끼리 윤 작가를 모함하는 소설을 썼다. 다들 형편없는 수준은 비슷했다.

먹잇감을 찾아다니는 매처럼, 기자들이 이 일을 그냥 지나칠 리 없었다. 날이 밝자 모든 언론매체를 통해 이 소식이 퍼져 나갔다.

'베스트셀러 작가 윤탁이, 표절 의혹'

노 과장의 시기로 시작된 일은 이제 걷잡을 수 없이 일파만파로 퍼져나갔다. 사실 확인 요구나 의문을 제기하는 사람은 아무도 없었다.

책임지지도 못할 말들이 자극적인 제목과 함께 너무 빨리 퍼진 탓에 출판사는 사실을 바로잡을 타이밍조차 놓치고 말았다.

독자들은 근거 없는 소문에 휩쓸려 모든 것을 사실인 양 받아들이며 윤 작가의 책을 빠르게 외면했다. 명확한 내용이나 구체적인 근거도 없는 가짜 뉴스를 진짜처럼 받아들이는 사람들이 이렇게 많다는 게 놀라울 따름이었다. 그들에게 진실과 거짓에 대한 이성적인 판단은 그리 중요해 보이지 않았다. 그저 무료한 삶을 달래줄 어떤 가십거리가 필요했을 뿐이었다.

베스트셀러 상위권에 있던 윤 작가의 이름은 모든 서점 순위에서도 빠르게 사라졌다. 모든 시나리오가 노 과장이 계획한 대로 흘러갔다. 노 과장 자신도 이렇게 엉성한 계획이 이토록 쉽게 먹혔다는 사실에 놀라워했다. 그는 처음으로 맛본 성취감에 도취해서 자기가 무슨 일을 벌인 건지도 깨닫지 못했다.

얼마 후 노 과장은 전우애를 다지듯, 함께 이 작전에 가담한 사람들을 모아 강남의 어느 고급 술집에 데려갔다. 그들은 자신들이 벌인 일에 대해 아무런 죄책감도 느끼지 못하고, 남의 불행을 안주 삼아 승리를 자축했다.

22. 작가 결사대

세상은 근거 없는 소문들로 시끄러웠지만, 정작 이 논란의 중심에 있는 탁이는 무덤덤했다. 그저 이름이 알려지면 따라오는 유명세 정도로 여겼을 뿐이었다.

탁이는 표절에 대해 누구보다 잘 알고 있었고, 글을 쓰는 일만큼은 결코 부끄러움이 없었다. 그러니 이런 말도 안 되는 소문 따위는 그에게 전혀 위협이 되지 않았다. 진실은 언젠가 제 모습을 드러낼 것이라 믿으며, 탁이는 이 시끄러운 소란이 빨리 지나가기를 바랐다.

탁이는 오히려 자기를 향하고 있는 비난의 화살보다 경준의 안부가 걱정되었다. 할아버지의 병환이 깊어져 다시 집으로 돌아오고 나서부터는 한동안 경준과 연락도 하지 못했다.

탁이는 경준에게 피해가 간 건 없는지 물어보려고 여러 번 전화를 걸었다. 어떤 이유에서인지 경준은 탁이의 연락을 받지 않았다. 집에도 몇 번 찾아가 봤지만, 경준을 만나진 못했다.

탁이는 이 상황을 수습하느라 경준이 정신이 없을 거라 짐작하며 전화 대신 문자로 안부를 물었고, 답이 오기만을 기다렸다. 하지만 경준에게서는 끝내 아무런 답도 들을 수 없었다. 이유를 알 수 없는 답답함 속에 불안만 점점 커졌다.

어느 날 신문을 읽던 탁이는 갑자기 몸을 부들부들 떨었다. 신문에 실린 경준의 인터뷰 기사 때문이었다.

떠들썩하던 소문에 대해 경준은 작가만 믿고 일을 했을 뿐, 모든 것은 자신과 무관하다고 딱 잘라 말했다. 그는 탁이와 노골적으로 선을 긋고 있었다.

사건의 발단이 된 글에 대해서도 어디까지나 작가의 양심에 달린 문제라며, 편집자의 능력으로 확대해석하지 말아 달라고 당부했다.

처음부터 끝까지, 작가에게 책임을 돌리는 내용뿐이었다. 그 어디에도 탁이를 옹호하거나 염려하는 말은 단 한 줄도 없었다.

탁이는 떨리는 손으로 경준에게 전화를 걸었지만, 여전히 받지 않았다.

그 일이 있고 난 뒤, 탁이는 자기 방에서 꼼짝도 하지 않았다. 경준에게 받은 배신감은 탁이에게 충격 그 자체였다.

친한 작가 동생들이 탁이가 걱정되어 집까지 찾아왔지만, 탁이 어머니는 아들이 몸이 좋지 않다는 이유로 그들을 돌려보냈다. 지금은 아들이 아무도 만나지 않는 편이 낫다고 판단한 듯했다.

동료 작가들은 탁이의 얼굴을 못 본 게 못내 아쉬웠다. 그들은 근처 공원으로 자리를 옮겨 이번 사태에 대해 진지하게 논의했다. 탁이의 일을 남 일처럼 그냥 방관할 수만은 없었다.

다들 탁이에게 벌어진 일에 분개하며 목소리를 높였다.

"이건 작정하고 탁이 형을 모함한 거라고밖에 볼 수 없어. 아무리 봐도 이상하지 않아?"

다들 심각한 얼굴로 고개를 끄덕였다.

"솔직히 말해서 나는 장준이라는 작가가 있는 줄도 몰랐어. 다들 들어본 적 있어?"

"나도 이번에 처음 알았어. 검색하니 수년 전에 쓴 시리즈물이 몇 권 나오긴 하더라. 근데 혹시 이거 일종의 노이즈 마케팅 같은 거 아니야? 장준 작가 재고 털려는?"

"그럴 수도 있겠네…."

"나는 그 작가 책이 하도 궁금해서 안산까지 다녀왔잖아."

팔짱을 끼고 있던 진성이 입을 열자, 모두 호기심 가득한 표정으로 그를 바라보았다.

"안산은 왜?"

"새 책 사기는 아깝잖아. 그래서 도서관에서 빌려보려고 검색했더니, 전국을 통틀어 안산 한 곳밖에 없더라고."

"읽어보니 어땠어?"

"결론만 얘기하면, 시간이 아까웠어. 시리즈물이라는 것 말고는 비슷한 게 하나도 없더라고. 같은 글 쓰는 사람으로서 이런 말 하긴 뭐하지만, 글도 진짜 형편없었어. 전국 도서관을 통틀어 책이 한 군데밖에 없는 이유를 알겠더라고."

"그럴 줄 알았어. 나는 무엇보다 어이없는 게, 표절이라고 얘기하려면 최소한 어디가 유사한지 그 근거라도 있어야 하잖아. 도대체 무슨 근거로 그런 글을 쓴 거야?"

"내 말이… 댓글이 하나같이 어이없더라니까. 사실 확인도 안 된 얘기를 사실인 양 몰아가는 것도 웃기고, 그걸 그대로 믿는 사람들은 또 뭐야?"

"그러게. 나는 왠지 몇 명이 짜고 치는 고스톱처럼 느껴지더라고. 남 잘되는 거 보고 배 아픈 사람들이 만든 어설픈 자작극 같은…."

"맞아. 나도 그런 생각이 들긴 했어."

"그나저나 우리가 좀 일찍 나서야 했는데…."

모두의 입에서 탄식이 흘러나왔다.

"일이 이렇게 커질지 몰랐던 거지. 그냥 해프닝으로 끝날 줄 알았으니까."

"내가 오죽하면 '잘 나가는 사람 시기하지 말고, 발 닦고 잠이나 자라'는 댓글을 쓰려고 카페 가입까지 했겠어?"

"그나저나 이제 어떻게 하면 좋을까? 이대로 무심히 지켜볼 수만은 없잖아. 다른 사람도 아니고 탁이 형 일인데…. 늦었지만, 지금이라도 우리가 뭔가를 해야 할 것 같아."

"당연하지! 우리가 누구야? 작가잖아. 아직 책은 낸 적 없지만…. 쩝."

"우리가 책이 없지, 의리가 없어?"

다들 결의에 찬 얼굴로 고개를 끄덕였다.

"근데, 김경준 말이야. 그렇게 안 봤는데, 진짜 이기적인 사람이더라."

진성이 미간을 찡그리며 말했다.

"나도 봤어. 김경준 인터뷰 기사. 자기만 살려고 탁이 형을 완전히 버렸더라고."

"누가 아니래. 작가들에게 깍듯하다는 소문 때문에 인성이 괜찮은 사람인 줄 알았는데… 다 이미지용이었어. 완전 실망이야. 자기가 누구 덕에 그렇게 컸는데."

"그러게. 사람은 위기 속에서 본 모습을 드러낸다잖아. 이번에 제대로 알게 된 거지 뭐."

"아무튼 이번에 우리 일 한번 제대로 해보자. 다들 실력 발휘 좀 해봐."

"물론이지!"

다들 파이팅을 외치듯 오른손 주먹을 들어 보였다.

23. 안개 속을 걷는 시간

탁이네는 한동안 인기척이 느껴지지 않을 만큼 적막했다. 키우는 반려견조차 평소처럼 짖지 않았다.

탁이는 벌써 여러 날을 자기 방에서 꿈쩍도 하지 않고 있었다. 부모님은 아들의 힘든 시간을 지켜보며 애가 탔지만, 앞에서는 내색하지 않았다. 그저 이 시간이 빨리 지나가기만을 바랐다.

어느 날 아버지는 평소보다 가게 문을 일찍 닫고 들어와서는 탁이를 거실로 불렀다. 탁이는 여전히 고개를 푹 숙인 채 아무 말이 없었다. 아버지는 아들의 핼쑥한 얼굴을 안쓰럽게 바라보며 작은 한숨을 내쉬었다. 그러고는 담담한 목소리로 탁이에게 말했다.

"탁이야, 괜찮으면 내일부터 가게에 나와 아버지 일 좀 도와줄 수 있겠냐?"

웬만해서는 도와달라는 말을 하지 않는 아버지가 오늘따라 이상하게 보였다.

"아버지, 갑자기 왜요?"

"내가 나이가 들어서인지 요새는 혼자 다 하려니 힘이 드네. 바쁜 일 없으면 나와서 일 좀 도와줘라."

"네… 알겠어요."

순순히 대답은 했지만, 솔직히 내키지는 않았다. 하지만 아버지의 부탁이라 탁이는 거절할 수 없었다.

다음 날 아침, 탁이는 아버지와 함께 피자 가게로 출근했다. 오전 내내 앉아서 피자 박스를 접었다. 글 쓰는 일 말고는 딱히 다른 일을 제대로 해보지 않아서인지 박스 접는 일도 서툴렀다. 다행히 서툰 일에 집중하느라 오랜만에 딴생각이 들지 않았다. 마음이 괴로울 땐 머리 쓰는 일 말고 몸 쓰는 일처럼 단순한 일을 하는 게 도움이 된다고 했던 할아버지의 말이 맞는 것 같았다.

가게는 오전임에도 불구하고 손님들이 제법 많이 다녀갔다. 신선한 재료뿐만 아니라 토핑을 아끼지 않는 아버지의 넉넉함 때문인지 단골이 꽤 많았다. 혼자서 재료 손질하고, 주문받고, 계산에 음식까지 하는 아버지의 손은 쉴 틈이 없어 보였다. 아버지 나이에 아르바이트생도 없이 혼자 모든 일을 감당한다는 게 이제는 무리라고 느껴졌다.

아버지가 갑자기 도와달라고 한 이유를 이제야 알 것 같았다. 집에서 한 발짝도 나오기 싫었지만, 막상 아버지가 일하는 모습을 지켜보니 나오길 잘했다는 생각이 들었다.

손님들로 북적이던 점심시간이 훌쩍 지나고, 아버지는 토핑을 넉넉하게 올린 피자 한 판을 시원한 콜라와 함께 내왔다. 부자는 가게 부엌 한쪽에 있는 미니 테이블에 앉아 뜨끈한 피자로 늦은 점심을 때웠다. 우울한 마음에 식욕이 없었음에도 아버지가 만들어 준 피자는 꿀맛 같았다.

탁이는 늘 그랬듯이 고개를 푹 숙인 채 말없이 피자를 씹고 있었다. 아버지는 피자를 먹다 말고, 아들의 모습을 안쓰러운 듯 쳐다봤다.

아버지는 헛기침을 두어 번 하다가 탁이의 컵에 콜라를 채워주며 말했다.

"… 탁아, 세상이 내 맘 같지 않더라도 너무 속상해하지는 마라. 아버지가 살아보니 사는 건 매 순간 안개를 뚫고 지나가는 일 같더라. 살다 보면 억울한 일도 생기고 슬픈 일도 많지만, 그렇다고 늘 그런 날만 있는 건 아니라서 살아지더라. 당장은 앞이 안 보이고 힘들더라도 그냥 내 할 일을 묵묵히 하다 보면 어떤 날은 맑은 하늘도 보고, 운 좋으면 무지개도 만나고… 그렇게 되지 않겠냐?"

아버지는 목이 타는지 콜라 한 모금을 술처럼 빠르게 들이켰다. 이어 그동안 참아왔던 말을 계속 쏟아냈다.

“네 옆에는 나도 있고, 엄마도 있고, 할아버지도 있다. 우린 다 널 믿으니 아무리 힘든 일이 생겨도 너 자신에 대한 믿음만은 잃지 말아라. 그리고 다 큰 사내 녀석이 이런 일로 맨날 고개 숙이고 있지 말고… 어깨도 좀 쫙 펴고 당당하게 다녀라. 네가 무슨 죄인이냐?”

탁이는 아버지가 언제부터 이렇게 말이 많은 사람이었나 싶었다.

아버지가 못다 한 얘기를 계속 이어가려는 순간 손님이 들어왔다.

“불고기피자 한 판 주세요!”

콜라가 아니라 술이 앞에 놓여 있어야 했다. 탁이는 적절한 순간에 손님이 들어와 준 게 천만다행이다 싶었다. 안 그랬으면 아버지 앞에서 눈물을 보일 뻔했다. 아버지 말대로 다 큰 사내 녀석이….

아버지를 비롯한 어른들은 다들 어떻게 저리도 담담할까. 아버지 나이쯤 되면 자기도 저렇게 담담해질 수 있을까, 탁이는 궁금했다.

어린 나이도 아닌데, 여전히 바람만 불면 휘청거리는 자신이 너무나 나약하게 느껴졌다. 부모님이 얼마나 많은 풍파를 헤치고 여기까지 왔을까를 떠올리니 새삼 마음이 아렸다. 더 이상 이렇게 지내면 안 되겠다는 생각에 정신이 번쩍 들었다.

갑자기 주먹에 힘이 들어갔다.

24. 뒤늦은 참회

“그렇게 된 거였구나….”

바에 들어선 이후 랄라가 처음으로 입을 열었다.

두 사람의 영화 같은 긴 사연을 다 듣고서 그녀는 어떤 말을 해야 할지 몰라 난감했다. 그저 안타까운 마음뿐이었다.

분명 경준 선배가 잘못한 일이었다. 하지만 지금에 와서 잘잘못을 따지는 게 무슨 소용이 있을까 싶었다.

“… 선배, 너무 아쉽네요. 좀 더 빨리 윤 작가님에게 연락했더라면 좋았을 텐데요.”

“그러게. 뒤늦게서야 회사에서 일을 수습하려고 나섰지만, 생각보다 그 시간이 길어졌어. 그러면서 소문은 또 다른 소문을 낳

았고… 책도, 내 이미지도 계속 추락했어. 나는 편집자로서 끝까지 작가를 지켜줘야 했는데, 나에게 쏟아진 비난의 화살들을 어떻게 피해 갈지 고민하는 데만 급급했던 거지. 내 생각만 한 거야. 실은… 나도 무서웠거든. 지금까지 쌓아온 커리어가 전부 무너질까 봐…. 그래서 결국 방관자가 되기로 했던 거야. 모든 잘못을 작가의 책임으로 돌리면서…."

선배의 눈은 말할수록 점점 붉어졌다. 그는 빈 잔에 술을 채우더니 단숨에 들이키고 다시 말을 이어갔다.

"탁이 형은 기댈 곳이 없었을 거야. 형 동생 하며 지내온 세월이 얼마인데…. 얼마나 배신감을 느꼈겠어? 결국 시리즈 마지막 한 권을 남겨두고 자취를 감춰 버렸지. 그 이후로 그의 소식을 들었다는 사람은 아무도 없었어. 항간에는 차마 입에 담기 힘든 소문까지 떠돌았고…. 모든 연락처가 차단되었으니 도무지 생사를 알 수가 없었어."

"아… 너무 안타깝네요. 선배, 윤 작가님의 표절 논란은 어떻게 되었어요?"

"그게 말이지… 뒤늦게서야 진실을 밝히려는 이들이 하나둘 어디선가 나타나기 시작했어. 그 사람들은 표절에 대한 정의와 표절이 성립하기 위한 조건을 하나하나 예시를 들어가며 이성적이고 논리적으로 반박했어. 다들 어떻게 그리도 글을 잘 쓰는지…. 아무튼 갑자기 어디서 등장한 논객들의 활약에 상황이 역전되기 시작한 거야."

“늦었지만 그래도 정말 다행이네요.”

“그러게. 애초에 말이 안 되는 얘기잖아. 표절이라니… 하… 참…. 뒤늦게 사람들은 원글 작성자를 강하게 질책하며 사과를 요구했어. 해당 게시글을 옹호하던 댓글에도 비난의 말들이 쏟아졌고. 그때부터 소문에만 휩쓸려 제대로 된 걸 분간하지 못했던 사람들이 돌아와 사과의 댓글을 하나둘 올리기 시작했어. 그렇게 모든 게 제자리로 돌아가기 시작했던 거야. 원글 작성자는 결국 사과문을 올렸고, 그 카페에서 영구 강퇴당했지. 그리고… 시간이 지나 범인도 밝혀졌어.”

“정말요?” 랄라의 눈이 휘둥그레졌다.

“누군데요? 누가 그런 비열한 짓을 한 거예요?”

랄라가 인상을 쓰며 물었다.

“… 알고 보니 글을 게시한 사람과 댓글에 참여했던 사람들이 전부 내가 다니던 회사 사람들이었어. 노 과장이라는 사람과 그의 추종자들이 만든 댓글부대가 작전을 벌인 거지. 나에게 타격을 주기 위해 윤 작가를 이용한 거였어.”

“어머나, 맙소사! 그건 어떻게 알게 된 거예요?”

“그 일에 가담했던 사람 중 한 명이 양심고백을 했거든. 그래서 모든 전말이 드러나게 된 거야.”

“세상에….”

랄라는 입을 다물지 못했다.

“진실은 그렇게 제자리로 돌아왔지만, 모든 시간은 그 흔적을 어떻게든 남겨놓잖아. 누구보다 작가에게 가장 큰 상처였겠지. 곁에서 지켜주는 사람 하나 없이 혼자 모든 것을 떠안았을 테니…. 무엇보다 친동생처럼 여겼던 사람이 자기만 살겠다고 등을 돌렸으니… 휴… 얼마나 괴로웠을까?"

선배는 잠시 얘기를 멈추고 고개를 떨궜다. 그리고 다시 힘겹게 말을 이어갔다.

"나는 뒤늦게서야 모든 걸 내려놓기로 마음먹었어. 그렇게 정신을 차리고 나니 그제야 죄책감이 밀려오더라. 너무 미안해서 작가의 얼굴을 보는 것조차 힘들 것 같았지만… 늦게라도 사죄해야겠단 생각에 백방으로 윤 작가의 행방을 수소문하며 다녔는데 소용이 없었어. 집에도 찾아가 봤지만 그사이 이사를 했더라. 네 사무실에서 그 원고를 읽는 순간 심장이 멎는 줄 알았어. 그럴 리 없다고 생각하면서도… 작가의 독특한 문체와 필체를 보는 순간 그가 돌아왔다는 생각이 들었던 거야. 너무 늦었지만, 어떻게든 지금이라도 용서를 구하고 싶은데…."

또다시 침묵이 흘렀다. 그의 말이 태엽 풀린 오르골처럼 점점 느려졌다.

"그런데 랄라야, 더 웃기는 건 뭔 줄 아니? 윤 작가 시리즈의 마지막을 어떻게든 내 손으로 꼭 마무리하고 싶단 생각이 항상 머릿속을 떠나질 않더라. 아무것도 바라는 건 없어. 그냥 마무리만…. 그건 윤 작가와 내가 함께 걸어온 역사이기도 하니까. 생사도 모르는 마당에 그런 생각을 하고 있었다니…. 참 이기적이지?"

그는 작은 한숨을 내쉬며 다시 술잔에 술을 가득 채웠다.

랄라는 선배에게 어떤 말이라도 해주고 싶었지만, 적당한 얘기가 떠오르지 않았다.

선배의 지난 얘기를 듣는 내내, 그의 모습이 지금까지 자신이 알고 있던 것과 너무나 달라 보여 마음만 혼란스러웠다.

술 때문인지 눈물 때문인지 선배는 마냥 처연해 보였다. 바에서 흐르는 잔잔한 음악 소리마저 슬픔을 더했다.

5부. 출판이라는 세계

25. 어쩌다 출판계의 큰손

타닥타닥 타다닥.

8시가 훌쩍 넘은 저녁, 랄라 출판사의 사무실은 키보드 자판 두드리는 소리로 요란했다.

윤 작가의 자필 원고를 컴퓨터로 옮기느라 랄라와 그녀의 단짝 진영의 손가락은 아까부터 쉼 없이 움직이고 있었다.

"사람 손 하나 대지 않고 운전도 하는 시대에 자필 원고가 웬 말이야. 일론 머스크가 보면 눈이 뒤집힐 일이야. 안 그래? 원고는 또 왜 이렇게 꼬질꼬질해. 여기 고춧가루 묻은 거 보이지?"

진영은 원고를 들어 보이며 얼굴을 잔뜩 찌푸렸다. 랄라의 SOS를 받고 퇴근하자마자 달려온 진영은, 자리에 앉은 순간부터 손보다 입이 더 바빴다.

이럴 땐 먹여야 한다. 랄라는 곧장 배달앱을 켜고 진영이 좋아하는 족발과 치킨을 주문했다.

음식이 도착하자 두 사람은 하던 일을 잠시 멈췄다. 음식을 바라보는 진영의 얼굴은 어느새 미소가 가득했다. 랄라는 진영만큼 비위 맞추기 쉬운 사람이 없다고 생각하며 혼자 씩 웃었다.

포장을 뜯자마자 두 사람은 종일 굶은 사람들처럼 쉼 없이 젓가락질했다. 랄라는 마음이 급해서인지, 먹으면서도 시선이 자꾸 원고로 쏠렸다. 진영이 랄라의 마음을 알아챈 듯 조심스레 물었다.

"이번엔 잘될 것 같아? 저 책처럼 또 재고가 쌓이는 건 아니겠지?"

진영은 책장에 꽂혀 있는 김 작가의 책들을 가리키며 걱정스러운 눈빛을 보냈다.

진영이 배가 좀 부르니 이제야 친구 걱정을 해주는구나 싶었다.

"이번엔 다를 거야. 아니, 달라야지. 지금까지 내가 읽어본 책 중에서 가장 재밌었어. 게다가 윤 작가의 신간이기도 하잖아. 경준 선배도 좋은 원고라고 말해줬고…."

"하긴… 클래스는 영원하니까. 게다가 경준 선배가 좋다고 하면 게임 끝난 거지 뭐. 아무튼 우리 랄라 대박 나면 맛있는 거나 사달라고 해야지!"

"맛있는 건 기본이고! 어디 먹는 것뿐이겠어?"

둘은 아직 일어나지도 않은 일을 상상하며 깔깔거리며 좋아했다.

몇 주가 지나 디자이너에게 의뢰했던 표지와 내지 파일이 도착했다. 랄라는 지난번과 같은 어이없는 실수를 반복하지 않으려고 점 하나까지도 꼼꼼하게 확인했다. 그래도 불안해서 엄마와 진영에게도 검수를 부탁했다. 두 사람에게서 이상 없음을 확인하고서야 인쇄소에 파일을 넘겼다.

지난번 사고가 트라우마로 남은 탓인지, 마지막 순간까지도 긴장을 놓을 수 없었다.

지루한 한 주가 지나고 드디어 책이 나왔다. 제일 먼저 표지부터 살펴봤다. 다행히 이번에는 점 하나도 틀리지 않았다.

예전에 봤던 어느 드라마 속 한 장면이 불현듯 떠올랐다. 산모가 아이를 낳고 의사에게 제일 먼저 손가락과 발가락 개수를 묻는 장면이었다. 그 상황과 지금의 자기 모습이 묘하게 닮은 것 같아 웃음이 픽 나왔다. 그녀에게는 지금이 딱 그런 심정이었다. 출산을 해본 적은 없지만, 책을 내는 일을 출산에 비유하는 이유만큼은 제대로 알 것 같았다. 아무튼 책 만드는 일은 매번 이렇게 랄라의 애간장을 타게 했다.

그나저나 내일부터 서점 MD 미팅을 가야 한다고 생각하니 벌써부터 속이 울렁거렸다. 지난번 김 작가 책을 들고 찾아갔을 때 받았던 그 냉랭하고 무관심한 반응이 아직도 생생했다. 이번에는 제발 그때와는 다르길 바라며, 랄라는 내일 가져갈 자료를 꼼꼼히 준비했다.

* * *

“어머! 윤탁이 작가님이 신간을 내셨어요? 제가 정말 좋아했던 작가인데…. 이게 대체 몇 년 만이에요?”

온라인 MD는 책에 적힌 작가의 이름을 보자마자 목소리 톤이 한껏 높아졌다. MD가 예상보다 호의적으로 반응하자, 랄라의 목소리에도 자연스레 자신감이 실렸다.

MD는 책을 뒤적이며 랄라의 설명에 연신 고개를 끄덕였다.

“윤탁이 작가님의 신간을 기다린 팬들이 꽤 많을 거예요. 우선 오늘 신간 소개 LMS*를 뿌려보고 반응부터 살펴봐야겠어요. 저희도 이번에 힘을 좀 써볼게요.”

“아, 정말 감사합니다!”

포커페이스를 유지하려고 애썼지만, 랄라는 결국 감정을 숨기지 못했다.

“… 그런데 1쇄는 얼마나 찍으셨어요?” MD가 조심스레 물었다.

“천 부요.”

“천 부요? 아… 알겠습니다.”

* Long Message Service: 장문 문자 서비스

MD의 표정이 잠시 당황한 듯 보였다.

천 부가 너무 많아서일까, 아니면 너무 적어서일까. MD의 알쏭달쏭한 반응에 랄라는 괜히 마음이 불안해졌다.

담당자는 내일 오전에 신간 발주서를 보내주겠다는 말을 끝으로 정해진 15분의 미팅을 마무리했다.

랄라는 마지막 질문이 왠지 찝찝하게 남았다. 그래도 지금까지 신간 소개 미팅 중 가장 분위기가 좋았다는 것에 위안을 얻었다. 할당된 시간을 꽉 채운 것도 만족스러웠다.

예전 김 작가 신간 미팅 때는 거의 3분 만에 미팅이 끝났다. 그때는 오늘보다 더 철저히 준비했지만, MD는 아무것도 궁금해하지 않았다. 단지 주차권 때문인지, 차를 가져왔는지만 물어본 게 전부였다. 그때와 비교하면 오늘은 대단한 성과였다.

책에 대해 자세히 설명하지 않아도 작가 이름만으로 환영받는 느낌이었다. 랄라는 처음으로 작가 파워라는 게 이런 거구나 실감했다. 무엇보다 MD가 윤 작가의 팬이라는 사실이 왠지 좋은 신호 같았다.

다음 날, 메일을 열어보니 어제 미팅을 했던 온라인 서점의 발주서가 도착해 있었다.

'발주 부수 1,000부.'

랄라는 믿을 수 없다는 표정으로 발주량을 다시 확인했다.

1쇄 전부를 가져간다니…. 이게 대체 어찌 된 일인가 싶어 어리둥절했다. MD가 혹시 잘못 보낸 게 아닐까 해서 살짝 불안하기도 했다.

그나저나 출판사에 쌓여있는 천 권의 책을 전부 일반 택배로 보낼 수는 없는 일이었다. 일단 화물 택배로 실어 보내야겠다고 생각하고 업체에 급히 연락했다. 갑작스러운 상황에 정신이 하나도 없었다. 그래도 행복했다. 매일 이렇게만 책이 팔리면 소원이 없을 것 같았다.

택배 운송 기사가 쌓여있던 책을 전부 싣고 가니 사무실은 확장공사라도 한 듯 넓어 보였다.

개운한 마음도 잠시, 또 다른 걱정이 밀려왔다. 다른 서점은 아직 신간 미팅도 하기 전인데 책이 없었다. 인쇄소에서 여유분으로 받아 증정용 도서로 챙겨둔 몇 권을 제외하고는 재고가 없다는 게 불안했다. 게다가 다른 서점에서도 이렇게 대량 주문이 들어온다면 더 이상 출판사에 책을 쌓아 놓고 내보낼 수도 없는 노릇이었다. 당장 재쇄와 물류 계약부터 해결해야 했다.

혼자 감당하기 벅찰 만큼의 일들이 한꺼번에 휘몰아쳤다. 그럼에도 랄라는 즐거운 마음으로 하나씩 처리해 나갔다.

정신없이 하루를 보내고, 저녁이 되어서야 랄라는 겨우 한숨을 돌릴 수 있었다. 종일 밥 먹을 시간도 없었다. 몸이 바쁘니 허기도 느끼지 못했다. 조금 전 미아 떡볶이에서 사 온 떡볶이와 순대로 첫 끼를 때우고 나니 긴장이 사라지고 피곤함이 밀려왔다.

랄라는 혹시나 하는 마음으로 스마트폰에 깔린 A 서점 앱을 켰다.

갑자기 눈이 휘둥그레졌다. 윤 작가의 신간이 메인화면 '에디터의 선택' 코너에 떡하니 올라와 있는 것이었다. 그것도 사이트의 중앙, 명당자리에.

눈을 비비며 다시 확인했지만, 잘못 본 게 아니었다.

'어머나… 대체 이게 무슨 일이야?'

출판사에서 만든 책을 온라인 서점에 노출하려면 광고비용을 내야 한다. 돈 없는 작은 출판사로서는 부담되는 금액이라 엄두도 못 내는 경우가 태반이다.

물론 무료로 노출되는 자리도 있다. 그중에서도 가장 명당은 단연 '에디터의 선택' 코너였다.

선택이라는 말에 걸맞게 자리도 가장 눈에 띄는 중앙이었다. 하지만 그 자리에 올라간다는 건 거의 로또나 다름없었다. 웬만해서는 기대조차 하기 어려웠다. 그런데 그 자리에 랄라 출판사의 책이 당당하게 올라온 것이다.

눈으로 보고도 믿기지 않은 상황에 입이 다물어지지 않았다.

"대박!"

랄라는 사무실이 떠나가도록 소리를 지르며 좋아했다.

이튿날 아침, A 서점에서 새로운 발주서가 도착했다. 이번엔 2천 부였다. 하루 만에 발주량이 배로 늘다니, 믿기지 않았다.

천 단위의 숫자는 여전히 낯설었다. 한 부조차 팔리지 않던 쪽박 출판사가 하루아침에 대박 출판사가 된 것 같아, 랄라는 그저 얼떨떨했다.

이번에도 뭔가 잘못된 건가 싶어 눈을 의심했다.

바로 서점 SCM*에 접속해 어제 판매량을 확인했다. 맙소사! 천 부가 완판되었다.

랄라는 흥분을 감추지 못하고 양손으로 책상을 마구 두들겨댔다. 곧 이럴 때가 아니라며 정신을 가다듬고 인쇄소에 부랴부랴 전화를 걸었다.

"사장님, 재쇄를 찍어야 할 것 같은데요. 최소 얼마나 걸릴까요?"

"일주일은 주셔야 해요."

랄라는 난감해하며 달력을 바라보았다.

"사장님, 일정을 조금만 앞당겨주시면 안 될까요? 제가 정말 급해서요."

"그럼, 몇 부나 찍을 건데요?"

인쇄소 사장님의 목소리가 퉁명스럽게 들렸다.

"5천 부요."

---

* 도서 유통 및 재고, 물류 흐름을 관리하는 시스템

“뭐 급하다니 어쩔 수 없죠. 해드릴게요. 대신 다음에는 이렇게 촉박하게는 못 해줘요.”

“감사합니다!”

랄라의 사정이 통했는지, 아니면 인쇄 부수가 늘어서인지 모르겠지만, 어쨌든 일정이 앞당겨진 것만으로도 다행이었다.

당장 나가야 할 재고가 없어 속이 탔지만, 어쩔 수 없는 일이었다. 이렇게까지 책이 잘 팔릴 줄은 예상하지 못했으니까.

인쇄 일정 조율을 끝내고, 온라인 서점에 전화를 걸어 담당자에게 재고 상황에 대해 양해를 구했다. 그러고 나서 이번엔 물류사 계약을 위해 파주로 달려갔다. 경준 선배가 소개해 준 곳이라 일단 안심이 되었다. 무엇보다 인쇄소와 가까운 거리에 있다는 게 가장 마음에 들었다.

물류 창고는 스케일부터 압도적이었다. 언뜻 봐서는 축구장보다 넓어 보였다. 창고에 쌓여있는 엄청난 양의 책들은 서점으로 이동할 날만 기다리고 있었다.

물류사 사장님은 이 일을 하기 전에 출판사를 했던 경험이 있다고 자신을 소개했다. 그래서인지 작은 출판사의 어려움을 이해하고 있는 듯해서 랄라와 얘기가 잘 통했다.

사장님의 친절한 안내 덕분에 창고 안 구석구석을 전부 둘러볼 수 있었다. 흔히 볼 수 있는 모습이 아니라서인지, 그녀의 눈에는 모든 것이 그저 신기하기만 했다.

계약서를 작성하고 나니 마음이 홀가분했다. 더 이상 출판사에 책을 쌓아 놓지 않아도 된다. 랄라는 이제야 제대로 출판사를 시작하는 기분이 들었다.

다음 날.

랄라는 이른 아침부터 정신이 없었다. 오늘은 한 시간 간격으로 두 곳의 서점과 미팅이 잡혀 있어 서둘러야 했다. 다른 서점도 지난번 A 서점처럼 호의적이길 바라며, 미팅 장소로 향했다.

랄라는 서점의 대기실에 앉아 자신의 순서를 기다리며 주변을 쭉 둘러봤다. 신간을 들고 초조하게 순서를 기다리는 출판사 담당자들을 보면서, 경쟁심보다는 묘한 동지애가 느껴졌다.

"랄라 출판사 대표님, 들어오세요."

MD가 얼굴을 내밀고 출판사 이름을 부르자, 랄라는 숨을 한번 고르고 회의실 안으로 들어갔다.

"안 그래도 언제 오시나 궁금했어요."

자리도 앉기 전에 MD가 먼저 랄라를 반겼다.

랄라는 왠지 오늘 미팅이 잘 풀릴 것 같은 예감이 들었다.

MD는 경쟁업체의 판매 소식과 실적까지 꼼꼼히 파악하고 있는 듯했다. 랄라는 준비해 온 신간 도서와 보도자료를 MD에게 내밀고 책 소개를 시작했다.

그런데 MD는 고개 한번 끄덕이지 않았다.

아무래도 책에 별 관심이 없는 눈치였다. 어쩐지 지난번 김 작가 때와 비슷한 분위기가 느껴져, 랄라는 슬슬 불안해졌다.

“대표님, 내일부터 발주 가능하시죠?”

MD의 질문에 랄라는 아무런 기대 없이 대답했다.

“아, 그게… 실은 A 서점에 1쇄 전량을 보내느라 지금 인쇄소에 2쇄를 맡긴 상황이에요. 그래서 3일 후에나 가능할 것 같아요.”

“음… 그렇단 말이죠….”

MD는 잠시 팔짱을 끼고 골똘히 생각하더니, 이내 팔짱을 풀고 담담히 말했다.

“저희, 3일 후에 3천 부 발주할게요.”

랄라는 이게 또 무슨 상황인가 싶어 되물었다.

“3천 부요?”

MD 앞에서 담담하게 보이려 애쓴 탓인지, 랄라는 미팅룸을 나서는 순간 갑자기 현기증이 났다. 밖으로 나와 잠시 벤치에 앉아 마음을 진정시켰다. 3천 부라니! 세상에. 아직도 믿기지 않았다.

마지막으로 들른 서점도 마찬가지 분위기였다. 이곳에서는 그나마 담담할 수 있었다.

이곳도 경쟁사의 데이터를 이미 파악하고 있다는 확신이 들었다.

MD는 다른 경쟁사보다 발주량을 더 높여 얘기했다. 무슨 경매도 아니고… 서로 눈치를 보며 경쟁하듯 발주량을 올리는 이 게임 같은 상황을 지켜보며 묘한 희열이 느껴졌다.

지난번 김 작가 때와는 사뭇 다른 반응이 어색했지만, 이 상황이 싫지는 않았다. 왜 다들 그렇게 기를 쓰고 유명해지려고 하는지 그 이유를 이제 조금은 알 것 같았다. 비즈니스의 세계는 알면 알수록 냉정하다는 것만은 분명했다.

랄라는 서점을 나와 인쇄소에 먼저 전화를 걸었다.

"사장님, 저희 또 재쇄 들어가야 할 것 같아요. 이번에는 부수가 좀 더 많은데… 최대한 빨리 부탁드려요."

"아, 그래요? 잘됐네요. 그러면 일정에 맞춰드려야죠. 껄껄껄."

재쇄가 거듭될수록 인쇄 부수도 늘어났다. 시간이 갈수록 자신을 대하는 인쇄소 사장님의 태도도 전과는 확연히 달라졌다.

26. 1인 출판사의 기쁨과 슬픔

랄라가 서교동에서 출판사를 차린 지도 꽤 긴 시간이 흘렀다. 책을 만들고, 그 책을 세상에 내보내 성장을 지켜보는 과정은 부모가 자식을 바라보는 마음과 다를 바 없었다.

경험이 쌓이는 만큼 일은 편해졌다. 하지만 출판사의 흥망성쇠가 전적으로 책의 판매에 달린 일이라 끝까지 마음을 놓을 수 없었다. 대박을 예상한 책이 완전 빗나가기도 하고, 시장에서 별로 반응이 없을 거로 생각한 책이 의외로 선전하기도 했다. 그야말로 결과는 뚜껑을 열어봐야 알았다.

책의 성패는 독자의 선택에 달렸기에 그들의 반응을 살피는 일은 매우 중요했다.

랄라는 매일 온라인 서점의 리뷰를 꼼꼼히 확인했다. 시간이 날 때마다 다른 출판사의 책 리뷰도 꾸준히 읽었다.

책마다 느끼는 독자의 반응은 제각각이었고, 독자의 평가는 늘 호의적이지 않았다. 인터넷 기사의 악플처럼 혹독한 내용도 상당했다.

"이것도 글이냐? 이런 글은 나도 쓰겠다."

"종이가 아깝다. 나무가 불쌍하네"

"작가 말고 다른 일을 알아봐라."

어떤 글은 읽다가 너무 놀라 입을 틀어막기도 했다. 혹평이 지나쳐 인격 모독에 가까운 리뷰도 가끔 눈에 띄었다.

작가에게 무슨 이유로 이렇게 화가 났을까. 랄라는 그런 글을 볼 때마다 책의 저자가 걱정되기도 했다. 차라리 김 작가의 책처럼 아무 반응도 없는 게 낫겠다는 생각마저 들었다.

출판사를 하면서 가장 힘이 드는 건 역시나 마케팅이었다. 아무리 좋은 책을 잘 만들어도 팔리지 않으면 악성 재고로 전락하고 말았다. 자본력이 넉넉하거나 직원 수가 많으면 해볼 수 있는 게 많겠지만, 1인 출판사에서는 해볼 수 있는 게 뻔했다. 고작 인스타그램 같은 SNS에 책 소개를 올리는 게 전부였다. 그마저도 바쁘다 보면 소홀해지기 쉬웠다.

신간이 나온 뒤부터는 해야 할 일이 눈에 띄게 늘어났다. 이젠 혼자 감당하기에는 버거울 정도였다. 이제 랄라 출판사도 직원을 채용해야 할 시기가 온 것 같았다.

사람을 뽑긴 해야 하는데, 새로운 사람이 들어오는 것도 사실 걱정이었다. 코드가 잘 맞는 사람을 찾는 게 어디 쉬운 일인가. 그렇다고 계속 혼자서 모든 것을 다 할 수도 없는 노릇이었다.

겨우 사람 하나 뽑는 것뿐인데도, 그녀의 머릿속은 생각할 게 참 많았다.

* * *

어느 날부터 매미 소리가 사라졌다. 여름이 저문다는 신호였다. 이상기온 탓인지, 언제부터인가 여름은 성급하게 찾아오고 오래 머물다 갔다.

더위가 물러나니 확실히 아침저녁으로 피부에 닿는 바람의 온도가 달라졌다. 꽃들은 염색물이 빠진 옷처럼 옅어지더니 점점 생기를 잃어갔다.

출판사에서 내다보이는 풍경도 어느새 달라졌다. 해는 점점 짧아지고, 사람들의 옷차림은 길어졌다. 제법 시원한 바람이 불기 시작하자 사무실 앞 의자에 앉아 책을 읽다 가는 사람들이 종종 있었다. 컵 떡볶이를 먹으며 잠시 쉬어가는 사람도 간간이 눈에 띄었다.

계절이 지나가듯, 윤 작가의 책이 나온 지도 제법 많은 시간이 흘렀다. 별다른 마케팅을 한 것도 없는데 입소문만으로도 책은 꾸준히 팔렸다. 오랜 공백에도 윤 작가의 명성은 여전했다. 덕분에 바닥을 드러냈던 랄라의 통장 잔액도 계속 불어나더니 어느새 그녀가 마지막 받았던 회사 연봉을 훌쩍 넘어섰다. 이제야 어디 가서 사업한다는 얘기를 떳떳하게 할 수 있게 되었다. 이게 다 윤 작가 덕분임을 알기에 밥 한 번 제대로 사고 싶어 몇 번이나 연락했지만, 그에게서는 아무런 답도 들을 수 없었다. 신간 작업에 들어간 건지, 여행을 간 건지 도무지 알 길이 없었다.

이유는 모르겠지만, 그녀는 출판사 앞에 출근하듯 매일 얼굴을 비치던 윤 작가의 모습이 종종 떠올랐다.

윤 작가의 책이 주요 서점의 베스트셀러에 오르면서 랄라 출판사에도 변화가 많았다. 인스타그램의 팔로워 수가 급증했고, '좋아요'를 눌러주는 사람들도 빠르게 늘었다. 블로그의 방문자도 덩달아 많아졌다.

무엇보다 투고 메일이 급증했다. 매일 수십 통의 투고 메일을 받는다는 경준 선배의 출판사와 달리 랄라의 메일함은 투고가 드물었다. 작가 섭외는 늘 고민 1순위였다.

무작정 작가를 섭외하러 뛰어다니던 때가 엊그제 같았다. 이제는 투고 메일이 꾸준히 들어오니, 그 걱정만큼은 덜어낸 셈이었다. 더 이상 작가를 찾아 이곳저곳 뛰어다닐 필요도 없어졌다.

랄라는 투고된 원고만큼은 정성을 다해 읽었다. 좋은 원고를 놓치지 않으려면, 결국 안목을 길러야 했다. 다행히 원고를 들여다보는 시간만큼 글을 보는 감각도 조금씩 좋아졌다. 그러나 모래사장에서 숨은 진주를 찾아내는 건 여전히 쉽지 않았다.

랄라는 새삼 경준 선배가 존경스러웠다. 아무리 많은 원고가 들어와도 제대로 된 원석을 고르는 일은 보통의 노력으로는 어림없는 일이었다. 그래도 출판일을 계속하면서 책으로 만들 수 있는 원고를 분간해 내는 일에도 어느 정도 내공이 붙기 시작했다.

예전보다 많은 양의 투고 메일이 들어오지만, 아쉽게도 책으로 내기에는 부족한 원고들이 대부분이었다. 좋은 작가를 만나는 일은 생각보다 쉽지 않았다.

27. 이 세계의 빌런

매일 아침 출근해서 출판사 앞을 청소하는 일은 이제 랄라의 루틴이 되었다. 의자 위에 흩어져 있는 쓰레기를 주워 말끔히 치우고, 나무에 물을 주는 일도 잊지 않았다. 나무는 가꾸는 만큼 생기를 되찾았다. 그 모습을 지켜보는 일은 어느새 그녀에게 일상의 작은 기쁨이 되어 있었다.

청소를 마치고 다시 출판사 사무실에 들어와 다이어리에 적어 놓은 할 일들을 순서대로 마무리했다. 그러고 나니 벌써 점심시간이 다 되었다.

미아 떡볶이가 오픈한 이후로 늘 가던 김밥집은 더 이상 가지 않았다. 미아 떡볶이에도 김밥을 팔고 있었고, 무엇보다 미아 언니가 말아주는 김밥이 훨씬 맛있기 때문이었다.

미아 언니의 김밥은 우엉이나 당근같이 몸에 좋은 채소가 듬뿍 들어갔다. 마치 건강한 한 끼를 먹는 기분이 들었다. 게다가 텀블러에 한가득 담아오는 어묵 국물은 김밥과 함께 먹으면 일품이었다. 랄라는 차 대신 텀블러에 담긴 어묵 국물을 홀짝거리며 마시는 걸 좋아했다. 해물을 베이스로 한 진한 국물은 허기진 속을 든든하게 채워줬다.

점심을 먹으니 어김없이 졸음이 몰려왔다. 꾸벅잠이 들려는 순간, 책상 위에 올려둔 휴대전화 벨 소리가 요란하게 울렸다.

"… 거기 랄라 출판사죠?"

수화기 너머의 남자는 헛기침을 두어 번 하더니 자신을 독자라고 소개하며 운을 뗐다. 그러더니 갑자기 언성을 높여 따지기 시작했다.

"아니, 책을 어떻게 이렇게 만들어요? 책 받고 이렇게 상태가 안 좋은 건 처음 봐요."

숨 한 번 쉬지 않고 쏘아대는 남자의 항의에 랄라는 졸음이 싹 달아났다.

"독자님, 불편을 끼쳐 죄송합니다. 파손된 책은 새 책으로 교환해 드릴 테니 걱정하지 마세요."

랄라는 정중히 사과하고 남자를 안심시켰지만, 상대의 기분은 썩 나아지지 않은 듯싶었다.

남자는 깊은 한숨을 쉬며 말했다.

"제가 이것 때문에 이래저래 피해를 봤고, 솔직히 다시 보내는 책의 상태도 보장할 수 없으니 아예 동일한 책을 한 권 더 보내주세요."

그녀는 더 이상 머리 아프게 실랑이하고 싶지 않았다. 빨리 대화를 끝내고 싶어, 순순히 알겠다고 답한 뒤 업무에 필요한 정보를 독자에게 요청했다.

"독자님, 그러면 구매 내용을 캡처해서 이메일이나 휴대전화 문자로 보내주세요. 확인하고 바로 처리해 드리겠습니다."

"지금 제 말을 못 믿는다는 건가요?"

남자는 다시 발끈했다.

"아, 그게 아니고요. 저희가 재고 관리를 위해 거쳐야 하는 절차라서요. 이해 부탁드립니다."

랄라의 차분한 설명에 남자는 잠시 당황한 듯 머뭇거리더니, 이내 기어들어 가는 목소리로 실토했다.

"저… 그게… 실은 제가 중고로 사서…."

"네? 뭐라고요?" 랄라는 기가 막혀 할 말을 잃었다. 하지만 남자는 아랑곳하지 않고, 이번엔 간곡한 목소리로 사정했다.

"중고로 사긴 했지만, 상태가 안 좋으니 새 제품으로 교환해 주면 안 되나요?"

그녀는 분노가 실린 목소리로 단호하게 거절했다.

"그건 어렵습니다!"

"아이씨…."

남자는 분한 듯 한마디를 내뱉고는 황급히 전화를 끊어 버렸다.

랄라는 전화기를 내려놓고 한숨만 내쉬었다.

지금까지의 경험으로 보면, 파본으로 반품이 들어오는 경우는 종종 있었다. 그런 경우라면 당연히 교환이나 반품이 가능하다. 하지만 이렇게 중고 책을 사서 새 책으로 교환을 해달라고 당당히 요구하는 독자는 처음이었다. 정말이지 뻔뻔함 그 자체였다. 생각할수록 어이가 없어 헛웃음만 나왔다.

랄라는 곧장 경준 선배에게 전화를 걸어 조금 전 겪은 일을 미주알고주알 이야기했다.

그녀의 예상과 달리 선배는 별일 아닌 듯 반응했다.

"랄라야, 좀 더 분발해야겠다. 그 사람 전화를 이제야 받았다면…. 한동안 잠잠하더니 다시 활동을 시작한 모양이네…."

"네? 그게 무슨 얘기예요?"

선배는 이미 그 남자를 알고 있는 눈치였다. 내막을 듣고 놀란 건 오히려 랄라였다.

그 남자는 출판인들 사이에서 이미 진상으로 유명한 인물이었다.

선배는 빌런의 주요 표적이 대부분 신생 출판사라고 했다. 초짜 사장들이라고 만만하게 본 거였다.

경준은 이 세계에서 겪은 황당했던 에피소드 몇 가지를 랄라에게 들려주었다.

"예민한 독자 중에는 표지 모서리가 살짝만 구겨져도 반품을 하는 사람들이 있어. 내 돈 내고 아무런 흠집도 없는 책을 받고 싶어 하는 건 당연하니 충분히 이해할 수 있지. 정작 힘든 건, 황당한 이유로 반품을 요구하는 경우야. 표지 그림이 자기 마음에 안 든다고 반품하는 사람도 있으니까."

"표지 그림이 마음에 들지 않는다고 반품을 해요?"

"응. 전에 내가 다니던 회사에서 펭귄 삽화가 들어간 책을 낸 적이 있었거든. 그런데 어떤 독자가 펭귄이 너무 무섭게 생겼다며 반품한 적도 있어."

"헉…."

"그래도 그건 애교 수준이야. 심지어 볼펜으로 밑줄까지 그은 책을 반품하는 사람들도 있으니까. 그때 알았지. 세상에는 정말 다양한 사람들이 많다는 걸 말이야."

경준 선배가 들려준 에피소드는 그의 출판 경력만큼이나 다양했다. 상식을 넘어선 기상천외한 이야기들을 듣는 동안, 랄라는 여러 번 말을 잇지 못했다.

출판업에 대해 이제는 어느 정도 잘 알고 있다고 생각했다. 하지만 빙산의 일각이었다. 출판의 세계에서 아직 경험해야 할 게 더 많다는 사실이 랄라에게 점점 부담스럽게 다가왔다.

6부. 재회

28. 달빛 아래 사연들

랄라는 출판사의 첫 베스트셀러를 기념한다는 명목으로 조촐한 파티를 열기로 하고 사람들을 초대했다. 원고 타이핑하느라 고생했던 진영, 미아, 경준, 방 사장, 그리고 오늘의 주인공 윤 작가가 오기로 했다.

뒤늦게 파티를 열게 된 배경에는 진영의 계속된 부추김이 있었다. 사실 축하는 핑계고, 무료함을 달래기 위한 건수를 잡으려는 게 진영의 의도였다. 랄라도 그걸 알고 있었지만, 순순히 진영이 하자는 대로 했다. 모임을 핑계로 보고 싶은 얼굴이 있었기 때문이었다.

출간 계약 이후로 출판사 앞에 통 모습을 드러내지 않는 윤 작가의 안부가 몹시 궁금하던 참이었다. 그를 바라보는 시선이 달라져서인지, 매일 보이던 사람이 안 보이니 걱정돼서 그런 건지, 그 마음을 자신도 알 수가 없었다.

다른 이유도 있었다. 경준 선배와 윤 작가의 사연을 알게 된 후, 두 사람이 화해할 수 있는 자리를 만들어 주고 싶었는데 이번이 좋은 기회가 될 것 같았다.

이유가 어떻든 윤 작가를 보기 위한 어떤 명분이 필요하던 차에 잘되었다 싶었다.

그간 여러 번 그에게 문자로 안부를 묻곤 했지만, 한 번도 답을 받아본 적이 없었다. 그래서 파티 초대 문자를 보내고도 별 기대는 하지 않았다. 그런데 웬일로 나오겠다는 답장이 바로 와서 좀 놀랐다. 문자를 확인한 순간, 랄라의 입꼬리가 슬며시 올라갔다.

오후 6시가 지나 미아가 장사하고 남은 음식들을 들고 제일 먼저 사무실을 찾았다. 잠시 후, 방 사장이 작은 화분을 들고 나타났다.

"원래는 개업식날 주려고 했는데… 이거 늦어도 너무 늦었네. 랄라 씨, 잘 키워봐요."

"오… 사장님, 돈 좀 쓰셨겠는데요. 감사합니다!"

좀 있으니, 경준이 사무실로 들어섰다. 소파에 자리를 잡고 앉아 있던 방 사장은 경준이 들어오는 모습을 자세히 보더니 놀란 기색으로 벌떡 일어나 아는 척을 했다.

"아니, 이게 누구야? 김경준 팀장… 맞지? 이게 대체 얼마 만이야?"

"방 사장님? 세상에나! 여기서 사장님을 다시 보게 되네요."

두 사람은 오랜 친구를 만난 것처럼 서로를 끌어안았다.

"세상 참 좁아. 여기서 김 팀장을 다시 볼 줄 누가 알았겠어? 이래서 죄짓고 살면 안 된다니까. 허허."

"하하. 사장님도 참. 여전하시네요."

랄라는 멀뚱멀뚱 두 사람을 번갈아 바라보았다. 경준 선배와 방 사장님이 서로 아는 사이라니… 흥미로운 사연이 있을 것 같았다.

경준 선배는 이 상황을 지켜보던 사람들에게 방 사장님과의 관계를 풀어놓았다.

두 사람은 오래전에 출판계에서 만나 알고 지낸 막역한 사이라고 했다. 방 사장님이 힘든 일을 겪고 잠적하면서 연락이 끊겼는데, 약속이라도 한 듯 이곳에서 다시 만나게 된 거라고 덧붙였다. 경준 선배의 목소리에 들뜬 기색이 묻어 있었다.

다들 어떻게 이런 일이 있냐며 믿을 수 없다는 표정으로 두 남자를 바라보았다.

분위기가 조금 차분해지자, 경준 선배는 환한 얼굴로 랄라에게 샴페인을 내밀었다.

"파티에 샴페인이 빠지면 안 되잖아."

"고마워요. 선배."

방 사장이 주위를 한 번 쭉 둘러보더니 자리에서 일어났다.

"자, 이제 올 만한 사람은 다 온 것 같으니까, 파티를 시작해 볼까요?"

그 순간 랄라가 급제동을 걸었다.

"저… 잠깐만요! 아직 한 분이 안 오셨어요."

방 사장은 더 올 사람이 있냐고 물었다.

"오늘의 주인공이요. 윤 작가님." 랄라는 경준 선배를 슬쩍 쳐다보며 대답했다.

경준 선배는 윤 작가가 온다는 얘기를 들은 순간부터 어딘가 모르게 초조해 보였다. 선배는 그런 기색을 숨기려는 듯, 옆에 앉아 있던 미아 언니에게 불쑥 말을 걸었다.

"랄라에게 듣기로는 미아 씨도 예전에 출판 일을 하셨다고요?"

"아, 네… 잠시…. 저는 일러스트 작가였어요."

"아주 뛰어난 작가였지."

스마트폰 게임을 하던 방 사장이 추임새처럼 끼어들어 아는 척을 했다.

"뛰어난 건 아니고…."

미아 언니가 수줍은 얼굴로 말했다.

"그런데 왜 그만두셨어요?"

경준 선배가 호기심 어린 눈으로 재차 물었다.

"그게… 실력이 별로라고 생각했거든요."

미아 언니는 마른침을 삼키며 얘기를 이어갔다.

"언젠가 한 출판사에서 책 표지에 들어갈 펭귄 삽화를 그려 달라는 의뢰를 받은 적이 있었어요. 그런데 책이 나오고 나서 그 펭귄 때문에 클라이언트한테 클레임을 여러 번 받았어요. 펭귄이 무

쉽게 생겨서 아이들이 내용은 보지도 않는다고요. 그래서 반품이 많이 들어왔다고…. 그 당시에는 조금 억울했는데 몇 년 후 다시 그 그림을 보니 이해가 가더라고요. 사실 그때는 제 마음이 무척 어두웠거든요. 그래서인지 그림에도 그 마음이 투영되었던 것 같아요. 그 일이 있고 난 뒤부터 그림을 그리는 게 자신이 없어 자연스레 일을 그만두게 되었어요."

랄라와 경준은 동시에 마주 보며 말없이 의미심장한 웃음을 주고받았다.

"왜… 왜요?"

미아 언니가 당혹스러운 표정으로 두 사람을 번갈아 쳐다봤다.

"미아 씨, 웃어서 미안해요. 혹시 그 책 제목이 '펭귄의 신나는 여행' 아니었어요?"

경준 선배의 질문에 미아 언니의 동공이 심하게 흔들렸다.

"어… 어떻게 아셨어요?"

"세상이 이렇게 좁다니까요. 그 유명한 작가님을 여기서 보네요."

"무… 무슨…?" 미아 언니는 당황해서인지 계속 말을 더듬었다.

"미아 씨, 사실 미아 씨가 그린 책 말이죠… 제가 다녔던 회사에서 만들었어요. 제가 기억하기로는 그림도 정말 예뻤고요. 단지 펭귄이 좀 사연이 있어 보이긴 했지만. 하하하."

경준 선배의 얘기에 다들 손뼉을 치며 웃었다.

"아, 저를 두 번 죽이시는군요…."

미아 언니의 하얀 얼굴이 귀까지 벌게졌다.

한참 즐거운 분위기가 무르익을 무렵 달그랑 소리와 함께 베이지색 벙거지를 쓴 남자가 들어섰다. 랄라가 그토록 기다렸던 오늘의 주인공 윤 작가였다. 랄라가 벌떡 일어나 그를 맞이하러 나가던 찰나, 경준 선배와 윤 작가의 눈이 먼저 마주쳤다. 둘은 서로를 단번에 알아봤다.

"작가님…. 아니, 탁이 형…."

윤 작가는 자신을 부르는 상대를 빠르게 외면하고, 등을 돌린 채 사무실을 나갔다. 풍경이 요란한 소리를 내며 울렸다. 경준 선배는 재빨리 윤 작가를 쫓아 뛰어나갔다. 출판사 통창 너머로 경준 선배가 윤 작가의 손을 붙잡고 있는 모습이 보였다. 윤 작가는 경준 선배의 손을 매몰차게 뿌리치고 있었다.

"형, 탁이 형… 죄송해요."

경준 선배는 무릎을 꿇은 채 윤 작가의 한쪽 다리를 붙잡고 흐느꼈다.

이 상황을 안에서 지켜보고 있던 사람들은 영문을 모르니 어리둥절한 표정만 짓고 있었다.

랄라는 두 남자의 재회를 안타까운 눈으로 바라보며 말없이 깊은 한숨만 내쉬었다.

어느새 경준 선배와 윤 작가는 함께 사라지고 없었다. 남은 사람끼리 파티를 즐기다 방 사장님은 늦어도 10시에는 잠을 자야 한다며 일찌감치 자리를 떠났다.

방 사장님이 떠나고, 야근하느라 조금 늦을 거라던 진영이 피곤한 모습으로 들어섰다.

오늘에서야 처음으로 대면한 진영과 미아 언니는 둘 다 초면임에도 서먹함 없이 서로를 맞이했다.

마음 맞는 여자 셋이 모이니 얘기가 끊이질 않았다. 진영의 피곤한 얼굴도 언제 그랬냐는 듯 어느새 생기가 돌았다.

한참을 웃고 떠들다가 진영이 진지한 얼굴로 미아 언니를 향해 돌아앉더니 느닷없이 속 얘기를 꺼냈다.

"랄라에게 듣던 대로 언니는 참 단단한 사람 같아요. 저는 요즘… 마음이 참 불안해요. 이 나이 되도록 해놓은 것도 없는 것 같고, 이 길이 맞나 싶기도 하고…. 그러다 보니 주변에서 조금만 뭐라고 해도 금방 상처를 받아요. 어떻게 하면 언니처럼 단단해질 수 있을까요?"

"진영아, 날 좋게 봐줘서 고마워. 그런데 말이야… 나도 아직은 단단해지려면 멀었어. 하지만 확실히 예전보다 행복한 건 사실이야. 그 비결이 뭔지 말해줄까?"

진영과 랄라는 일제히 미어캣처럼 눈을 동그랗게 뜨고 미아 언니를 바라보았다. 미아 언니는 미소 띤 얼굴로 입을 열었다.

"비결은 말이야… 남들과 비교하지 않고 내 방식대로 살아가기!"

미아 언니는 수줍은 표정을 짓더니 다시 말을 이어 나갔다.

"예전의 나는 항상 남들을 기준점에 두고 쫓아가기 바빴던 것 같아. 아무리 열심히 달려도 사람들과 비교하면 늘 뒤처진 기분이 들곤 했어. 결국 몸보다 마음이 먼저 지치게 되더라. 그러던 어느 날, '이건 아니다.' 싶은 생각이 들었어. 그래서 결심했지. 느리고 서툴러도 내 방식, 내 속도대로 걸어가 보자고. 그렇게 걷다 보니 전에는 보이지 않던 것들이 하나둘 눈에 들어오더라. 진영아, 내가 얘기해주고 싶은 건… 네가 원하는 게 뭔지 계속 찾아보라는 거야. 중요한 건 남들이 정한 기준이 아니라 네 마음에 귀 기울이는 거야. 그래야 행복해지더라."

갑자기 진영의 눈에서 눈물이 뚝뚝 떨어졌다.

"진영아, 왜 그래?"

미아 언니가 놀란 눈으로 진영의 손을 잡아 감쌌다.

"언니의 말을 들으면서 내가 지금까지 행복하지 못했던 이유를 알 것 같아서요."

진영의 얘기를 가만히 들으며 랄라도 괜스레 눈물이 났다. 여태 친구로 지내면서 진영의 마음을 제대로 들여다보지 못했다는 것에 미안한 마음이 들어서였다. 랄라는 슬며시 진영의 손을 감싼 미아 언니의 손 위에 자기 손을 포개었다.

세 사람이 포갠 손의 두께만큼 서로의 우정도 두터워진 밤이었다. 그렇게 세 사람의 진지한 대화는 깊은 밤까지 계속 이어졌다.

* * *

평소라면 이미 출판사로 출근했어야 하는 시간이었다. 지난밤 늦게까지 이어진 수다 탓인지, 랄라는 몸이 무거워 침대에서 한동안 뒹굴고 있었다. 직원 하나 없는 회사의 사장이 가진 유일한 특권이었다. 출근을 안 한다고 해도 누구 하나 뭐라 할 사람도 없고, 눈치 볼 사람도 없다는 게 이럴 때는 마음이 편했다.

불현듯 미아 언니의 펭귄 삽화가 떠올라 스마트폰에서 온라인 서점 앱을 열어 경준 선배가 말했던 책 제목을 검색했다.

책은 절판이라 표시되어 있었지만, 표지는 아직 남아 있는지 섬네일이 눈에 들어왔다. 클릭을 하지 않았는데도 웃음이 먼저 나왔다. 섬네일을 클릭하고 들어가니 배낭을 멘 펭귄이 새침한 표정으로 먼 산을 바라보고 있는 표지가 눈앞에 펼쳐졌다.

"아하하하… 펭귄이 왜 이리 화가 났어?"

랄라는 터져 나오는 웃음을 참지 못해 스마트폰을 손에 쥔 채로 침대 위에서 데굴데굴 굴렀다. 한참을 정신없이 웃다가 진정하고 다시 그림을 들여다보았다. 펭귄의 표정이 좀 화나 보여서 그렇지 경준 선배의 말대로 그림은 정말 섬세하고 예뻤다.

랄라는 왼쪽 다리를 오른쪽 허벅지에 올리고 깍지 낀 두 손을 베개 삼아 말없이 천장을 바라보았다. 자정이 넘어서까지 이어진 대화와 두 사람의 얼굴이 아른거렸다. 그때의 행복했던 기분이 되살아나 입가에 미소가 번졌다. 그러다 어제 그렇게 사라진 경준 선배와 윤 작가가 문득 생각났다. 두 남자는 그 이후로 어떻게 되었는지…. 사무실에 도착하면 먼저 경준 선배에게 전화부터 해봐야겠다고 마음먹었다.

랄라는 침대에서 일어나 서둘러 출근 준비를 했다. 벽에 걸려 있는 옷을 주섬주섬 걸쳐 입고 나가려고 하던 찰나, 문 앞에서 아버지와 딱 마주쳤다.

식탁에 앉아 나물을 다듬던 엄마는 이를 놓칠세라 두 사람을 향해 말했다.

"여보, 우리 랄라가 만든 책이 요새 아주 잘 나간대요."

부녀는 잠시 어정쩡한 상태로 서서 서로를 바라보았다. 어색한 짧은 침묵을 깨고 아빠가 먼저 한마디를 건넸다.

"수고했다."

몇 년 만에 아빠가 건넨 다정한 말이었다.

랄라는 초면의 사람에게서 칭찬을 들은 것처럼 어색해 고개를 들 수 없었지만, 나지막이 감사하다는 말로 답했다. 참으로 서먹한 대화였다.

랄라는 무언가 몰래 먹다 들킨 사람처럼 갑자기 얼굴이 달아올라 볼이 화끈거렸다. 신발도 제대로 신지 않고 다녀오겠다는 인사를 남기고는 재빨리 현관문을 닫고 나갔다.

어머니는 부녀의 모습이 새로운 시작처럼 느껴져 흐뭇한 마음으로 혼자 중얼거렸다.

"그래, 우리 집도 이제 다시 시작이야."

* * *

랄라는 사무실에 도착하자마자 가방을 내려놓고 소파에 털썩 앉았다. 곧바로 경준 선배에게 전화를 걸었다.

'지금 고객님께서 전화를 받을 수 없습니다.'

비음 섞인 여자의 음성 안내가 흘러나왔다.

선배의 전화기가 꺼져 있었다. 바로 윤 작가에게도 전화를 걸었지만 마찬가지였다.

지난밤 두 남자에게 무슨 일이 있었던 걸까. 걱정과 호기심이 랄라의 머릿속에서 떠나질 않았다.

29. 모든 것은 제자리로

경준은 두들겨 맞은 것처럼 몸이 쑤시고 아팠다. 눈을 뜨니 누군가 옆에서 코를 골고 세상 모르게 자고 있었다.

탁이 형이었다.

그제야 어젯밤 늦게까지 술을 마시고 함께 택시를 타고 자기 집까지 왔던 게 생각났다.

경준은 욱신거리는 왼쪽 볼을 만지작거렸다. 글 쓰는 것 외에 주먹질 같은 것에는 영 소질이 없어 보였던 탁이 형에게 어젯밤 제대로 한 방 맞았다는 사실을 떠올리며 헛웃음이 나왔다.

그래도 괜찮았다. 탁이 형과 전처럼 되돌아갈 수만 있다면 양쪽 볼이 시꺼멓게 멍들어도 상관없었다.

경준은 벽에 등을 기대고 앉아 탁이 형의 자는 모습을 물끄러미 바라보았다. 그간 얼마나 마음고생이 심했을지 짐작이 갈 만큼 얼굴이 많이 상해 있었다. 세월의 직격탄을 맞은 듯, 얼굴 곳곳에 주름도 깊게 패어 있었다. 랄라가 탁이 형을 처음 보고 나이가 많아 보인다고 했던 말이 떠올랐다. 이제야 그 말이 무슨 뜻이었는지 이해가 갔다.

그의 시선은 어느새 탁이 형의 손으로 옮겨갔다.

'저 손으로 그렇게 쉽게 글을 쏟아냈었지….'

경준이 '아기 손'이라고 자주 놀렸을 만큼 매끈했던 탁이 형의 손은 여기저기 상처투성이였다.

경준은 탁이 형의 상처 난 손등을 멍하니 바라보았다. 초점이 조금씩 흐려졌다.

그 순간, 탁이 형과 함께 보냈던 지난날들이 경준의 머릿속을 훑고 지나갔다.

한창 시리즈 작업을 하느라 정신이 없을 때, 경준의 집은 두 사람의 작업실이자 합숙소나 다름없었다. 탁이 형이 글을 쓰면 경준은 바로 옆에서 교정 교열을 했다. 탁이 형의 필력이 워낙 뛰어나고, 손이 빨랐던 터라 하루에 수십 장의 원고도 거뜬히 쏟아냈다. 그렇게 많은 글을 단시간에 쏟아내면서도 버릴 만한 문장이 거의 없었다. 탁이 형은 글을 쓰기 위해 태어난 사람처럼 보였다.

하루 종일 정신없이 일을 하다가 해가 질 무렵이면, 경준의 집 옥상에 있는 평상에 앉아 함께 저물어가는 해를 바라보았다. 어둠이 깊어지면 술 한잔을 하면서 하루를 마무리하는 게 두 사람의 일상이었다. 미래에 대한 계획과 불안함, 슬픔과 기쁨에 관한 속 얘기들… 그 평상에서 안 해본 얘기가 없을 만큼 많은 얘기를 나눴다. 친형제도 이렇게 돈독할 수 없었다.

각자 일에 대한 고집은 있었지만, 한 번도 다툰 적이 없었다. 탁이 형은 말수가 적었지만, 형답게 속이 깊은 사람이었다. 경준은 진취적이지만 가끔 급발진하는 성향이 있었는데, 그때마다 탁이 형이 곁에서 잘 잡아주었다. 이렇게까지 잘 맞는 사람은 서로에게 처음이었다.

시간을 함께한 사람들은 같은 기억을 공유한다. 겹치는 기억을 그렇게 오래 공유하다 보면 두 사람이 하나처럼 느껴지는 건 당연했다. 그렇게 서로를 믿고 의지하며 지냈던 시간은 최고의 시간으로 기억될 수밖에 없었다. 결코 잊을 수 없는 시간이었다.

이렇게 다시 탁이 형의 얼굴을 바라보고 있으니, 경준은 다시 옛날로 돌아간 것처럼 느껴져 코끝이 찡해졌다. 살면서 더 이상 볼 수 없을 거로 생각했던 사람이 내 방에서 저렇게 코를 골고 자고 있다니…. 하룻밤 사이에 벌어진 모든 일들이 거짓말처럼 느껴졌다.

경준은 자리에서 조용히 몸을 일으켜 세우고 조심스레 방문을 닫고 나왔다.

싱크대에서 냄비를 꺼내 물을 담은 뒤, 가스레인지의 점화스위치를 눌렀다. 따다닥.

그때 탁이 형이 퉁퉁 부은 얼굴로 게슴츠레 눈을 뜨며 나왔다.

“형, 잘 잤어요? 콩나물 라면 괜찮죠?”

경준의 물음에 탁이 형이 고개를 두어 번 끄덕였다.

두 사람이 얼굴을 마주하자, 지난밤의 흔적이 서로의 시선에 선명하게 드러났다.

경준의 왼쪽 볼은 보랏빛 멍이 들어 있었고, 탁이 형의 눈은 퉁퉁 부어 있었다. 하지만 그에 대해서는 아무도 입을 열지 않았다.

오랜 시간 두 사람을 괴롭혔던 분노와 죄책감은 그렇게 각자의 방식으로 털어낸 채, 두 사람은 아무 일도 없었던 사람들처럼 콩나물 라면을 먹으며 쓰린 속을 달랬다. 마치 예전부터 지금까지 아무런 공백 없이 그래왔던 사람들처럼.

경준이 상을 치우는 동안 탁이 형은 거실 소파에 드러눕더니 그대로 다시 잠이 들었다. 어제 늦게까지 술을 마신 탓인지 경준도 피로가 가시지 않았다. 회사에 오늘은 못 나간다는 문자를 보내려고 스마트폰을 꺼내니, 배터리가 방전되어 있었다. 그런 줄도 모르고 오늘은 왜 전화 한 통이 없나 이상하다고 여기고 있었다. 다른 사람은 몰라도 이 상황을 몹시 궁금해할 랄라에게서는 분명 전화가 왔을 텐데….

경준은 휴대전화를 충전하며 비몽사몽인 상태로 앉아 있다가 그대로 비스듬히 쓰러져 잠이 들었다.

두 사람은 저녁 무렵까지 잠을 자다가 비슷한 시간에 눈을 떴다. 저녁 메뉴로 고른 족발이 도착하자 경준은 시원한 맥주캔을 냉장고에서 꺼냈다.

둘은 오랜만에 옥상으로 올라갔다.

"예전에, 이 동네를 떠나고 싶어 했잖아. 왜 아직 여기서 살아?"

탁이 형이 맥주캔을 따며 무심히 물었다.

"이사를 하면… 형을 다시는 못 만날까 봐요. 혹시라도 형이 한 번쯤은 찾아오지 않을까…. 아, 시원하다!"

경준은 목이 메려고 하자, 맥주 한 모금을 들이켜며 애써 말을 돌렸다.

탁이는 말없이 캔을 만지작거렸다. 경준이 진심으로 자기를 생각하고 있었다는 사실에 눈시울이 붉어졌다. 지난 세월이 혼자만 힘든 게 아니었다는 생각이 들자, 코끝이 시큰해졌다.

두 사람은 나란히 앉아 어둠이 짙어지는 하늘을 바라보았다. 바람이 한 번씩 두 사람의 머리를 쓰다듬고 지나갔다.

* * *

다음 날도 두 사람은 늦게까지 잠을 자고 일어나 늦은 점심을 먹었다. 경준은 일이 있어 한 일주일 쉬겠다는 말을 출판사 단톡방에 남겨놓고 스마트폰 전원을 꺼버렸다.

"경준아, 오늘 나랑 잠깐 어디 좀 가자."

"그래요… 형."

경준은 목적지도 묻지 않고 대답했다. 형이 가자는 곳은 어디든 갈 생각이었다.

경준이 운전하는 차가 낯선 동네에 있는 어떤 작은 오피스텔 앞에 다다르자, 내비게이션에서 목적지에 도착했다는 음성 안내가 흘러나왔다. 경준은 사방을 두리번거렸다.

"형, 여기가 어디예요?"

"들어가 보면 알아."

엘리베이터도 없는 오피스텔 2층에 있는 문을 열고 안으로 들어갔다. 커다란 테이블과 의자 몇 개가 눈에 들어왔다. 탁이는 작가 동생들과 함께 쓰기 위해 마련한 공동 작업실이라고 했다.

안으로 들어가니 책상 위에는 쓰다 만 원고들이 널브러져 있었고, 그 옆에 낯익은 액자 하나가 놓여 있었다. 탁이 형의 생일날 경준이 선물했던 액자였다. 사진 속 두 사람은 서로를 쳐다보며 해맑게 웃고 있었다.

경준은 사진 속 탁이 형을 나지막이 불렀다.

"형…."

경준의 코가 금세 시큰해졌다.

그때 저쪽 방에서 탁이 형이 부르는 소리가 들려왔다.

"경준아, 이리 와봐."

경준은 소리가 나는 방으로 성큼 다가갔다.

"세상에… 이게 다 뭐야…. 많이도 썼네."

방안의 절반이 원고로 가득 차 있었다. 탑처럼 쌓여 있는 원고를 보며 경준은 할 말을 잃었다. 자신과 멀어진 그 세월 동안 쓸쓸히 이곳에서 글을 쓰며 상처를 달랬을 탁이 형의 모습이 떠올랐다. 경준은 마음이 울컥했다.

원고들은 제목별로 가지런히 정리되어 있었다. 경준은 한참 동안 눈을 떼지 못했다.

탁이 형은 가장 높은 곳에 있는 노란색 서류봉투를 집어 경준에게 불쑥 내밀었다.

"자…."

경준은 무심코 봉투를 받아 들었다.

"이게 뭐예요?"

탁이는 아무 말 없이 경준을 바라보았다.

경준은 탁이 형의 얼굴을 힐끗 한번 쳐다보더니 서류봉투 안에 든 원고를 조심히 꺼냈다.

'시베리아 진실(완결)'

경준은 갑자기 목이 메었다.

"형, 드디어 완성했네요…."

“그럼. 진작에 했지.”

“그런데 왜 나한테….”

“이건 너와 내가 함께 보낸 청춘이잖아. 그래서 차마 아무에게도 보여줄 수 없었어. 이제 시베리아 진실을 보내줄 때가 온 것 같네. 마지막 한 권은 세상에 영영 못 나올 줄 알았었는데…. 경준아, 이젠 네 차례야. 마무리를 잘 부탁해. 그리고… 이 방에 있는 원고들도….”

경준은 원고를 손에 꽉 쥔 채 탁이 형을 와락 끌어안았다.

두 사람의 뜨거운 눈물이 서로의 등을 타고 흘렀다.

7부. 이야기는 계속된다

30. 김 작가의 TV 출연

랄라는 오랜만에 광화문에 있는 대형서점으로 책 구경을 나갔다. 혼자서 일하다 보니, 가까운 서점 한 번 들르는 것도 쉽지 않았다.

윤 작가의 책은 온라인 재고 현황만 봐도 지점별로 최소 100권 이상이었다. 굳이 밑장빼기 같은 기술을 쓰려고 서점에 가지 않아도 책은 알아서 잘 팔렸다.

랄라는 제일 먼저 신간 판매대에 들렀다. 신간 코너만큼 트렌드를 익히기에 좋은 곳도 없었다.

매대 위에는 새로 출간된 책들이 저마다 다른 옷을 입고 독자를 만나길 기다리고 있었다. 출판사 고유의 개성을 담은 책 표지와 톡톡 튀는 제목들은 하나같이 아이디어가 돋보였다. 남의 출판사에서 만든 책을 보면서 랄라는 좀 더 좋은 책을 만들고 싶은 의욕이 샘솟았다.

다음으로 윤 작가의 책을 찾아봤다. 윤 작가의 책들은 베스트셀러 코너에 진열되어 있어 금방 눈에 띄었다. 자신이 만든 책이 베스트셀러 매대에 당당히 한 자리를 차지하고 있다는 사실이 여전히 믿기지 않았다.

랄라는 손끝으로 책 표지 하단의 출판사 이름을 천천히 쓰다듬으며, 윤 작가에게 새삼 고마움을 느꼈다. 창업한 지도 얼마 안 된 작은 출판사가 이렇게 빨리 안정적으로 자리 잡을 수 있게 된 건 순전히 윤 작가 덕분이니 말이다.

윤 작가의 책은 꾸준히 행운을 가져다주었다. 얼마 전에는 유명 아이돌 가수가 자신의 SNS에 책 리뷰를 올려 화제가 된 일도 있었다. 그 일을 계기로 살짝 주춤했던 판매율이 다시 뛰기 시작했다. 덕분에 오랜만에 재쇄도 찍을 수 있었다.

재쇄를 거듭하며 인쇄소에도 보탬이 되었는지, 명절에는 인쇄소에서 과일 선물 세트를 받기도 했다. 작은 인쇄소의 큰 손이 된 이후로 달라진 변화였다. 책이 잘 팔리는 만큼 출판사와 얽힌 거래처 사람들까지 덩달아 잘되는 모습을 보니 일에 대한 보람이 느껴졌다.

모든 게 여전히 꿈만 같았다. 그때 윤 작가를 만나지 못했더라면 어땠을까. 아마도 일찌감치 출판사를 접고 다시 직장인으로 돌아갔을 것이다. 랄라 출판사에 있어 윤 작가는 진정한 귀인이자,

평생 잊지 못할 은인이었다.

베스트셀러 코너 바로 옆 '화제의 작가' 코너에도 윤 작가의 단독 매대가 따로 마련되어 있었다. 그야말로 윤 작가의 전성시대였다.

지금까지 출간된 윤 작가의 인기 시리즈물과 예전에는 빛을 보지 못했던 그의 책들 역시 경준 선배의 출판사에서 개정판으로 다시 세상에 나왔다.

산뜻한 표지와 세련된 책 제목에 저절로 눈길이 갔다. 10년이 훨씬 넘은 윤 작가의 초기작들은 세월을 거슬러 모두 역주행을 하고 있었다. 그중에서는 베스트셀러 순위에 올라간 책도 있었다. 독자들도 그 존재를 몰랐던 해묵은 책이, 이렇게 시간이 지나 다시 조명받을 수 있다니…. 물건에 존재하는 유효기간이라는 게 책에서만큼은 무의미해 보였다. 무엇보다, 같은 내용의 책이 다른 출판사에서 이렇게 다른 결과를 가져올 수 있다는 사실이 랄라에게는 그저 신기할 뿐이었다.

윤 작가의 책이 있는 매대 앞에는 그의 책을 살피고 책에 관해 얘기하는 독자들이 제법 눈에 띄었다. 랄라는 독자들의 생생한 평가를 듣기 위해 일부러 귀를 쫑긋 세웠다.

"진짜 대단한 작가야. 어떻게 이렇게 글을 잘 써?"

"윤탁이 작가의 책이라면 믿고 보는 거지."

현장에서도 윤 작가의 책은 극찬이 이어졌다. 책을 쓴 작가는 아니지만, 랄라는 왠지 뿌듯했다.

윤 작가의 책들을 돌아보다가, 한참 잊고 지냈던 김 작가의 책이 문득 생각나 매대를 둘러봤다. 아무리 찾아봐도 매대는커녕 서가에서도 그의 책은 보이지 않았다.

검색대에서 책을 찾아보니 역시나 재고가 없었다. 원하는 독자가 없으니, 서점에서는 더 이상 입고를 해야 할 이유가 없었다. 아무도 찾지 않는 존재가 된다는 건 그게 무엇이든 간에 참으로 서글픈 일이었다.

팔리지 못한 재고는 물류센터에서 자리만 차지하는 악성 재고가 되어가고 있었다. 김 작가의 책은 여전히 랄라에게 목에 걸린 가시 같기도 하고, 아픈 손가락 같은 존재였다.

얼마 후, 랄라의 가족은 오랜만에 동네에 새로 생긴 고깃집으로 외식을 나왔다.

서먹했던 부녀의 관계는 그사이 예전의 화목한 모습을 되찾았다. 어머니의 오랜 바람대로 집안에 다시 평화가 찾아왔다.

아버지는 요새 만나는 사람마다 대놓고 딸내미 자랑을 하러 다니느라 바쁘게 지내셨다. 랄라가 그냥 사장이 아니라, 베스트셀러를 낸 출판사의 사장이 되었다는 사실이 아버지의 새로운 자랑거리였다. 랄라는 쑥스러운 마음이 컸지만, 한동안 아버지의 축 처졌던 어깨에 힘이 들어간 모습을 보니 다행이다 싶었다.

아버지는 지금까지 세 사람이 함께하지 못했던 시간을 만회라도 하려는 듯, 가족에게 모든 것을 쏟아부으며 최선을 다하는 중이었다. 고깃집에 와서도 아버지는 고기를 굽느라 땀을 뻘뻘 흘리고 있었다. 그런 아버지를 향해 모녀는 마냥 행복한 표정으로 엄지를 치켜세웠다.

불판 위의 고기가 익어가길 기다리고 있을 때, 식당 TV에서 흘러나온 익숙한 이름 하나가 랄라의 귀에 꽂혔다. 그녀의 시선은 바로 TV 화면으로 향했다.

"오늘 뉴스 속 키워드에서는 상생이라는 주제로 얘기를 해볼까 합니다. 상생에 대한 고찰을 책으로 쓰신 '든든한 상생'의 저자 김 작가님을 스튜디오에 초대했습니다…."

고기를 굽던 아버지는 작은 소리로 어머니에게 물었다.

"누군데 그래?"

"랄라가 만든 책의 저자예요."

아버지도 고기 굽던 집게를 슬며시 내려놓고 관심 있게 뉴스를 시청했다.

랄라는 한동안 잊고 지냈던 김 작가의 근황을 TV 속에서 확인하게 될 줄은 상상도 못 했다.

깔끔한 정장을 차려입은 김 작가의 모습은 오래전 서울역에서 봤던 그때의 모습과는 사뭇 달라 보였다. 얼굴은 긴장한 표정이 역력했지만, 주눅 들지 않고 진행자가 묻는 말에 대답도 조리 있게 잘했다.

김 작가의 책은 지금도 여전히 손해를 보고 있지만, 책 출간이 작가에게는 저렇게 매스컴에 얼굴을 내비칠 수 있을 만큼 좋은 기회가 된 것 같아 다행스러웠다.

여유가 생기니, 지난날 김 작가와 있었던 언짢은 일들에 대해서도 이제는 웃을 수 있는 추억처럼 아무렇지 않게 여겨졌다. 지금도 배달일을 하며 글을 쓰고 있는지, 그의 안부가 새삼 궁금했다.

어느새 김 작가의 얼굴이 TV에서 사라지자, 아버지는 내려놓았던 집게를 다시 들더니 한껏 들뜬 목소리로 말했다.

"작가가 뉴스에 나왔으니 우리 딸 책도 좀 팔리겠네."

아버지의 얘기에 랄라도 은근슬쩍 기대감이 생겼다. 매스컴의 영향력이 워낙 크니, 김 작가의 TV 출연이 책 판매에 영향을 미치리라 기대했다. 벌써부터 내일 아침이 기다려졌다.

다음 날, 랄라는 두근거리는 마음으로 서점 SCM에 접속해 전날의 판매 상황을 확인했다. 예상했던 대로 한동안 멈춰 있었던 김 작가의 책이 다시 팔리기 시작했다. 이번에야말로 묵은 재고를 털어낼 절호의 기회였다. 그래서 인스타그램 유료 광고도 진행했다.

하지만 매스컴의 후광은 생각만큼 오래가지 않았다. 며칠 반짝 판매량이 늘더니 다시 제자리로 돌아왔다.

그래도 다행인 건, 창고에 쌓여있던 오랜 재고는 마침내 바닥을 드러냈다. 이제야 마음속에 쌓여있던 오래된 체증이 쑥 내려간 것 같아 속이 다 시원했다.

31. 해피 크리스마스

연말이 얼마 남지 않은 크리스마스이브 저녁, 애인 없는 외로운 사람들이 랄라 출판사에 모두 모였다. 경준, 윤 작가, 진영, 미아. 애처롭지만 비슷한 처지인 사람들이 모여 있으니, 혼자일 때보다 덜 초라했다.

이렇게라도 모이지 않았으면 랄라는 매년 그랬던 것처럼 집에서 가족들과 영화 '나 홀로 집에'나 보고 있었을 것이다. 엄마는 볼 때마다 재밌다고 하지만, 랄라는 남은 인생에서 그 영화를 더 이상 볼 일이 없었으면 했다.

다들 자신의 가장 좋은 옷을 입고 왔는지 하나같이 패셔니스트 같아 보였다.

그중에서도 윤 작가가 가장 돋보였다. 처음 봤을 때는 노인이라고 착각했을 만큼 노안으로 보였던 그였다. 덥수룩한 수염을 깔끔하게 면도하고 코발트색 슈트까지 입고 있으니 배우라고 해도 믿을 만큼 외모에서 빛이 났다. 벙거지에 생활한복을 입고 출판사 앞을 기웃거리던 그 사람이 맞나 싶을 정도로, 윤 작가는 그새 몰라보게 달라져 있었다.

각자의 취향대로 가져온 음식들을 차려놓으니 고급 뷔페가 부럽지 않았다. 다들 둘러앉아 한해 있었던 이야기들을 주고받았다.

화제의 중심은 단연 윤 작가였다.

"작가님은 어떻게 내는 책마다 베스트셀러가 되나요?"

족발을 뜯던 진영이 윤 작가에게 질문을 툭 던졌다.

"아, 아니에요. 저도 예전에 냈던 책들은 100부도 안 팔린 책들이 대부분이었어요."

윤 작가의 솔직한 대답에 다들 믿기 힘들다는 표정이었다. 그는 부끄러운 듯 머리를 긁적거렸다.

정작 질문을 한 진영은 윤 작가의 답변을 건성으로 듣는 듯 딴청을 피우고 있었다. 그녀는 오직 족발 다음에 먹을 음식을 탐색하는 데만 관심이 있어 보였다.

"작가님, 전부터 물어보고 싶은 게 하나 있었는데요. 원고를 컴퓨터로 쓰지 않고 수기로 쓰는 이유가 있으신가요?"

랄라가 호기심 가득한 얼굴로 물었다.

진영도 음식을 먹다 말고, 볼멘소리로 한마디 거들었다.

“지난번 작가님 자필 원고 타이핑하느라 진짜 손가락 빠지는 줄 알았어요.”

말없이 손가락을 바라보던 윤 작가의 표정이 왠지 어두워졌다.

랄라와 진영은 당황한 얼굴로 서로를 쳐다봤다.

윤 작가에 대해 모든 걸 알고 있는 경준이 급히 다른 얘기로 화제를 전환하려고 했다. 윤 작가는 경준에게 괜찮다는 사인을 보내며 덤덤하게 입을 뗐다.

“고등학교 때 왼쪽 손가락을 좀 다쳤어요. 그 이후부터 왼쪽 손이 불편해서….”

“사고를 당하신 건가요?”

이번엔 미아가 조심스럽게 물었다.

“그게… 사고는 아니고.”

윤 작가의 목소리가 미세하게 떨리면서 어딘가 모르게 불안정해 보였다.

“실은… 학폭을 당했어요. 학교 다닐 때 친구가 없어 매번 혼자 다녔거든요. 나쁜 아이들의 표적이 되기 쉬웠죠. 저를 종종 괴롭히던 무리가 있었는데, 나중엔 돈까지 요구했어요. 계속 없다고 하니… 어느 날, 방과 후에 저를 불러 두들겨 패더라고요. 저항 없이 맞고 쓰러졌는데, 그 와중에 한 아이가 제 왼손을 짓밟더니… 그 이후에….”

“아… 어떻게….”

미아 언니가 신음과 함께 양손으로 귀를 막았다. 다들 윤 작가의 아픈 기억에 할 말을 잃은 듯 고개를 숙였다.

랄라는 미안해서 어쩔 줄을 몰라 했다. 단순히 개인 취향이거나, '컴퓨터에 익숙하지 않아서'라는 평범한 대답을 듣게 될 줄 알았다. 그래서 아무렇지 않게 물어본 거였다.

"작가님, 죄송해요. 제가 그런 사연이 있는 줄도 모르고… 괜한 질문을 드렸어요."

랄라의 사과에 윤 작가는 괜찮다며 애써 담담한 미소를 지어 보였다. 하지만 그의 얼굴에 내려앉은 그늘은 좀처럼 사라지지 않았다.

경준이 분위기를 바꾸려고 빠르게 화제를 전환했다.

"그런데… 형, 하고많은 출판사 중에 어떻게 랄라 출판사에서 출간할 생각을 했어요?"

선배의 익살스러운 표정에 랄라는 바로 눈을 흘겼다.

윤 작가는 들고 있던 맥주잔을 내려놓으며 특유의 느린 어조로 대답했다.

"그게 말이지… 처음부터 그럴 생각이 있었던 건 아니야. 맨날 책상에 앉아 꾸벅꾸벅 잠만 자던 초짜 사장에게 내 원고를 맡길 리가 없잖아?"

윤 작가는 랄라의 얼굴을 슬쩍 쳐다보며 말을 이어갔다.

"어느 날, 길을 잘못 들어선 시각장애인에게 랄라 씨가 길을 안내해 주는 걸 봤어. 그 사람의 한쪽 팔을 붙잡고 천천히 골목 입구까지 함께 걸어가 주던 모습이 꽤 인상적이더라고. 어떤 무더운 날에는 의자에 앉아 있는 노인들한테 다가가 시원한 요구르트를 손수 빨대까지 꽂아 건네기도 하고…. 그런 모습들이 참 엉뚱하기도 하면서 신선하게 다가오더라. 요새는 보기 힘든 모습이잖아. 그러다 어느 날 문득 이 초짜 사장한테 내 원고를 맡겨보면 어떨까, 하는 생각이 들더라고. 사람을 대하는 모습을 보니 책도 정성스럽게 만들겠구나 싶었던 거지."

"형, 정말 대단한 결심을 한 거네요!"

경준 선배가 또다시 장난스럽게 말했다.

"맞아. 오랜만에 책을 출간하는 나로서는 모험이 될 수도 있겠다는 생각은 했어. 그래서 좀 더 시간을 두고 랄라 씨를 계속 지켜봤지. 시간이 가도 변함없는 모습에 확신을 갖게 된 거야. 경준이 너도 잘 알겠지만, 책이라는 건 사람이 쓰고 사람이 만들어 내는 거잖아. 인간에 대한 애정 없이 열정만 있다고 좋은 책을 만들 수 있는 건 아니니까…."

경준 선배는 진지한 얼굴로 고개를 끄덕였다.

"절 뭘 믿고요…."

랄라가 멋쩍은 웃음을 지었다.

"믿긴 뭘 믿어요? 원고가 자신 있으니 내가 커버할 수 있다고 생각한 거지."

다들 고개를 젖히고 박장대소했다.

랄라는 민망하면서도, 어쩐지 뭉클했다. 윤 작가의 말 한마디에 지난날의 고된 시간마저 모두 아름답게 느껴졌다. 출판할 원고 하나 없이 무모하게 출판사를 개업하고 첫 원고를 받기까지 마음 졸였던 일, 안일함으로 빚어진 어처구니없는 실수의 대가로 김밥과 단무지로 연명하며 버텼던 혹독했던 날들…. 그 시간이 필름처럼 지나갔다.

끊임없이 되묻고, 의심하고, 두려워했던 시간들이었다.

책 만드는 일에 대한 자신의 선택과 마음가짐이 틀리지 않았다는 것을, 타인이 건넨 뜻밖의 고백이 증언해 주는 것 같았다. 랄라는 윤 작가의 말에 마음 깊이 위로를 받았다.

웃고 떠드는 소란함 속에서, 랄라는 창 너머 보이는 나무를 조용히 응시했다. 추위에도 꿋꿋하게 자기 자리를 지키고 서 있는 나무를 바라보며 마음속에 어떤 결의가 차올랐다.

'계속 이렇게 나아가는 거야. 누군가는 이렇게 알아주잖아.'

사무실 밖 가로등 불빛이 오늘따라 유난히 밝아 보였다.

오늘 밤은 모든 것이 아름다웠다. 계절도, 사람들도, 이야기도….

32. 굿바이, 미아

올해도 어느덧 사흘만을 남겨두고 있었다.

랄라는 한동안 미뤄두었던 은행 업무를 한꺼번에 처리하느라 평소보다 늦게 출근했다. 그런데 웬일인지 매번 자신보다 일찍 와서 골목을 환하게 밝히며 음식 준비를 하던 미아 언니의 모습이 보이지 않았다.

'이상하네, 이런 일이 없었는데….'

랄라는 고개를 갸우뚱하며 빗자루를 들고나와 나무와 의자 주변을 말없이 쓸었다.

화려했던 꽃들은 어느새 흔적도 없이 사라지고, 빈약한 나무의 원형만 남아 있었다. 날씨가 추워지자, 사무실 앞은 인적도 드물어 적막함만 감돌았다.

청소를 끝마칠 때까지도 미아 언니는 모습을 드러내지 않았다.

다음 날도 미아 언니의 가게는 문이 굳게 닫혀 있었다.

미아 떡볶이의 단골손님 중 몇몇은 랄라 출판사로 찾아와 가게가 언제 문을 여는지 물어봤다. 하지만 랄라도 달리 대답해 줄 말이 없었다. 그녀야말로 그 소식을 가장 알고 싶은 사람이었다.

사정을 모르니, '휴가 중'과 같은 문구를 대신 써 붙여놓기도 곤란했다.

저녁 6시가 가까울 무렵, 호수가 어김없이 미아 떡볶이 앞에 찾아와 가게 앞을 서성이고 있었다. 랄라는 호수에게도 해줄 말이 없어 그냥 모른 척했다. 그는 추운 날씨에도 한참을 가게 앞을 기웃거리다가 어느새 조용히 사라지고 없었다.

랄라는 미아 언니에게 연락을 해보려고 스마트폰을 꺼냈지만, 그제야 여태까지 연락처도 주고받은 적이 없다는 사실을 알아차렸다.

비록 한 공간에서 함께 일하지는 않았지만, 미아 언니와는 하루 중 가족보다 더 오래 보고 이야기하는 사이였다. 그래서 연락처를 교환할 생각조차 미처 하지 못했다. 랄라는 그제야 자신의 무심함이 마음에 걸렸다.

다사다난했던 한 해가 어느덧 지나고, 새해가 밝았다. 랄라는 걱정스럽고 혼란스러운 마음으로 새해를 맞이했다.

새해 첫날은 서점의 발주와 배본 업무도 중단되기에 그녀는 모처럼 집에서 가족들과 시간을 보내기로 했다. 출근하면 미아 언니의 가게가 활짝 열려있기를, 속으로 간절히 바랐다.

연휴가 지나고 첫 출근을 하는 날부터 매서운 한파가 몰아쳤다. 등에 핫팩을 두 장이나 붙이고 발목까지 내려오는 두꺼운 패딩까지 걸치고 나왔다. 그런데도 한기가 느껴져 몸이 으스스 떨렸다. 랄라는 패딩에 달린 모자를 푹 뒤집어쓰고 숨을 헉헉거리며 언덕길을 올랐다. 출판사로 가는 길은 날씨가 너무 덥거나 추울 때면 고행처럼 느껴졌다. 숨을 들이마실 때마다 훅훅 들어오는 차가운 기운 때문에 콧속까지 얼얼했다.

직장인에서 자영업자로 바뀌었을 뿐, 출근 스트레스는 여전했다. 이른 아침 힘든 출근을 할 때마다 '전생에 무슨 큰 죄를 지어서 이렇게 현생에서 고생하는 건가' 하며 한탄하는 것도 여전했다.

새해부터 안일한 생각이 밀려오자, 랄라는 남의 돈 버는 게 어디 쉬운 일이냐며 스스로 질책하며 마음을 다잡았다.

힘겹게 사무실이 있는 골목에 들어서자마자 랄라는 미아 떡볶이 앞으로 달려갔다. 가게 문은 여전히 굳게 닫혀있었다.

미아 언니의 부재가 그리 오래된 게 아님에도 사람의 손이 닿지 않는 공간은 여기저기 주인 없는 티가 났다. 입구에 붙어 있는 작은 나무 메뉴판은 한쪽 귀퉁이가 떨어져 나가 바람이 불 때마다 덜커덩덜커덩 소리를 내며 부딪혔다. 창 너머로 보이는 가게 내부도, 떡볶이 가게 이전의 생선 가게를 처음 봤을 때처럼 황

량해 보였다.

혹독한 추위 때문인지 출판사 앞으로 시간 맞춰 운동을 나오던 익숙한 얼굴들 하나 보이지 않았다. 떡볶이 가게가 문을 열었더라면, 이 골목이 이렇게 휑하지는 않았을 텐데…. 랄라는 이 골목에서 다시 혼자가 된 것 같은 기분이 들어 마음까지 시렸다.

퇴근 시간이 될 때면 어김없이 미아 언니가 출판사 창문을 두드리며 손을 흔들 것 같아, 습관처럼 자주 밖을 쳐다봤다.

어느 날 저녁 무렵, 드디어 미아 떡볶이 가게에서 인기척이 들려왔다. 랄라는 환한 얼굴로 재빨리 문을 열고 밖을 내다봤다.

가게 앞에는 랄라가 그토록 기다렸던 미아 언니가 아니라 한류 부동산 방 사장님이 서 있었다. 랄라의 얼굴은 금세 실망스러운 표정으로 바뀌었다.

그는 찜기에서 피어오르는 김처럼 하얀 입김을 내뿜으며 문 앞에 '임대 중'이라는 큰 글씨가 쓰인 종이를 붙이고 있었다.

"사장님, 미아 언니한테 연락받으신 건가요? 미아 언니에게 무슨 일이 생긴 거죠?"

랄라는 숨 가쁘게 질문 공세를 퍼부었다. 랄라의 흥분한 음성에도 방 사장님은 아무런 동요 없이, 느긋하게 답했다.

"그야 나도 모르죠. 나도 조금 전에야 오빠라는 사람한테 가게를 내놓겠다는 연락을 받았으니까."

랄라는 마음이 무겁고 혼란스러웠다. 크리스마스이브도 아무

일 없이 같이 보냈는데…. 도무지 지금 상황을 어떻게 받아들여야 할지 몰랐다. 가게를 접을 계획이었다면 미리 자기에게 어떤 얘기라도 해주지 않았을까 싶었다.

지금까지 미아 언니와 많이 친해졌다고 생각해서 무슨 얘기든 다 털어놓고 상의했었는데…. 혼자만의 착각이었다는 의심이 들자 서운함이 마음속에 깊이 파고들었다.

어떻게든 미아 언니와 연락하고 싶었다. 어떤 얘기든 듣고 싶었다. 그러나 도무지 연락할 길이 없어 속이 타던 순간, 눈앞에 있는 방 사장님의 뒷모습을 바라보던 랄라의 머릿속에 무언가가 스쳐 지나갔다.

'아, 진작 이 생각을 하지 못했을까?'

방 사장님은 미아 언니의 연락처를 알고 있는 유일한 사람이었다.

"사장님, 혹시 미아 언니 연락처 좀 알 수 있을까요?"

방 사장님이 무심히 돌아봤다. 그는 잠시 망설이는 듯하더니 다시 등을 돌려 하던 일을 마무리하며 대답했다.

"미아 씨랑 꽤 친한 줄 알았는데… 여태 연락처도 몰랐어요? 미안하지만, 그건 어렵겠네요. 고객 정보를 잘 관리하는 것도 내 의무인데, 개인정보를 함부로 알려줄 수는 없는 거잖아요. 물론 두 사람이 얼마나 친했는지는 알지만, 상대가 원치 않을 수도 있는 거니까…."

서운하게 들렸지만, 틀린 말은 아니었다. 그에게는 난감한 요구일 수도 있었다. 다만 상대가 원치 않을 수도 있다는 방 사장님의 마지막 말이 어쩐지 계속 아픈 가시처럼 마음에 남았다.

* * *

"가게 깔끔하고 괜찮죠? 전 주인이 워낙 깔끔한 사람이라 따로 손볼 곳은 없을 거예요."

"네, 정말 그렇네요. 구조도 저희가 원한 대로고요."

이른 아침부터 밖에서 방 사장과 낯선 사람들이 얘기하는 소리가 들렸다.

가게를 보러 온 사람들이었다.

한 남자가 출판사의 창문 앞에 나타나 안을 쓱 들여다보다가 랄라의 눈과 마주치자, 급히 사라졌다.

띄엄띄엄 들리는 대화였지만, 손님은 가게를 몹시 마음에 들어 하는 것 같았다. 좀 있으니 계약하겠다는 얘기가 랄라의 귀까지 선명하게 들려왔다.

랄라가 처음 이곳에 왔을 때와는 완전히 달라진 모습이라 계약이 빨리 진행될 거라는 건 어느 정도 예상했다. 하지만 이렇게 빨리 임자가 나타날 줄은 몰랐다. '임대 중'이라는 종이가 붙은 지도 얼마 되지 않았는데 말이다.

"이젠 돌아오지 않겠구나."

랄라가 서운한 마음으로 중얼거렸다.

미아 언니에 대한 어떤 작은 희망마저 사라진 기분이 들어 마음이 착잡했다. 인정하고 싶지 않았던 그녀와의 이별을 랄라도 이젠 순순히 받아들여야 할 것 같았다. 어쩐지 이번 겨울은 몸보다 마음이 더 시리게 다가왔다. 영문도 모르는 이별이 여전히 답답하게 느껴질 뿐이었다.

저녁이 되자 호수는 어김없이 떡볶이 가게 앞을 서성이고 있었다. 미아 언니가 선물로 준, 'lake'라는 글자가 새겨진 배낭도 잊지 않고 메고 있었다. 이제는 그에게도 누군가 무슨 말을 해줘야 할 것 같았다.

랄라는 천천히 호수에게 다가가 말을 걸었다.

"호수 씨, 미아 떡볶이 문 닫았어요. 아쉽지만 이제 떡볶이는 먹을 수 없어요. 미아 언니가 떠났거든요."

잠시 생각에 잠긴 듯 가만히 있던 호수는 이내 이해했다는 듯 고개를 끄덕였다. 표정은 어두웠지만 담담해 보였다. 랄라는 슬픔에 있어 자신보다 훨씬 의연해 보이는 호수의 모습이 왠지 기특하게 보였다.

호수는 한참 동안 미아 떡볶이 가게를 구석구석 눈에 담는 듯했다. 그러더니 금세 아무렇지 않다는 듯 손을 흔들며 자리를 떠났다. 호수의 얼굴은 늘 그렇듯 웃음을 머금은 듯했지만, 그의 눈속에는 가득 고인 눈물이 윤슬처럼 찰랑이고 있었다.

그날 이후, 호수는 이 골목에서 한동안 모습을 드러내지 않았다.

얼마 후 정오가 가까울 무렵, 쿵쿵거리는 소리가 들려 밖을 내다보니 두 명의 남자가 미아 떡볶이 간판을 떼고 있었다.

랄라가 점심을 먹고 사무실로 돌아오니 떡볶이 간판은 완전히 사라지고 없었다. 누군가의 익숙했던 자취는 고작 한두 시간 만에 그녀의 기억 속에만 존재하는 것이 되어 있었다.

랄라는 울적한 기분을 떨치려 일부러 빠른 비트의 음악을 크게 틀어 놓았다. 신나는 음악을 들으면서도, 마음은 좀처럼 가벼워지지 않았다.

떡볶이 간판이 사라진 자리에는 어느새 '카페 산토리니'라는 새 간판이 달렸다. 인테리어도 카페 이름에 맞게 그새 바뀌어 있었다. 전체적으로 하얀 톤과 파란색 포인트가 조화롭게 어우러진 가게 외관이 카페 상호처럼 그리스 산토리니를 떠올리게 했다.

랄라는 그토록 기다리던 카페가 바로 옆에 생겼는데도 아무런 감흥이 없었다. 예전의 따뜻하고 안정감을 주던 오래된 골목의 정취가 사라진 것 같아 어쩐지 허전하기만 했다.

떡볶이와 어묵 냄새가 솔솔 나던 골목은 어느새 향긋한 커피 냄새로 가득 찼다. 예쁜 인테리어 때문인지, 가게 사장으로 보이는 잘생긴 젊은 남자 때문인지, 카페가 생기고 나서부터 유독 젊은 여자들이 자주 눈에 띄었다.

카페는 얼마 지나지 않아, 예전 미아 떡볶이처럼 사람들로 북적였다. 어느 날부터는 직원으로 보이는 새로운 얼굴도 보였다.

아무래도 옆 가게가 명당자리인 건 분명해 보였다.

골목을 가득 채울 만큼 커피 향기가 짙어질 때마다 미아 언니에 대한 그리움은 조금씩 옅어졌다. 하지만 서랍 속에 넣어 둔 오래된 사진처럼 랄라는 가끔 신경이 쓰였다.

평소보다 집에 일찍 들어온 랄라는 우울한 표정으로 곧장 자기 방으로 들어가 씻지도 않고 침대에 벌러덩 드러누웠다. 요즘 딸의 표정이 무척 어둡다고 느꼈던 엄마는 낮에 동네 빵집에서 사 온 소금빵과 우유 한 잔을 들고 랄라의 방에 들어갔다.

"랄라야, 네가 좋아하는 소금빵 사 왔다. 일어나서 먹어봐. 어서."

랄라는 마지못해 일어나 엄마가 포크에 집어준 빵을 억지로 입에 넣고 우물거렸다.

"딸내미, 요즘 무슨 일 있니?"

랄라는 엄마의 물음에 잠시 머뭇거리다가, 그동안 있었던 미아와 관련된 일을 전부 털어놓았다. 랄라가 하도 미아 이야기를 자주 해서, 가족에게도 '미아'라는 이름은 너무나 익숙했다.

엄마는 담담한 얼굴로 랄라를 바라보았다.

"… 그랬구나. 아마도 미아 씨가 우리 랄라한테도 말 못 할 속사정이 있었나 보다."

"그래도 그렇지, 나한테 귀띔이라도 해줄 수 있는 거잖아. 나는 미아 언니를 정말 친언니처럼 생각했는데…."

랄라는 서운한 표정을 지으며 엄마에게 투정을 부리듯 말했다.

“우리 딸이 그동안 아주 속상했겠네.”

엄마는 딸을 안쓰러운 듯 쳐다보며 말했다.

“랄라야, 인연이라는 건 바람 같은 거야. 어떤 사람은 내 곁에 오래 머물다 가기도 하고, 어떤 사람은 아주 잠깐 스쳐 가기도 하고…. 그러다 또 어떤 날은 새로운 인연이 찾아오기도 하지. 간혹 스쳐 갔던 사람이 다시 찾아오기도 하고…. 지나가는 바람은 붙잡고 싶어도 붙잡을 수 없는 것처럼, 인연도 그런 거더라. 그냥 자연스럽게 흘러가게 놔둬. 헤어질 인연이라면 힘들게 붙잡아도 다시 떠나고, 만나야 할 사람은 어떻게든 시간이 지나 다시 만나기도 하니까. 지금은 그냥 미아 언니에 대한 좋은 추억들만 기억해. 서운해하지 말고, 상처받지도 말고.”

랄라는 소리 없이 고개를 끄덕였다.

“근데 엄마, 미아 언니는 왜 그렇게 말도 없이 갑자기 떠난 걸까?”

“그 이유는 미아 씨만 알고 있겠지. 세상 모든 일이 분명한 이유를 가진 건 아니잖아. 사람의 마음은 더더욱 알 수가 없는 거고. 그냥 그 사람과의 인연이 거기까지였다고 생각해. 그게 마음 편해.”

랄라는 들고 있던 빵을 쟁반에 내려놓고, 엄마 품에 안겼다. 랄라의 눈에서 하염없이 눈물이 쏟아졌다.

“사업한다는 애가 이렇게 마음이 약해서 어떡하니….”

엄마는 딸을 꼭 안고 손바닥으로 랄라의 등을 계속 쓰다듬으며 다독여주었다.

33. 진영의 미래

진영이 어쩐 일인지 반차를 내고 대낮부터 랄라의 사무실에 찾아왔다. 그녀는 평소의 모습과 어울리지 않는 건조한 표정으로 소파에 벌렁 드러누워 허공만 응시했다.

랄라는 금세 친구의 기분을 알아차리고, 진영이 가장 좋아하는 음식으로 달래보려 했다. 하지만 웬일인지 그녀의 반응은 시큰둥하기만 했다.

랄라는 답답한 얼굴로 진영에게 물었다.

"왜? 뭣 때문에 그런 건데? 속 시원하게 얘기해 봐. 내가 다 들어줄 테니까."

"나… 회사 관둘까 봐."

랄라는 진영의 대답에 당황스러웠다.

"갑자기 왜? 무슨 일 있었어?"

"그냥… 회사가 이젠 재미가 없네."

"우리가 언제 회사를 재밌어서 다녔냐? 그래도 넌 회사 생활만큼은 나보다 잘했잖아."

"글쎄, 잘 모르겠어. 나 우울증인가? 번아웃이 온 것 같기도 하고…. 요새 밑에서 능력 있는 신입이 계속 치고 올라오는 게 부담스럽기도 하고…."

늘 밝은 진영의 얼굴이 오늘따라 유독 어두워 보여 랄라는 마음이 쓰였다.

"그래, 그럴 수 있지. 그럼, 회사 그만두고 하고 싶은 건 있어?"

"뭐, 그냥 이것저것 생각 중이긴 한데…. 난 너처럼 사장할 배짱은 없고… 그냥 다 관두고 너 밑에서 일할까? 돈은 조금만 줘도 되는데."

진영의 얘기에 랄라는 깔깔 웃었다.

"나야 좋다만, 너 같은 고급 인재가 내 밑에서 할 게 있을까 싶다."

"고급 인재는 무슨…. 그런데 랄라야, 넌 지금 일에 만족해?"

랄라는 잠시 생각하더니 고개를 끄덕였다.

"사실 내가 제대로 된 준비 없이 출판사를 차려서 사업 초반에 엉망이었잖아. 지금 와서 하는 얘기지만, 그땐 정말 힘들었거든. '내가 이 일을 잘할 수 있을까?' 그런 고민만 종일 하다가 집에 간 적도 많았어. 그런데 모든 걸 견디고 여기까지 오니 이젠 할 만하다는 생각이 들어. 나는 오히려 회사 다닐 때보다 지금이 더 만족스러워. 가장 좋은 건 마음의 평화를 찾았다는 거야."

"그렇구나."

"너도 알다시피, 회사 다닐 때 이 부장이 나를 좀 괴롭혔니? 자기 일까지 나한테 죄다 맡기고 아부나 하러 다니고 말이야…. 나는 그깟 인사고과가 뭐라고 거절도 못 했잖아. 아무튼 그때랑 비교하면 지금이 훨씬 나아."

"맞아. 그때 너 정말 힘들었지. 얼마나 안쓰러웠는지 몰라. 그래서 너 퇴사한다고 했을 때 말릴 수가 없었어. 그래도 다행이다. 지금이라도 네가 원하는 일을 찾아서 이렇게 잘해 나가고 있잖아."

진영은 부러운 듯 랄라를 쳐다보며 말을 이어갔다.

"나는 아직도 내가 뭘 잘하고, 원하는지 잘 모르겠어. 나이 들고 직업을 갖게 되면 이런 고민은 안 할 줄 알았는데, 20대에 했던 고민을 30대에도 하는 걸 보면… 이러다가 60대, 아니 70대가 돼서도 똑같은 고민을 하게 되는 거 아닐까? 아, 생각만 해도 아찔하다."

"그렇게 답답하면, 거기라도 가볼래?"

"거기? 어디?"

"어디긴! 네가 데려갔던 그 점집 말이야."

"아, 맞다! 내가 왜 그 생각을 못 했을까?"

소파에서 벌떡 일어난 진영의 얼굴에 생기가 돌았다.

며칠 후, 새벽 2시 반쯤 랄라와 진영은 어둠을 뚫고 일산에 있는 점집에 도착했다. 새벽 3시에 문을 여는 점집의 첫 번째 손님으로 예약을 잡아놨기 때문에 서둘러야 했다. 둘 다 한 번 잠들면 새벽에 못 일어나는 사람들이라, 아예 잠을 자지 않고 나왔더니 정신이 몽롱했다.

원래는 몇 달을 기다려야 하는 곳이지만, 마침 이 시간에 취소한 사람이 있다는 연락을 받고 운 좋게 예약을 잡을 수 있었다. 어떻게 잡은 기회인데 그걸 잠 때문에 놓칠 순 없었다.

웬만해서는 반차도 내지 않는 진영이 자신의 미래를 듣겠다고 하루를 온전히 비우고 여기까지 온 것을 보면, 그녀의 고민이 얼마나 컸는지 짐작이 갔다.

오픈 시간이 가까워지자, 어디선가 사람들이 하나둘 나타나 줄을 서기 시작했다. 랄라의 눈에는 세상 답답한 사람들이 여기 다 모인 듯했다.

조금 있으니, 생활한복을 입은 남자가 나오더니 쪽지를 하나씩 나눠주며 이름과 묻고 싶은 것을 적고 기다리라고 안내했다.

새벽 3시가 되자 점집의 문이 열렸다. 향냄새 때문인지 랄라는 목구멍이 칼칼했다.

예약 덕분에 진영은 첫 번째로 호명되었고, 두 사람은 쪽지를 나눠준 남자가 안내하는 복도 끝 방으로 바로 들어갔다.

이것도 경험이라고, 두 번째 방문이라 그런지 랄라는 전보다 긴장감이 덜했다. 다시 마주한 점쟁이를 보며 생글생글 웃는 여유까지 보였다.

"어디 보자. 이 진영, 직업운이라…."

여자는 진영이 내민 쪽지를 보며 중얼거리더니 매서운 눈빛으로 진영의 얼굴을 훑었다.

"그래, 정확하게 뭐가 궁금한데?"

"제가 회사를 그만두려고 하는데…."

진영의 말이 채 끝나기도 전에 점쟁이는 그녀의 말을 잘랐다. 그러고는 쏘아붙이듯 물었다.

"관두고 뭐 하려고?"

"그걸 몰라서요. 저는 앞으로 뭘 하면 좋을까요?"

진영은 기대에 가득 찬 눈빛으로 점쟁이의 얼굴을 빤히 쳐다봤다. 랄라는 진영의 얼굴에서 복채를 전부 뽑고 가겠다는 어떤 비장함이 느껴졌다.

여자는 펜을 들고 눈을 감았다. 그러고는 지난번처럼 흰 종이에 암호 같은 무언가를 천천히 쓰며 알아들을 수 없는 말들을 주문처럼 내뱉기 시작했다.

한참이 지나서야 점쟁이는 길게 한숨을 쉬며 진영의 미래에 대해 입을 열었다.

"아주 일복이 터졌네. 일복이 터졌어. 죽을 때까지 소처럼 일만 하겠어."

"헉…. 죽을 때까지요?"

진영의 표정은 방금 시한부 인생을 선고받은 사람처럼 금세 어두워졌다. 얼굴을 양손으로 감싸안은 진영의 모습이 마치 뭉크의 '절규'를 떠올리게 했다.

진영의 표정 변화를 의식했는지, 점쟁이는 선심 쓰듯 한마디를 툭 내뱉었다.

"그냥 하고 싶은 거 하며 살아!"

그러면서 머리는 없어도 잔재주는 많으니 굶어 죽진 않을 거라는 말을 위로랍시고 덧붙였다.

"뭐야, 죽을 때까지 일만 한다고? 머리가 없다고? 나 이래 봬도 과 수석으로 대학 입학한 사람이야! 참나…."

점집을 나오자마자 진영은 손을 바르르 떨며 참았던 분노를 쏟아냈다. 랄라도 덩달아 속이 상해 안절부절못했다. 당장 진영의 기분을 달래줄 만한 어떤 얘기라도 해야 할 것만 같았다.

"10만 원이나 복채를 받으면서 어째 제대로 맞추는 게 없어. 방울은 장식이야? 왜 요령 한 번 안 흔들고 종이에 낙서만 해? 자기가 무슨 바스키아야? 진짜 돈이랑 시간 아깝다. 안 그래? 진영아, 이제 이런 데는 다신 오지 말자!"

진영의 눈치를 살피며 랄라는 큰 소리로 성질을 냈다.

그래도 여전히 진영의 굳은 얼굴은 펴지지 않았다.

랄라는 전략을 바꿔, 이번엔 아까보다 차분한 어조로 다른 얘기를 꺼냈다.

“근데 말이야. 요새처럼 일자리 구하기 힘들 때 할 일이 많다는 건 좋은 거 아니야? 그리고 사람은 나이 들어도 일이 있어야 덜 늙는다잖아.”

‘아, 이건 아니다.’ 랄라는 자기가 말해놓고도 진영의 기분에 전혀 도움 될 얘기가 아니라는 걸 바로 깨달았다. 그녀는 괜히 머쓱해서 헛기침을 여러 번 했다.

진영이 볼멘소리로 랄라에게 쏘아붙였다.

“야! 네가 알다시피 내 목표는 다른 사람이 벌어다 주는 돈으로 편안하게 먹고사는 건데, 이건 아니잖아?”

“너 성격에 퍽이나!”

랄라는 자기도 모르게 속 얘기가 툭 튀어나왔다. 랄라는 급히 말을 돌렸다.

“그건 그렇고, 너 잔재주 많다는 건 그래도 하나 맞췄네. 넌 나랑 다르게 할 줄 아는 게 많잖아. 노래도 잘하고 글도 잘 쓰고…. 진영아, 이참에 제대로 글을 써보는 건 어때? 내가 전부터 너한테 작가를 하면 잘할 것 같다고 여러 번 말한 거 기억나? 그거 진짜 빈말 아니라니까. 너 진짜 재능 있어. 게다가 작가는 건강만 하면 평생 할 수 있는 일이잖아.”

“그… 그런가?”

랄라의 얘기에 금세 설득당한 진영의 얼굴에 화색이 돌았다. 누가 친구 아니랄까 봐, 단순한 것도 똑 닮았다.

“작가라… 과연 내가 할 수 있을까?”

"이 진영이 못하면 누가 하겠어? 책은 내가 만들어 줄 테니 글만 써 봐. 네 친구가 출판사 사장인데 뭐가 걱정이야. 글 쓸 공간이 필요하면 내 사무실로 와서 써도 되고. 이거 아무한테나 해주는 거 아니다!"

"우와… 우리 랄라 많이 컸네. 너 믿고 나 정말 회사 관둔다!"

시종일관 죽상이던 진영의 얼굴에 처음으로 웃음꽃이 피었다. 랄라의 마음도 한결 가벼워졌다.

진영은 이제야 식욕이 도는지 돈가스를 먹으러 가자고 재촉했다. 어찌 됐든 그녀의 집 나갔던 식욕이 돌아온 것만 해도 다행이었다.

34.호수, lake

점집을 다녀온 이후로 진영은 정말 글을 쓰기 시작했다. 그녀는 별일 없이 칼퇴근하는 날에는 어김없이 출판사에 찾아왔다. 두 사람은 함께 저녁을 먹고 각자의 일을 하다가 같이 퇴근했다.

진영이 글을 쓰는 시간만큼은 집필에 도움이 되고자, 랄라는 일부러 아무 말도 걸지 않았다. 미아 언니가 떠난 뒤 허전했던 마음을 진영이 채워줘서 다행이었다.

진영이 올 시간이 다 되자, 랄라는 집중력에 도움이 되는 음악을 찾아 작게 틀어놓았다. 친구를 위한 랄라의 작은 배려였다.

오늘 저녁은 진영이 스파게티를 먹고 싶다고 해서 랄라는 홍대 근처 맛집까지 예약해 놓고 그녀가 오기만을 기다렸다.

저녁 7시를 조금 넘긴 시각, 진영이 사무실에 도착했다. 그녀는 가방을 내려놓기가 무섭게 랄라에게 저녁을 먹으러 가자고 재촉했다. 두 사람은 사무실 문을 잠그고, 바로 식당으로 향했다.

한창 수다를 떨며 가파른 언덕을 내려가고 있을 때였다. 앞서 걷는 남자의 배낭이 랄라의 눈에 들어왔다. 미아 언니가 호수에게 선물한 곰돌이 그림이 그려진 배낭과 똑같았다. 랄라는 한동안 잊고 지냈던 미아 언니가 다시 떠올라 마음이 먹먹해졌다.

그런데 남자와의 거리가 가까워질수록 랄라의 표정은 점점 굳어졌다. 가방 왼쪽 아래에 노란 실로 수놓인 'lake'라는 글자가 눈에 들어왔기 때문이었다. 랄라는 남자 뒤에 바짝 붙어 배낭을 유심히 살폈다.

갑자기 심장이 두근거렸다. 이건 호수의 가방이 분명했다.

랄라의 행동에 수상함을 눈치챈 듯 진영이 물었다.

"뭐야? 무슨 일 있어?"

랄라는 앞서 걷는 남자에게 들리지 않도록, 진영의 귀 가까이에 입을 바짝 대고 속삭였다.

"앞에 가고 있는 남자가 멘 가방 말이야. 그거 미아 언니가 호수 씨에게 선물해 준 가방 같아. 아니, 분명 호수 씨 가방이야. 언니가 호수 씨 가방에 노란색 실로 이름을 수놓아줬거든. 그게 두 개일 리는 없잖아."

"호수 씨라면… 그 책 도둑 할아버지의 손자?"

"아휴, 도둑은 아니고. 암튼… 어쩌지?"

"어쩌긴 뭘 어째. 물어보면 되는 거지."

진영은 말이 끝나기 무섭게 남자에게 빠른 걸음으로 다가가 단도직입적으로 물었다.

"저기요? 죄송한데, 뭐 좀 물어볼게요. 혹시 메고 있는 가방이 본인 게 맞아요? 제가 아는 분 거랑 똑같아서요."

세 사람의 발걸음이 길 한가운데서 멈췄다.

노랑머리 남자는 사나운 얼굴만큼 사나운 말투로 진영을 노려보며 대꾸했다.

"아줌마가 그건 알아서 뭐 하게요?"

"아줌마? 하…."

진영을 가리키는 남자의 호칭에 그녀의 입에서 거친 숨소리가 흘러나왔다. 진영의 인상은 어느새 싸늘하게 변해 있었다.

이번엔 뒤에 있던 랄라가 앞으로 나서며 남자의 가방에 대해 재차 물었다.

"이 가방 진짜 본인 게 맞아요?"

남자는 랄라를 쓱 훑어보며 음흉하게 웃었다.

"그럼 내 거지! 당신 거야? 아, 재수 없게…."

이번엔 랄라도 인상을 쓰며 맞섰다.

"이봐요! 이 가방에 있는 자수, 내가 아는 사람이 직접 수놓은 거예요. 이거 당신 거 아니잖아요!"

랄라가 집요하게 따지자, 남자의 동공이 잠시 심하게 흔들렸다.

남자는 갑자기 줄행랑을 치기 시작했다.

가만있을 두 사람이 아니었다. 랄라와 진영은 도망가는 남자를 재빨리 뒤쫓았다. 하지만 랄라는 얼마 따라가지 못하고 제자리에 주저앉고 말았다.

'아, 평소에 운동 좀 많이 할걸….' 랄라는 자신의 운동 부족을 탓하며 숨을 헉헉 몰아쉬었다. 날렵한 진영은 계속 남자를 쫓아 달렸다.

랄라가 숨을 고르고 다시 일어나려던 그때, 도로변에서 진영의 날카로운 목소리가 들려왔다.

"야! 어디 할 짓이 없어서 남의 걸… 그것도 몸이 불편한 사람 걸 뺐어? 너 오늘 잘 걸렸다."

진영의 서슬에 남자가 움찔했다.

두 사람의 격투를 먼발치에서 바라보던 랄라는 잠시 잊고 있었던 진영의 과거가 떠올랐다.

진영은 한때 정의라는 단어에 꽂혀 경찰을 꿈꿨던 종합무술인이었다. 태권도 도장을 운영하던 아버지 덕분에 그녀는 일찌감치 온갖 무술을 섭렵했다. 부모님의 이혼 이후 심한 정신적 방황을 겪으면서, 진영에게는 정의를 실현하는 일보다 자신의 정신 건강을 돌보는 일이 더 시급해졌다. 결국 그녀는 경찰의 꿈을 접을 수밖에 없었다.

오래전에 들었던 진영의 과거를 떠올리며, 랄라는 은근히 걱정되었다.

다행히 진영의 실력은 녹슬지 않은 듯했다. 진영은 길 한복판에서 오랜만에 숨은 실력을 제대로 발휘하며 정의를 실현하려는 듯 안간힘을 쓰고 있었다.

남자는 여러 번 진영을 향해 짧은 다리와 팔을 휘휘 휘두르며 위협을 가했지만, 진영은 빠른 몸놀림으로 남자를 방어하더니 끝내 제압했다.

싸움 구경을 지켜보던 사람들이 일제히 진영을 향해 박수를 보냈다. 랄라는 그사이 경찰서에 신고하고 경찰이 오기만을 기다렸다.

곧 세 사람은 경찰차를 타고 경찰서로 이동했다.

세 사람이 경찰서에 들어서자, 한 경찰이 노랑머리 남자를 알아보며 아는 체를 했다.

"야! 너 또 왔냐? 한동안 잠잠하다 했다. 그래, 올 때도 됐지. 쯧쯧."

노랑머리 남자는 눈을 흘기며 그 경찰을 노려봤다.

"왜? 아는 사람이야?" 옆에 있던 동료 경찰이 물었다.

"쟤 유명하잖아. 중학교 때부터 이 근방에서 애들 돈 뺏고 다니던 거…. 여기 수시로 들락거렸는데, 한동안 안 보여서 이상하다 했지." 경찰은 고개를 절레절레했다.

세 사람은 테이블 앞에 나란히 앉았다. 담당 경찰은 랄라에게 몇 가지를 물었고, 그녀는 묻는 말에 조곤조곤 답했다. 옆에 있던 노랑머리 남자는 끝까지 자기는 잘못한 게 없다며 딱 잡아뗐다.

보다 못한 랄라가 가방의 영어 자수를 가리키며 남자에게 물었다.

"이게 무슨 의미인지 알아요?"

남자는 더듬거리며 순순히 영어 단어를 읽었다.

"라…라케?"

진영이 기가 차다는 듯이 웃자, 남자는 가자미눈으로 그녀를 노려봤다.

"이 영어 자수는 가방 주인의 이름이라고요."

랄라가 자수의 의미를 설명하자, 남자는 고개를 돌려 딴청을 피웠다.

랄라는 방 사장님에게 연락해 상황을 대강 설명했다. 그리고 강씨 할아버지와 호수가 경찰서에 와줄 수 있는지 물어봐달라고 부탁했다.

잠시 후, 방 사장님이 강씨 할아버지와 호수를 데리고 경찰서에 나타났다.

호수는 노랑머리 남자를 단번에 알아본 듯, 손가락으로 그 남자를 가리키며 울부짖었다.

"도… 도둑! 내 가방…."

강씨 할아버지는 얼마 전 호수에게 있었던 일에 대해 손주에게 들은 대로 자세하게 진술했다.

며칠 전, 호수가 놀이터에 앉아 있는데 노랑머리 남자가 다가와 말을 걸더니, 갑자기 메고 있던 가방을 낚아채 도망갔다고 했다.

호수의 불편한 다리로 그 사람을 쫓아가는 건 어림없는 일이었다. 호수는 가방을 뺏기고 며칠 동안 밥도 먹지 않고 끙끙 앓았다고 했다.

시종일관 시치미를 떼던 노랑머리 남자는 호수를 대면하자, 그제야 사실을 시인하며 순순히 가방을 주인에게 돌려주었다.

호수는 한참 동안 가방을 껴안고 부들부들 떨었다. 어떤 일에도 웃음을 잃지 않던 호수의 얼굴에서 낯선 슬픔이 엿보였다. 랄라는 호수가 겪었을 상실감이 제 것처럼 다가와 마음이 먹먹했다.

한바탕 전쟁을 치르고 돌아오니, 스파게티 가게는 이미 영업이 끝나 문을 닫았다. 두 사람은 허기를 채우기 위해 가장 가까운 편의점에 들어가 사발면을 고른 뒤 뜨거운 물을 부었다. 그러고는 밖이 내다보이는 자리에 나란히 앉았다.

두 사람 사이에 잠시 침묵이 흘렀다.

잠시 후 진영은 진지한 얼굴로 랄라에게 물었다.

"나 진짜 아줌마처럼 보여?"

"아휴, 내가 미쳐. 너 여태 그 생각 하느라 잠잠했던 거야?"

랄라는 기가 차다는 듯, 진영의 얼굴을 빤히 쳐다봤다.

무거운 분위기에 훅 치고 들어온 진영의 뜬금없는 질문에 랄라는 면박을 주긴 했지만, 덕분에 무거웠던 마음이 한결 가벼워졌다. 랄라는 상대의 기분을 염려하는 진영의 이런 배려가 늘 마음에 들었다.

진영은 멋쩍은 표정으로 밖을 쳐다보며 말했다.

"… 그런데 호수 씨 말이야. 나중에 할아버지가 돌아가시면 어떡하지?"

진영도 여태 호수 씨 걱정을 하고 있던 게 분명했다.

"그러게. 강씨 할아버지도 호수 곁에 평생 있을 순 없을 텐데…. 걱정이야."

랄라의 입에서 탄식이 흘렀다.

두 사람은 이미 충분히 익은 사발면에는 손도 대지 않고 멍한 표정으로 편의점 밖으로 보이는 어둠만 응시하고 있었다. 아까 본 호수의 잔상이 어둠 속에서도 여전히 랄라의 눈앞에 아른거렸다.

35. 선물

한동안 외부 사람들의 발길이 뜸해진 랄라 출판사에 이른 아침부터 할머니 한 분이 찾아왔다. 매일 출판사 맞은편에 있는 운동기구에서 가끔 운동하던 분이라 이름은 모르지만 낯이 익었다.

할머니는 다짜고짜 책을 내고 싶다고 했다. 랄라가 어떤 책을 내고 싶냐고 물어보니 본인의 일대기, 그러니까 자서전이었다.

"할머니, 저희는 자서전 출판은 안 하는데요."

난감한 표정으로 대답하는 랄라에게 할머니는 따지듯 물었다.

"여기 책 만드는 데 아닌가? 나 돈 있어!"

"아, 그게 아니라… 저희는 기획 출판만…."

"기획이고 뭐고 난 모르겠고, 만들어 줄 수 있는지 없는지만 알려주소. 나 일하러 가야 하니까!"

“할머니, 죄송해요. 좀 어려울 것 같아요.”

“책 만들 실력도 없으면서 무슨 놈의 출판사를 한다고….”

할머니는 영 못마땅한 얼굴로 휑 나가 버렸다.

랄라는 실력이 없다는 말이 어쩐지 억울했다. 하지만 자비출판은 안 한다거나, 콘셉트가 안 맞아 출판이 어렵다는 얘길 에둘러 설명하는 게 더 난감한 일이었다. 그럴 바엔 차라리 억울한 편이 낫겠다 싶었다.

할머니를 그렇게 보내고 나니 마음이 편치 않았다. 남녀노소를 떠나 책을 내고 싶어 하는 사람들의 마음을 랄라는 잘 알고 있기 때문이었다.

문득 어떤 생각 하나가 랄라의 머릿속에서 번뜩였다.

‘사무실에서 동네 주민들을 위해 책쓰기 교실을 열어보면 어떨까?’

그동안 랄라의 출판사에 찾아와 책을 쓰고 싶다며 고민을 털어놓고 가는 사람들이 종종 있었다. 게다가 예전부터 미아 언니의 나누는 삶을 지켜보며 자신도 뭔가 사람들과 나눌 수 있는 게 없을까 계속 고민하고 있던 차였다.

꽤 오랜 시간 글 쓰는 일을 해왔고 출판사도 운영하고 있으니, 이만하면 책을 내고자 하는 사람들에게 도움이 될 수도 있겠다는 생각이 들었다. 랄라는 일단 경준 선배에게 의견을 들어보기로 했다.

"일에 지장만 없다면 꽤 좋은 재능 기부인데? 그 수업 나도 듣고 싶다. 혹시 내 도움이 필요하면 뭐든지 얘기하고…. 나도 출판인으로서 나눌 기회가 있다면 언제든 환영이니까."

천군만마를 얻은 기분이었다. 더 이상 망설일 이유가 없었다.

랄라는 진영과 함께 커리큘럼을 짜고, 포스터를 만들어 출판사 문 앞에 붙였다. 방 사장님에게 부탁해서 부동산 입구에도 홍보 포스터를 붙여 놓았다. 수업을 할 수 있는 환경을 만들기 위해 과감히 소파도 치우기로 결심했다.

소파를 치우고 나니 여덟 명 정도가 앉을 수 있는 제법 넉넉한 공간이 생겼다. 이제 테이블과 의자만 중고로 마련하면 된다. 랄라는 동네 마당발인 방 사장님에게 잘 아는 중고 가구점을 소개해달라고 부탁해 두었다.

다음 날 저녁, 풍경이 달랑거리더니 강씨 할아버지와 호수가 모습을 드러냈다. 호수의 얼굴은 지난번보다 훨씬 밝아 보였다.

강씨 할아버지가 랄라에게 밖에 잠깐 나와 보라며 손짓했다.

할아버지의 리어카에는 제법 널찍한 하얀색 테이블 두 개와 의자 여덟 개가 실려있었다. 중고지만 상태도 꽤 괜찮아 보였다.

"사장님, 이거 필요하다고 해서 가지고 왔어요. 괜찮으면 쓰세요."

"이걸 그냥 주신다고요? 그럼 안 되죠."

옆에서 호수가 싱글벙글 웃으며 말했다. "서… 선물… 선물…."

할아버지는 한껏 들떠 있는 손자의 오른쪽 어깨를 가볍게 톡톡 치며 랄라에게 물었다.

"마음에는 들어요?"

"아주 마음에 들어요. 제가 딱 이런 걸 찾고 있었거든요."

"그럼 됐네…."

할아버지는 주저 없이 리어카에서 책상과 의자를 꺼내 사무실 안으로 들여놓았다.

랄라는 재빨리 지갑을 뒤졌다. 아뿔싸, 지갑에 현금이 하나도 없었다.

"할아버지, 어쩌죠? 제가 지금 현금 가진 게 없네요. 이따…."

그녀의 말이 채 끝나기도 전에 강씨 할아버지는 특유의 무표정한 얼굴로 손사래를 쳤다.

"아, 됐어요. 그동안 여기 가게 사장님들이 호수 많이 챙겨줬잖아요. 호수 말대로 선물이에요."

할아버지는 더 이상 아무 말도 하지 않고, 빈 리어카를 끌고 호수와 함께 자리를 떠났다.

저 멀리서 호수가 계속 뒤를 돌아보며 랄라를 향해 두 손을 흔들었다. 랄라도 희미한 미소를 지으며 오른손을 작게 흔들었다.

36. 책 쓰기 수업

책 쓰기 수업 신청 첫날이다. 랄라는 인터넷에 익숙하지 못한 어르신들을 배려해 출판사에서 직접 신청을 받기로 했다.

오늘은 사람들에게 공개적으로 사무실을 오픈하는 날이기도 해서, 청소도 할 겸 평소보다 일찍 집을 나섰다.

출판사 골목에 들어서자, 랄라의 눈앞에 믿기 힘든 광경이 펼쳐져 있었다. 접수 시간까지 아직 한 시간이나 남았음에도 스무 명 가까운 사람들이 출판사 앞에 줄을 서서 기다리고 있었다.

책상은 여덟 개지만 신청자가 많지 않을 것 같아 여섯 명만 뽑기로 했는데… 이게 대체 무슨 일일까. 얼핏 봐도 이미 선착순 정원은 한참 넘어서 신청을 받기도 전에 조기 마감해야 할 판이었다.

'이 줄에 서 있는 사람들이 출판사의 책을 사러 온 사람들이라

면 얼마나 좋을까?'

그녀는 잠시 엉뚱한 상상을 하며 아쉬움을 삼켰다.

9시가 되자 접수를 시작했다. 선착순 안에 든 사람들은 만족스러운 표정으로, 대기 번호를 받은 사람들은 아쉬운 마음을 드러내며 돌아갔다.

홍보라고는 포스터 두 개 붙인 게 전부였다. 어떻게 알고 이렇게 많은 사람이 관심을 가지고 찾아와주었는지 신기하기만 했다. 공간이 협소해서 더 많은 사람에게 기회를 주지 못하는 게 안타까웠다.

* * *

어느덧 책 쓰기 수업의 첫날이 찾아왔다.

랄라는 자신의 특기를 살려 두 달 동안의 프로그램 계획을 알차게 준비해 놓았다. 비록 재능 기부로 진행하는 무료 수업이지만, 대충하고 싶지는 않았다. 사람들에게 특별한 즐거움을 선사하기 위해 특별 게스트까지 섭외해 두었다.

첫날의 어색함을 덜기 위해 약간의 다과를 준비하고, 잔잔한 클래식 음악을 배경으로 틀어놓고 사람들이 오기만을 기다렸다.

저녁 7시가 가까워지면서 선착순 접수를 통과한 여섯 명이 속속 도착했다.

사람들이 전부 자리를 잡자, 바로 수업을 시작했다.

"안녕하세요. 저는 '랄라 출판사'의 대표이자, 두 달 동안 여러분의 책 쓰기를 도와드릴 강사, 사랄라입니다. 오늘은 수업의 첫날이기도 하고, 다들 두 달 동안 얼굴을 봐야 하니 각자 자기소개를 먼저 하고 수업을 시작하기로 해요. 이름과 하는 일, 그리고 이곳에 오게 된 이유를 간단하게 얘기해 주시면 됩니다. 자, 누구부터 시작해 볼까요?"

다들 처음이라 어색한지 서로 눈치만 살폈다. 잠시 침묵이 흐르고, 왼쪽 끝에 앉은 회색 후드티를 입은 남자가 처음으로 입을 뗐다.

"안녕하세요? 저는 김주승이라고 하고요. 반도체 기업의 엔지니어로 일하고 있습니다. 사실 몇 년 전에 혼자서 책을 한 권 내본 경험이 있는데, 그때 책 쓰는 게 참 어려운 일이라는 걸 알게 되었습니다. 이번 기회에 제대로 배우고 싶어 찾아왔습니다. 잘 부탁드립니다."

사람들은 일제히 손뼉을 치며 주승 씨를 환영했다. 한 사람이 스타트를 끊자, 시키지 않아도 그 방향으로 앉은 사람들의 소개가 자연스럽게 이어졌다.

"반갑습니다. 저는 유지원이라고 하고, 강사를 하고 있습니다. 책을 쓰면 더 많은 강의 기회가 생길까 해서 이곳까지 왔습니다."

"안녕하세요? 장영란이라고 합니다. 예전에는 유치원 선생님을 했는데, 지금은 쉬고 있고요. 여기 온 이유는… 실은… 제가 암 투병 중이거든요. 저에게 시간이 얼마나 남았는지 모르겠지만, 살아있는 동안 제 이름으로 된 책을 한 권 쓰고 싶어 찾아왔습니다. 다들 두 달 동안 친하게 지내요."

영란 씨가 소개를 마치자, 갑자기 분위기가 숙연해졌다. 두꺼운 털모자를 쓰고 있는 그녀의 얼굴이 쾌활한 목소리와는 어울리지 않게 유난히 창백해 보였다. 다들 영란 씨의 얼굴을 똑바로 바라보지 못했다. 분위기를 의식한 듯 그녀가 다시 입을 열었다.

"저 금방 안 죽어요. 꼭 이겨낼 거고요."

씩씩하게 웃으며 말하는 영란 씨를 향해 다들 한목소리로 쾌유를 빌었다.

"저는 강수미라고 합니다. 참 오랜만에 젊은 분들하고 수업을 듣는다는 생각에 어제 잠도 제대로 못 잤어요. 저는 저 아래서 40년 넘게 족발집을 하고 있고요. 저도 영란 씨처럼 생전에 책을 한 권 남기고 싶어 찾아왔어요. 참, 족발 먹고 싶으면 언제든지 찾아오세요. 이것도 인연인데 여기서 만난 분들한테는 서비스 팍팍 줄 테니까요."

차분하던 분위기가 음식 하나로 금세 달라졌다. 자세히 보니, 수미 할머니는 얼마 전 자서전 출간을 문의했던 그 분이었다. 랄라에게 실력 없다고 매몰차게 말하고 떠난….

다시 보니 지난번과는 사뭇 다른 인상이었다. 랄라는 문득 수미 할머니가 쓰셨다는 자서전을 읽어보고 싶어졌다. 어떤 인생을 살아오셨는지 궁금했다.

“안녕하세요? 저는 노희재라고 하고요. 졸업한 지는 몇 년 되었는데, 아직 취업을 못 한 백수입니다. 솔직히 저는 책을 좋아하지도 않고, 다른 분들처럼 책을 내겠다는 거창한 생각으로 온 것도 아니에요. 매일 집에만 있으니까, 엄마가 밖에 나가 사람들도 좀 만나라고 해서…”

“와, 그러면 제대로 찾아오신 것 같네요.”

긴장한 기색이 역력한 희재 씨를 쳐다보며 랄라는 밝은 얼굴로 환영했다. 희재 씨의 경직된 얼굴에 금세 작은 미소가 번졌다.

“자, 이제 마지막이네요. 오래 기다리셨죠? 자기소개 부탁드려요.”

랄라가 오른쪽 끝에 앉은 남자를 바라보며 말했다.

“저는 이수호라고 하고요. 인디 밴드에서 활동하고 있습니다. 얼마 전 읽은 하랑 작가님의 『그렇게 작가가 된다』라는 책에서 ‘우리는 모두 잠재적인 작가다’라는 문장을 읽고 용기를 얻어 이곳까지 오게 되었습니다. 이 수업이 끝나면 지금까지 제가 해왔던 음악에 대해 글을 써보고 싶습니다.”

다양한 직업과 사연을 가진 사람들이 이곳에 찾아왔다. 이유는 모두 다르지만, 책을 쓰겠다는 열망은 다들 비슷해 보였다. 사람들의 이야기를 들으면서 랄라는 어깨가 무겁게 느껴졌다.

자기소개가 끝나자, 다들 어색함이 누그러졌는지 그제야 준비해 놓은 다과를 먹기 시작했다. 사람들의 서먹한 얼굴이 풀어지고 얘기 중간중간 농담과 웃음이 오고 갔다.

자기소개를 하고, 쓰고 싶은 주제를 정하는 것만으로도 첫 수업의 2시간은 어느덧 훌쩍 지나갔다. 의욕에 찬 사람들을 보니 랄라는 뿌듯한 마음이 들었다. 그녀는 약간 들뜬 기분으로 다음 수업을 예고했다.

"다음 주는 본격적인 수업에 앞서 특별한 시간을 준비했어요."

다들 랄라가 나눠준 커리큘럼 일정이 적힌 안내서를 들여다봤다. 특강이라고만 쓰여 있고 구체적인 내용은 적혀 있지 않았다.

"아, 거기에는 일부러 아무것도 적지 않았어요."

랄라는 의미심장한 미소를 지으며 말을 이어갔다.

"여러분, 다들 김경준 편집자님 아시죠?"

'김경준'이라는 이름만 말했음에도 사람들의 입에서 탄성이 쏟아졌다.

"네, 다음 수업은 여러분이 잘 알고 계시는 김경준 편집자님을 모셔서 책 쓰기에 관한 궁금증을 풀어보는 시간을 특별히 마련했어요. 워낙 경험이 많으시니 여러분에게도 알찬 시간이 될 거라 믿어요. 좋은 질문을 해야 좋은 답변을 얻을 수 있는 거 아시죠?

워낙 바쁘시기도 하고, 공개적인 자리는 나서지 않는 분이라 이런 기회가 흔치 않을 거예요. 그러니 최대한 많은 걸 얻어 가시려면 한 주 동안 궁금한 것들을 미리 생각해 보고 오세요. 아셨죠?"

"네!"

말 잘 듣는 학생들처럼, 모두가 한목소리로 대답했다.

사람들이 돌아가고, 랄라는 오늘 수업 내용과 다음 강의 예고글을 블로그에 올렸다. 사람들의 방문이 뜸했던 출판사 블로그에 '김경준'이라는 이름 하나로 반응이 폭발했다. 온라인으로 생중계를 해달라는 댓글부터 유료 강의를 따로 개설해 줄 수 없냐는 요청도 있었다. 작은 출판사의 일상에 모처럼 생기가 도는 것 같아 흡족했다.

한 주가 빠르게 지나고, 두 번째 수업이자 많은 사람이 기다린 특강 날이 찾아왔다. 편안한 분위기를 만들기 위해, 업무 테이블을 벽에 바짝 붙여 최대한 넓은 공간을 확보했다. 공간이 협소해서 완벽한 모습은 아니었지만, 그럭저럭 아늑함이 느껴져 랄라는 만족스러웠다.

수강생들은 다들 지난번보다 일찍 도착해서 랄라가 준비한 다과를 즐기며 한 주 동안의 일상을 주고받았다. 한 주 사이에 벌써 친해진 건지, 다들 익숙한 사람들처럼 편안한 분위기가 감돌았다.

랄라는 밖을 보며 경준 선배가 오기만을 기다리고 있었다.

그때, 출판사 창문 너머로 몇 명의 사람들이 안을 들여다보며 기웃거리고 있는 모습이 눈에 들어왔다. 블로그에 올린 글을 보고 경준 선배의 얼굴을 보겠다고 무작정 찾아온 사람들인 것 같았다.

그들 중 한 남자와 랄라의 눈이 마주쳤다. 그는 사무실 안으로 얼굴을 빠끔히 내밀며, 서서 들어도 좋으니 청강할 수 없겠냐고 간곡히 부탁했다.

그녀는 잠시 고민하다가, 앉아 있는 사람들의 의견을 물은 뒤 청강을 허락했다.

예상외의 인원들까지 합류하자, 실내가 빈틈없이 꽉 찼다. 사무실 안의 공기는 사람들이 내뿜는 열기로 금세 후끈거렸다.

강의 시작 10분 전, 드디어 경준 선배가 어색한 웃음을 보이며 등장했다. 그가 사무실로 들어서자, 다들 환호성을 지르며 환영했다. 비록 몇 안 되는 사람들이지만, 반응만큼은 아이돌 팬클럽 못지않았다. 사람들의 뜨거운 호응을 지켜보며 랄라의 어깨가 저절로 으쓱거렸다.

경준 선배의 등장과 함께 토크가 시작되었다. 누구 하나 머뭇거리는 사람 없이 한 주 동안 준비해 온 각자의 질문을 쏟아냈다.

"편집자님은 편집자이기도 하지만, 출판사 대표이기도 하시잖아요. 출판사가 가진 매력이 뭐라고 생각하세요?"

"와, 첫 질문부터 강렬하네요."

경준 선배의 얘기에 다들 웃음을 터뜨렸다. 경직되었던 분위기도 한결 부드러워졌다. 그는 목청을 가다듬고 질문에 답했다.

"음… 무형의 이야기를 유형의 형태로 만들어 내는 것, 그게 제가 생각하는 출판사의 가장 큰 매력 같아요. 게다가 그 이야기는 유일무이하죠. 책은 각각의 고유 번호를 가지고 세상에 나와요. 그건 사람처럼 세상에 똑같은 책이 없다는 걸 보여주는 중요한 의미거든요. 몇 가지 예외가 있긴 하지만, 일반적으로 같은 원고를 가지고 여러 출판사에서 책을 만드는 경우는 드물어요. 심지어 번역서인 경우에도 역자에 따라 표현이 달라지죠. 그러니 출판사는 세상에 하나밖에 없는 것을 만든다고 할 수 있겠죠. 하나의 이야기는 하나의 출판사에서만 나오니까요."

다들 공감하는 듯 고개를 끄덕였다.

"편집자님의 성격이 궁금해요. 편집자라는 직업이 책을 쓰는 작가와는 또 다를 것 같아서요."

"저는 책을 쓰는 사람처럼 책을 만드는 사람도 다분히 예술적인 기질을 갖고 있다고 생각해요. 예술을 하는 사람들은 모두 어느 정도의 예민함을 가질 수밖에 없는 것 같아요. 편집자의 역할은 단순히 책의 내용을 다듬고 고치는 일에서 끝나는 게 아니라, 때로는 책의 형태를 정하는 일에도 관여하게 돼요. 책 만드는 일은 자세히 들여다보면 굉장히 섬세하고 입체적인 작업이거든요."

경준은 잠시 물을 축이고, 다시 하던 얘기를 이어갔다.

"책의 물성이라는 게 독자의 눈에서 보면 되게 단순하고 평면적으로 보일 수 있겠지만, 그 과정은 만만치 않아요. 한 권의 책은 여러 치밀한 공정을 거치며 만들어지거든요. 할 일이 참 많죠. 책의 내용과 분위기에 맞게 책 크기를 정하고 그에 맞는 글꼴을 선택하고… 독자들이 읽기 편하게 자간이나 행간도 고려해야 하고요. 작가가 맘에 들지 않는 문장을 여러 번 고치듯, 책을 만드는 사람들도 만족스러운 형태를 만들기 위해 여러 번 시행착오를 거쳐야 해요. 그 과정에 관여하고 전체를 관리하는 데 있어 예민함이 없다면 만족스러운 결과가 나오기가 힘들겠죠. 결론은 저도 상당히 예민한 성격의 사람이라는 걸 이렇게 장황하게 얘기했네요. 하하하."

여기저기서 즐거운 웃음소리가 들렸다. 다들 진심으로 행복한 얼굴을 하며 이 시간을 즐기는 듯 보였다.

진지한 질문부터 가벼운 농담까지, 사람들이 궁금해하는 것들에 대해 경준 선배는 막힘없이 하나하나 성실하게 대답했다. 역시 프로다운 모습이었다.

질문과 대답이 오가는 사이 어느새 정해진 2시간이 훌쩍 지나 있었다. 누구 하나 흐트러진 사람 없이 다들 서로의 얘기에 몰입하느라 시간이 이렇게 흐른 줄도 몰랐다.

사람들은 다들 아쉬워하며 다음에 또 이런 기회를 만들어 달라고 요청하며 자리를 떠났다. 얼마나 좋은 시간이었는지 떠나는 사람들의 표정이 말해주고 있었다.

사람들이 떠나고 북적했던 사무실이 다시 차분해졌다. 사람들의 체온과 열정이 뿜어낸 열기로 후끈 달아올랐던 실내의 온기도 빠르게 식어가고 있었다.

랄라는 경준과 차가운 음료를 마시며 사람들이 남기고 간 여운을 마저 즐겼다.

"선배, 오늘 정말 고생하셨어요."

"아냐. 나도 네 덕분에 정말 좋은 경험을 한 것 같아. 사실 어제부터 긴장을 많이 했거든. 그런데 해보니까 너무 좋다. 이렇게 지적인 대화를 나눠본 게 얼마 만인지…. 사람들과 이야기를 나누면서 내가 책을 정말 사랑하는 사람이라는 사실을 다시 깨닫게 된 것 같아. 왠지 초심으로 돌아간 기분이랄까. 무엇보다 사람들의 질문에 답하면서 책을 만드는 사람이 되길 잘했다는 생각이 계속 머릿속에서 떠나지 않더라. 나에게도 오늘은 정말 의미 있는 시간이었어. 랄라야, 이런 기회를 만들어줘서 고맙다."

"제가 고맙죠."

랄라는 선배를 포함하여 모두가 만족스러운 시간을 보낸 것 같아 다행스러웠다.

경준까지 떠나고, 랄라는 빈 사무실에 덩그러니 혼자 남았다.

랄라는 조금 전 이곳에서 부지런히 오가던 얘기들을 다시 상기하며 생각이 많아졌다. 경준 선배가 했던 말처럼, 자신도 책을 만드는 사람이 되길 잘했다는 생각이 두 시간 내내 마음속에서 떠나지 않았다. 책이 아니었으면 이렇게 다양한 사람들과 새로운 관계를 열어간다는 게 쉽지 않았을 것이다.

지나간 직장 생활을 돌이켜보면, 가장 힘들었던 건 일보다 인간관계였다. 회사에 다니는 내내 이해관계에 얽힌 사람들과의 관계가 꼬인 매듭처럼 불편하게 다가와 마음을 지치게 했다.

회사에서 생긴 감정들을 집까지 끌고 와서 자신을 괴롭혔던 것도 한두 번이 아니었다. 그것만 아니었다면 아마 지금도 직장인으로서 만족하며 살아가고 있었을지 모른다.

늘 어렵고 힘들기만 했던 관계에 대한 부담감이 회사를 벗어난 이후부터 가벼워졌다. 그리고 어느 순간부터 예전에는 느껴보지 못한 관계가 이곳에서 새로운 가능성으로 자라나고 있었다. 그 시작은 모두 이 작은 출판사에서부터 출발했다는 것을, 오늘에서야 새삼 깨달았다.

랄라는 문득 더 많은 사람의 새로운 이야기가 듣고 싶어졌다.

37. 영란의 인생 책

세 번째 수업이 끝날 무렵, 요란한 소리와 함께 폭우가 쏟아졌다. 사람들은 각자 미리 준비해 온 우산을 쓰고 황급히 자리를 떠났다. 영란만 빼고.

영란은 우산을 미처 챙겨오지 못했다고 했다. 랄라는 사무실 안을 둘러봐도 빌려줄 우산이 없어 난감했다.

"빨리 가셔야 하는 게 아니라면 비 그칠 때까지 계시다 가시는 건 어떠세요?"

랄라는 영란이 아프다는 사실 때문에 계속 마음이 쓰였다. 장대 같은 비를 맞고 감기라도 걸리면 큰일이었다.

"일하는 데 괜히 방해되고 싶지는 않은데… 어쩌나."

영란이 걱정스러운 얼굴로 말했다.

"방해는요. 저도 오늘은 일찍 집에 가려고 했는데, 우산이 없어서 못 가게 생겼는걸요. 그래도 나가기 전에 비가 와서 다행이에요."

랄라는 집에서 가져온 국화차를 따뜻하게 우려내어 영란의 앞에 놓았다.

"고마워요. 비 때문에 랄라 씨와 이렇게 단둘이 얘기할 기회도 생겼네요."

"뭘요, 제가 오히려 좋네요. 매일 혼자 있어서 외로웠는데…. 저랑 있어 주셔서 감사합니다."

랄라의 얘기에 영란의 표정이 한결 밝아졌다.

영란은 차를 마시며 사무실 안을 천천히 눈으로 훑었다.

"이렇게 사람들과 함께할 수 있는 공간이 참 좋아요."

영란이 찻잔을 내려놓으며 말했다.

"그렇죠. 책과 독자처럼 공간과 사람도 밀착되어 있다는 생각이 들어요. 공간이 있으면 어떤 이유로든 사람들이 모여들고, 사람들이 모이다 보면 또 어떤 이야기가 만들어지잖아요. 저는 이런 순환이 참 마음에 들어요. 불과 얼마 전까지만 해도 이곳에서 사람들과 무언가를 함께할 거라는 건 상상도 못 했거든요. 출판사라는 공간이 생기고부터 책 속 이야기보다 더 재밌는 일들이 현실 속에서 일어나는 것 같아 참 좋아요."

영란은 그윽하게 랄라를 바라보며 고개를 끄덕였다.

"랄라 씨는 이 일과 정말 잘 맞는 사람 같아요. 나도 젊을 때 이런 일을 해봤으면 좋았을 텐데 아쉬워요. 책은 좋아했지만, 책을 만든다는 건 상상도 못 했거든요."

"아, 그러셨구나…."

"랄라 씨는 책이 주는 매력이 뭐라고 생각해요?"

"저에게 책은… 음… 뭐랄까, 일방적이지 않은 친구 같아요. 책은 읽을 때마다 마음을 주고받는 것처럼 든든한 위로가 되거든요. 저한테는 그게 가장 큰 매력인 것 같아요."

"그렇네요. 나는 건강할 때는 몰랐는데 몸이 안 좋아지니 이상하게 하고 싶은 게 더 많아지더라고요. 그중 하나가 독서였어요. 아프고 나서부터 집 앞 도서관에 거의 매일 찾아가 책을 읽어요. 어느 날은 도서관 구석에 앉아 있다가 책장에 꽂혀 있는 책들을 쭉 훑어보는데, 문득 그런 생각이 들더라고요. 우리의 하루하루가 책의 한 페이지 같다고…."

"미완성인 책도 있겠죠?"

랄라는 진지한 표정으로 영란을 바라보며 물었다.

"미완성인 인생 책이 있을까요? 결국 모든 사람의 책은 완성될 수밖에 없어요. 짧으면 짧은 대로, 길면 긴 대로…. 생을 마치면 거기까지가 그 사람의 이야기인 거겠죠."

영란은 따뜻한 국화차를 한 모금 마시고는 다시 말을 이어갔다.

"어느 날, 내 인생의 지난 페이지들을 뒤적여 본 적이 있어요. 젊을 때 열심히 살지 않아서인지, 되돌리고 싶은 장면이 참 많더라고요. 한 번 기록되면 결코 수정할 수 없는 게 인생 책인데, 아무 생각 없이 살았던 거죠. 아프고 나서는 내 인생 책의 한 페이지 한 페이지를 아주 공들여 쓰고 있어요. 내 마지막 페이지만큼은 아주 아름다웠으면 하거든요. 그래서 매일 최선을 다하려고 애쓰고 있어요. 한 번 더 웃고, 조금 더 친절해지려고 하고… 그리고 해보지 못한 것들도 뒤늦게 하나씩 도전하고 있고요."

"어떤 걸요?"

"사실 꽤 많아요. 뒤늦게 발동 걸린 사람처럼 말이죠. 나는 젊었을 때 이런저런 이유로 해보지 못한 게 참 많았거든요. 그래서 밀린 숙제를 하듯 이것저것 배우고 있어요. 얼마 전에는 평생소원이었던 운전면허를 드디어 땄어요."

"와! 축하드려요."

랄라는 손뼉을 치며 환하게 웃었다. 영란은 머쓱한 듯 웃으며 말을 이어갔다.

"남들은 지금 나이에 무슨 운전면허냐고 하는데… 운전대를 잡을 기회가 없더라도, 그걸 할 줄 아는 사람으로 내 인생 책에 남길 수 있게 된 게 나는 얼마나 자랑스러운지 몰라요. 어릴 때 배우지 못한 자전거도 배우기 시작했어요. 앞으로 살사 댄스도 출 줄 알고 영어도 할 줄 아는 사람으로 내 페이지에 기록하고 싶은데… 그 이야기는 쓸 수 있을지 모르겠네요."

영란의 얘기에 랄라의 표정이 금세 어두워졌다. 랄라는 초점 없는 눈으로 멍하니 찻잔을 응시했다.

"랄라 씨는 나보다 훨씬 시간이 많이 남아 있을 테니 많은 걸

할 줄 아는 사람으로 살아가길 바랄게요. 어떤 걸 할 줄 아는 사람이라는 건 인생을 무의미하게 보내지 않았다는 증거잖아요. 한 페이지 한 페이지가 헛되지 않게 최선을 다해 살아가요. 책을 만드는 일처럼 인생도 공들여 살길 바랄게요."

랄라는 아무 말 없이 고개를 끄덕였다. 영란의 당부가 마치 마지막 유언처럼 들려 마음이 먹먹했다. 슬픔을 외면하려고 애써 밖으로 시선을 돌렸지만, 눈물이 흐르는 건 어쩔 수 없었다. 영란의 눈에서도 눈물이 뺨을 타고 흘러내리고 있었다.

"아, 비가 그새 그쳤네… 이제 가도 되겠어요."

영란은 밖을 쳐다보더니 재빨리 손으로 눈물을 훔치며 자리에서 일어났다.

랄라도 일어나 가방을 들었다. 그리고 조심스레 영란의 팔짱을 끼고 사무실을 나왔다.

한 주 뒤, 영란이 수업에 나오지 않았다. 랄라는 불안한 마음이 들어 수업 내내 집중이 되지 않았다. 사람들이 돌아가고 영란에게 안부 문자를 보내니 그녀에게서 바로 답장이 왔다. 몸이 좀 힘들어서 자느라 못 나갔다고, 다음번 수업에는 꼭 참석하겠다고 했다. 랄라는 그제야 마음이 놓였다.

바쁜 한 주를 보내고 기다렸던 주말이 찾아왔다. 랄라는 진영이 찜해놓은 성수동 디저트 가게에 가기 위해 모처럼 외출 준비를 하고 있었다.

나이가 드니 약속도 줄고, 주말에는 거의 집에 있는 날이 대부분이었다. 랄라는 모처럼 놀러 나간다는 생각에 마음이 들떠 콧노래가 절로 흘러나왔다. 평소에는 잘 안 하는 화장도 오랜만에 하니 기분이 새로웠다.

오늘을 위해 새로 장만한 분홍색 원피스를 입고 전신 거울 앞에 섰다. 이제 마지막으로 좋아하는 향수만 뿌리면 모든 게 완벽하다.

그때, 스마트폰에서 카톡 알림음이 요란하게 울렸다.

주말에 울리는 카톡 소리가 반갑지 않았다. 무시하려다가, 평일에도 오지 않는 카톡이라 누굴까 궁금해서 발신인만 슬쩍 확인했다.

영란이었다.

랄라는 주말에 무슨 일인가 싶어 메신저를 열고 내용을 확인했다.

[부고 알림] 삼가 고인의 명복을 빕니다.

장영란 님께서 별세하셨기에 부고를 전해드립니다.

빈소: 의정부 하늘 병원 장례식장 101호

영란의 죽음을 알리는 부고 메시지였다. 랄라는 가슴이 먹먹해지고, 눈물이 핑 돌았다.

그녀는 급작스러운 소식에 급히 진영과의 약속을 취소했다.

랄라는 분홍색 원피스를 벗고 검은색 정장으로 갈아입은 뒤, 의정부 시내에 있는 장례식장으로 향했다.

의정부까지 가는 내내 택시 안에서 주체할 수 없이 눈물이 흘렀다. 택시 기사가 간간이 룸미러로 뒷좌석을 힐끔 쳐다봤지만, 다행히 아무 말도 걸지 않았다.

의정부 하늘은 금세 비가 내릴 듯 먹구름이 잔뜩 끼어 있었다. 랄라는 착잡한 마음을 안고 안으로 들어갔다.

장례식장은 참으로 소박하고 한산했다. 고인의 가족들은 고인의 갑작스러운 죽음에 경황이 없을 만한데도 차분히 손님을 맞이했다.

영란은 사진 속에서 랄라를 반기듯 웃고 있었다.

고인에게 절을 하던 랄라는 영란의 다정했던 마지막 모습이 떠올라 그 자리에 주저앉아 울음을 터트리고 말았다. 오열하는 랄라의 모습에 고인의 가족들이 당황해하며 어쩔 줄 몰라 했다.

그때 한 여자가 랄라 곁으로 조용히 다가와 손을 잡아주었다.

영란의 동생이었다. 그녀는 고인의 마지막 모습을 담담하게 들려주었다.

영란은 떠나기 전에 아프지 않은 사람처럼 아주 평온해 보였고, 작은 목소리로 노래도 불렀다고 했다. 랄라는 그 얘기를 듣고서야 마음이 조금 진정되었다.

장례식이었지만, 정작 고인의 시신은 이곳에 없다는 사실도 듣게 되었다. 유가족의 말에 의하면, 고인이 신체 기증을 원해 시신은 병원에 있고, 가까운 가족과 지인들을 위해 장례식만 치르게 되었다고 했다. 마지막도 영란다운 결정이었다.

영란의 인생 책 마지막 페이지는 이렇게 성급히 완성되었다. 그녀는 자신의 인생 책에 영어로 말하고, 살사를 출 줄 아는 사람이었다는 내용은 결국 쓰지 못했다.

하지만 그런 걸 할 줄 모르는 사람이었어도 그녀의 이야기는 누구보다 아름다웠던 사람으로 마무리되었다. 애석하게도 65페이지를 끝으로.

랄라는 고인의 가족들이 차려준 따끈한 육개장 한 그릇을 얻어먹고 퉁퉁 부은 얼굴로 장례식장을 나왔다. 눈물이 멈추지 않아 그곳에 더 이상 앉아 있을 수가 없었다.

밖으로 나오자, 부슬비가 내리고 있었다. 비 때문인지 눈물 때문인지, 앞이 흐려 제대로 보이지 않았다.

영란의 장례식장을 다녀온 후로 랄라는 모든 일에 의욕이 사라지고, 말수도 점점 줄었다. 경준 선배와 진영의 위로도 아무 소용이 없었다.

연이은 상실은 기운을 한없이 끌어내렸고, 마음이 공허해 사무실에 혼자 앉아 있기도 싫었다.

랄라는 가만히 앉아 허공을 쳐다보는 시간이 늘었다. 그럴 때마다 습관처럼 계속 눈물이 흘렀다. 이별은 남겨진 사람들에게 더 가혹하다는 생각이 들었다.

며칠 후, 영란의 동생이 랄라의 출판사에 쇼핑백 하나를 들고 찾아왔다. 장례식장에서 한번 봐서인지, 영란과 생김새가 많이 닮아서인지, 랄라는 그녀가 꽤 친숙하게 느껴졌다.

영란의 동생은 가지고 온 쇼핑백을 랄라에게 건넸다.

"언니가 생전 랄라 씨 준다고 만든 스카프예요. 언니가 책 쓰기 수업 마지막 날 선물로 준다고 열심히 수를 놓더라고요. 책 쓰기 수업 듣는다고 그렇게 좋아하던 게 엊그제 같은데…. 병원에서 항암 주사 맞으면서도 수를 놓더니 완성을 해놓고 갔네요. 언니 유품 정리하면서 랄라 씨에게 꼭 전해줘야겠다는 생각이 들어서 가져왔어요. 그 안에 언니가 쓴 쪽지도 있을 거예요."

랄라는 조심스레 쇼핑백을 열었다. 랄라가 가장 좋아하는 바다를 닮은 파란색 천위에 하얀색 나비가 수놓아 있었다.

나비를 보자, 외할머니가 돌아가셨을 때 엄마가 했던 말이 떠올랐다. 엄마는 사람이 죽으면 그 영혼이 나비가 되어 사랑하는 사람에게 찾아온다고 했다. 그 얘기 때문인지 몰라도 그 이후로 나비를 볼 때마다 외할머니가 생각났다.

영란의 동생이 돌아가고, 랄라는 쇼핑백 안에 들어 있는 쪽지를 꺼냈다.

랄라 씨, 좋은 수업 듣게 해줘서 고마웠어요.
덕분에 글 쓰는 즐거움을 알게 되었어요.
내 인생 책 어딘가에는 랄라 씨가 항상 있을 거예요.
부디 최선을 다해 살아가요!

랄라는 쪽지를 몇 번이고 들여다보며 한참을 소리 내 울었다.

마음이 조금 진정되자, 스카프를 목에 두르고 거울을 쳐다봤다. 스카프에 선명하게 수놓아진 흰나비가 마치 수호신처럼 자신을 지켜줄 것만 같았다.

38. Keep going

아침부터 느닷없이 한바탕 장대비가 내리더니 점심 무렵이 되자 언제 그랬냐는 듯, 하늘에서 강한 햇볕이 쏟아졌다. 축축하게 젖어 있던 지면도 오후가 되면서 물기가 싹 사라졌다.

어느덧 영란의 죽음도 땅 위의 물기처럼 사람들의 기억 속에서 조용히 잊혀 갔지만, 랄라의 마음속에 가득 찬 슬픔은 좀처럼 사라지지 않았다.

존재했던 사람만 사라졌을 뿐, 세상은 아무것도 달라진 게 없었다. 사람들은 여전히 아무렇지 않게 웃고 떠들면서 자기 인생을 살아갔다. 영란을 기억하는 사람들의 가슴속 어딘가엔 분명 슬픔이 존재할 테지만, 언젠가 미아 언니가 했던 말처럼 다들 애써 태연하게 살아가는 것처럼 보였다. 죽은 사람의 숙명은 끝났지만,

산 사람은 그들에게 주어진 시간을 살아가야 하는 숙명이 있는 거라고, 랄라는 생각했다.

영란이 세상을 떠난 이후로도 남은 수업은 계속되었고, 랄라는 끝까지 최선을 다했다. 마음 같아서는 수업을 중단하고 싶었지만, 사적인 감정 때문에 다른 사람들과의 약속을 어길 수는 없었다. 이 또한 살아 있는 사람의 숙명이었다.

랄라는 아무 일 없는 듯 태연하게 마지막을 마무리했다. 수업에 참여했던 사람들은 두 달 동안 너무 행복했다고 입을 모아 말했다. 그중에서는 벌써 책 집필을 시작한 사람도 있었다.

랄라는 이제야 숙제를 끝마친 것처럼 마음이 가벼웠다.

수업이 끝나고 나니 영란의 빈자리가 더욱 그리웠다. 수업의 마지막까지 함께했더라면 좋았을 텐데, 아쉬움이 컸다.

두 달 동안 부쩍 친해진 사람들은 서로의 연락처를 주고받으며 계속 만남을 이어가자고 약속했다.

수업이 끝나고 다들 종강 파티를 위해 수미 할머니의 족발집으로 자리를 옮겼다. 랄라는 뒷정리를 한 후에 가겠다고 하고 그들을 먼저 보냈다.

희재가 랄라를 돕겠다고 남아 있었다. 두 달 전 백수라고 자신을 소개했던 그녀는 그사이 취업이 되어 다음 주 출근을 앞두고 있었다. 희재는 가방 속에서 주섬주섬 무언가를 꺼내 랄라에게 수줍게 내밀었다.

하얀 머그잔에 'keep going'이라는 글씨가 새겨져 있었다.

'계속 살아가라'는 글귀의 의미가 랄라의 혼란스러운 마음에 이정표처럼 다가왔다. 그녀는 자기도 모르게 여러 번 글자를 쓰다듬었다.

희재가 랄라를 그윽하게 바라보며, 아쉬운 듯한 표정으로 입을 열었다.

"그동안 감사했어요. 강사님, 아니… 대표님. 덕분에 두 달이 너무 행복했어요."

"그렇게 생각해 주시니 제가 더 감사하죠. 수업이 희재 씨에게 도움은 좀 되었어요?"

"정말 너무 좋았어요. 수업도, 사람들도…."

희재는 엄지를 치켜들며 말을 이어갔다.

"그때 자기소개에서도 말했지만, 저는 책 쓰기에는 관심이 없었어요. 책도 좋아하지 않았고요. 그런데 어느 날부터인가 수업이 끝나고 집에 돌아가면 뭔가 쓰고 싶더라고요. 다른 분들 이야기를 들으면서 다시 뭔가 하고 싶은 의욕도 생겼고요."

담담하게 얘기하던 희재의 음성이 조금씩 떨리기 시작했다.

"실은, 저… 취업도 거의 포기했었거든요. 그런데 여기 나오고부터…."

희재가 말을 잇지 못하고 울먹이기 시작했다.

"아… 울지 않으려고 했는데…."

랄라는 당황한 얼굴로 재빨리 티슈를 건네며 말없이 희재를 바라보았다. 이미 자신도 같은 자리에 앉아본 적이 있었기에 희재의 기분이 남 일 같지 않았다.

"정말 고생했어요. 앞으로는 더 좋은 일들만 있을 거예요."

랄라는 동생 같은 희재를 따뜻하게 안아주며 그녀의 앞날을 응원했다.

'랄라 출판사'의 첫 번째 책쓰기 교실은 이렇게 마무리가 되었다. 랄라는 이 공간에서 만난 인연들과 새로운 이야기를 만들어가고 있다는 사실이 그저 신기하기만 했다. 출판사를 차릴 때는 생각도 못 했던 일이었다.

앞으로 또 어떤 인연이 책을 매개로 이어질까….

랄라의 인생 책 어딘가에 기록될 수많은 이야기가 벌써 마음을 설레게 했다.

그녀에게 출판사는 이제 단순히 책을 만드는 곳을 넘어, 점점 더 큰 의미로 다가오고 있었다.

* * *

계절은 어느덧 봄을 준비하고 있었다. 아직 겨울의 차가운 바람은 완전히 물러나지 않았지만, 확실히 전보다 해가 길어졌다.

퇴근하고 홍대 부근을 거닐고 있는데, 아주 오랜만에 헤드헌터에게서 연락이 왔다.

"안녕하세요? 랄라 씨, 그동안 잘 지냈어요?"

"네, 그럼요."

"지난번에 출판사 한다더니…. 어떻게 잘하고 있어요?"

"네, 그럭저럭 잘해 나가고 있어요."

"그럼, 이제 회사에 다시 들어갈 계획은 없는 건가요? 이번에 진짜 좋은 조건의 자리가 나왔는데…."

"네, 저는 괜찮습니다. 지금 하는 일에 만족하거든요."

"아쉽네요. 혹시 나중에라도 생각이 달라지면 연락해 주세요."

"그럴 일이 없도록 해야죠. 하하…."

상대의 다부진 대답에 헤드헌터는 못내 아쉬워하며 전화를 끊었다.

랄라는 아무런 미련이 없었다.

39. 랄라 출판사의 랄랄라

"안녕하세요? '파주인쇄소'입니다.

우리 인쇄소는 경영 악화로 인해 이번 달 말일까지만 업무를 하고

폐업하게 되었습니다.

그동안 파주인쇄소를 이용해 주셔서 감사합니다."

랄라는 아침부터 거래처 인쇄소 사장님의 폐업 알림 문자를 받고 마음이 싱숭생숭했다. 요즘 젊은 사람들이 이쪽 일을 기피해서, 일할 사람을 구하는 게 너무 힘들다는 인쇄소 사장님의 고충을 들은 게 불과 얼마 전의 일이었다.

여러 번 재쇄를 찍으며 사장님과도 꽤 많이 친해진 터라 인쇄소의 갑작스러운 폐업 소식은 랄라에게도 적잖은 충격이었다. 랄

라는 전화를 걸기도 애매해서 그동안 수고 많으셨고, 고마웠다는 말을 담아 답장을 보냈다.

출판사를 운영하면서 거래처의 폐업 소식을 들은 건 사실 이번이 처음은 아니었다. 얼마 전에는 자주 거래했던 지방 서점 몇 군데도 폐업 소식을 알려왔다. 그중에는 50년 넘게 서점을 운영했던 곳도 있었다.

랄라는 출판인으로서 알고 지낸 사람들의 폐업 소식이 들려오면 출판이라는 세계가 점점 소멸해 가는 것 같아 허탈함을 느꼈다. 그런 때마다 언젠가 경준 선배와 나눴던 대화를 떠올리며 마음을 다잡았다.

"선배는 언제까지 이 일을 하게 될 것 같아요?"

"글쎄, 일할 수 있는 날까지…. 왜? 아직도 이 일이 불안하구나?"

"아, 그게… 책 만드는 일이 정말 좋아지니, 책의 운명에 대해서 자꾸 생각해 보게 되더라고요. AI가 우리 삶에 깊숙이 파고드는 세상에서, 과연 책이 살아남을 수 있을까 의문이 들기도 하고요. 사람들이 책을 읽는 이유가 사라질 때, 종이책도 지구에서 사라진 무수한 생명체들처럼 우리 곁에 남아 있지 않을 거라는 생각이 들거든요. 물론 지금 당장은 아니겠지만."

"글쎄, 내 생각은 조금 달라. 책은 무생물이지만 쓴 사람의 영혼이 깃들어 있다는 점에서 특별한 뭔가가 있잖아. 나는 인간이란 존재가 소멸하지 않는 한, 책도 사라지지 않을 거라고 믿어. 사람들이 책을 읽는 이유가 단순히 재미 때문만은 아니니까."

"그럼 어떤 이유 때문인데요?"

"희망 때문이 아닐까?"

"희망이요?"

"응. 나는 사람들이 책을 읽는 이유가 그 안에서 희망을 찾고 싶어서라고 생각해. 현실에서 갈구하는 모든 것이 책 속에 있으니까. 우리에게 희망이라는 건 숨 쉬는 것만큼 중요한 의미잖아. 만약 인간에게 희망이 필요 없다면 책도 존재할 이유가 없겠지. 하지만 희망이 존재하지 않는 삶이 우리에게 과연 무슨 의미가 있을까? 그런 이유로 나는 책이 사라지지 않을 거라고 믿거든. 희망은 기술로 만들 수 있는 게 아니니까. 무엇보다 삶이 존재하는 한 우리의 이야기도 계속될 테니, 책은 계속 우리 곁에 남아 있지 않을까?"

삶이 존재하는 한, 이야기는 계속된다고 했던 경준 선배의 말이 여전히 귓가에 맴돌았다.

희망은 기술로 만들 수 없다는 그의 말을 곱씹으며 랄라는 고개를 끄덕였다. 어쩐지 그 말이 믿음직스러웠다. 그것은 인공지능 시대에도 책이 사라질 수 없는 분명한 명분처럼 들렸다. 그런 믿음 때문인지, 더 이상 책의 미래에 대한 암울한 생각에 사로잡히지 않았다.

이제 책을 만드는 일은 그녀에게 천직이라는 생각마저 들었다.

* * *

랄라는 오랜만에 출판사 문을 활짝 열고 골목을 내다봤다. 따사로운 햇살이 골목 끝까지 퍼져 있었다. 카페에서 풍기는 향긋한 커피 냄새가 차가운 바람을 타고 콧속으로 훅 들어왔다. 랄라는 옆 가게에서 주문한 뜨거운 카페라테 한 잔을 들고, 오랜만에 산책하듯 천천히 골목을 거닐었다.

따뜻한 햇볕이 스포트라이트처럼 정수리에 닿자, 그녀는 걸음을 멈추고 잠시 눈을 감았다.

출판사를 차리고 나서 지금까지 이 골목을 스쳐 간 수많은 사람이 선연하게 떠올랐다. 누군가는 스치고 누군가는 스며들었다. 이 사람들을 만나면서 랄라는 왠지 전과는 다른 사람이 된 듯한 기분이 들었다.

많은 사람이 랄라를 변화시켰지만, 그중에서도 미아의 영향이 가장 컸다.

'미아 언니는 잘 지내고 있을까?'

오랜 시간 잊고 지냈던 미아 언니의 안부가 새삼 궁금해졌다. 그녀가 생각날 때마다 여전히 애틋하면서도 한편으로는 가슴이 시렸다.

랄라는 얼마 전에 사무실을 내놨다. 오랜 숙고 끝에 내린 결정이었다. 상실에 취약한 그녀로서는 미아와 영란이 사라진 이 골목에서 더 이상 지낼 자신이 없었다. 비록 짧은 인연이었지만 두 사람과의 이별은 여전히 감당할 수 없는 슬픔이자 깊은 상처로 남아 마음을 힘들게 했다.

랄라는 회복을 위해 당분간 낯선 곳으로 긴 휴가를 다녀오기로 마음먹었다. 문득, 가보지 못한 세계와 경험하지 못한 세상을 만나고 싶다는 생각이 들었다. 환경을 바꾸면 누군가를 잊는 데 도움이 될 거라는 엄마의 조언도 한몫했다.

사무실 이전 문제는 돌아와서 생각해 보기로 했다. 서점의 발주 처리는 어디서든 휴대전화로도 가능하고, 사무실 정리도 부모님에게 맡겨놨으니 문제 될 게 없었다.

랄라는 자신의 인생 책에 좀 더 유능한 사람으로 기록하기 위한 야심 찬 계획도 세워 보았다. 한 페이지 한 페이지를 공들여 살아가라는 영란의 유언 같은 말이 랄라에게 새로운 숙제를 안겨주었다.

베스트 드라이버 랄라, 오로라를 본 랄라, 작가가 된 랄라….
영란이 소망했던 것처럼, 랄라도 경험하지 못한 것에 도전하며 인생을 헛되이 보내지 않았다는 증거를 남기고 싶었다.

이번 여행에는 얼마 전 회사를 관둔 진영도 동행하기로 했다. 진영은 랄라처럼 지문을 보존한 인간으로 살아갈 것을 결심하고 호기롭게 회사를 박차고 나왔다. 지금은 도서관을 오가며 열심히 첫 책을 준비하고 있다.

저녁 무렵, 랄라는 블로그에 짤막한 인사를 남겼다.

띠링.

글을 올린 지 3분도 되지 않았는데, 스마트폰에서 블로그 댓글 알림음이 울렸다.

"미아 씨는 그 이후 소식이 없었나요?"

좀 있으니 또 다른 댓글이 달렸다.

"앞으로 랄라 출판사는 어떻게 되는 건가요?"

10분도 안 되어 열 개가 넘는 댓글들이 쏟아졌다.

블로그를 개설하고 출판사의 일상과 이 골목에서 만난 사람들에 관한 이야기를 200개 이상 올렸지만, 이런 관심은 처음이었다. 사람들은 마치 영화나 소설 속 인물을 대하듯 이 골목에서 랄라와 함께했던 사람들의 안부를 묻고, '랄라 출판사'의 앞날을 궁금해했다.

그녀는 댓글 하나하나에 답글을 다는 대신 의미심장한 말을 본

문에 덧붙였다.

“PS. 독자들이 있는 한, 이야기는 계속되겠죠?”

랄라는 옅은 미소를 지으며 노트북을 덮고 사무실을 나왔다.
파란 하늘이 금빛으로 물들고 있었다.
재채기처럼 익숙한 소리가 입에서 흘러나왔다.
“랄랄라….”

당신도 책에서 어떤 희망을 찾을 수 있기를….

작가의 말

엄마에게 소설을 쓰고 싶다고 입버릇처럼 얘기하곤 했는데, 이렇게 완성한 소설을 엄마가 보지 못하고 떠난 게 참 아쉽다. 대신 독자분들이 즐겁게 읽어주길 바란다.

언제나 그렇듯, 내가 만든 세상에서 전하는 온기가 누군가의 마음속에 작은 위로가 되었으면 좋겠다. 앞으로도 계속 그런 글을 쓰고 싶다.

엄마가 살아생전 자주 하던 얘기가 있다.

"웃을 일이 있어 웃는 게 아니라, 억지로라도 웃어야 웃을 일이 생긴단다."

슬픔이 목구멍까지 차오르는 날,

당신도 이 마법 같은 소리를 되뇌며 태연히 살아가길 바란다.

'랄랄라~'

랄라출판사의 랄랄라

초판 1쇄 발행 2026년 1월 30일

지은이 I 하랑
펴낸이 I 송은영
편집 I 최경
기획 I 하랑
디자인 I 슈라이벤
펴낸곳 I 아델북스
출판등록 I 2025-000037

CONTACT
adelbooks@naver.com
blog.naver.com/adelbooks
instagram.com/adelbooks24

ISBN 979-11-7215-999-3(03810)